novum
VERLAG

herzlich gewidmet

Margit Rüster

Wien, Dezember 2007

Margit Richter

Liebe bedeutet mehr als nur ein Wort

novum
VERLAG

Dieses Buch widme ich mir selbst

Bibliographische Information der Deutschen Nationalbibliothek:
Die Deutsche Nationalbibliothek verzeichnet diese Publikation in der Deutschen Nationalbibliographie. Detaillierte bibliographische Daten sind im Internet über http://www.d-nb.de abrufbar.
ISBN 978-3-85022-298-3

Alle handelnden Personen im Buch sind frei erfunden. Ähnlichkeiten mit lebenden Personen und ihren Handlungen wären rein zufällig und nicht beabsichtigt.

Lektorat: Mag. Veronika Macek
Printed in the European Union

Gedruckt auf umweltfreundlichem, chlor- und säurefrei gebleichtem Papier.

www.novumverlag.com

Time to say goodbye

Katharina klopfte an die Tür und betrat, nachdem sie ein kurzes „Entrez, s'il vous plaît!" vernommen hatte, das Direktionszimmer der Hotelfachschule Schloss Eisbach.

„Guten Tag, Madame!"

Die angesprochene Dame saß an ihrem Schreibtisch, blickte kurz auf und erhob sich augenblicklich aus dem hohen thronähnlichen Stuhl.

Mit ausgebreiteten Armen ging sie auf Katharina zu und sprach:

„Nun ist also auch für dich die Stunde des Abschieds gekommen, meine Liebe."

Ein Hauch von Tristesse begleitete ihre Stimme. Um keine Sentimentalität aufkommen zu lassen, lächelte sie, schwenkte die Tonlage um einige Oktaven höher und fuhr fort:

„Die Jahre, die du hier gelebt und gelernt hast, waren auch für dich sicherlich nicht immer leicht. Viele Erfahrungen hattest du zu sammeln. Aus dem Teenager wurde eine junge, schöne Frau; glückliche und weniger schöne Momente werden dir in Erinnerung bleiben. Aber du hast einen wichtigen Lebensabschnitt hinter dich gebracht und eine gute Ausbildung abgeschlossen, die es dir ermöglicht künftig einen interessanten Beruf zu ergreifen.

Während dieser Jahre sind wir wie eine große Familie zusammengewachsen und es schmerzt mich, dich und deine Mitschülerinnen heute gehen lassen zu müssen. Aber ihr könnt sicher sein, dass ich euch hier ein Stückchen Heimat und Geborgenheit vermitteln wollte.

Ich wünsche dir alles erdenklich Gute für die Zukunft. Mögen die Straßen deines Lebens immer gerade und über keine nennenswerten Umwege führen. Und wenn du – aus welchen Gründen auch immer – einmal in der Sackgasse landest, solltest du Kraft und Mut finden umzudrehen, um möglichst rasch und sicher wieder auf den richtigen Weg zu gelangen.

Zum Andenken an deine Zeit hier überreiche ich dir eine Medaille mit einer kleinen Widmung dieser Akademie. Sinnbildlich gesehen stellt dieses Goldstück auch einen Notgroschen dar. Aber ich hoffe nicht, dass du ihn je benötigst oder eine Situation eintritt, wo Gold gegen einen Laib Brot eingetauscht werden muss."

Die große, elegante Sophie Freiherrin von Eisbach küsste ihren Schützling herzhaft und drängte ihn zur Tür.

„Nun geh schon, und schreib einmal ein Kärtchen!"

Katharina hatte Tränen in den Augen. Langsam ging sie den Gang entlang und öffnete das Kästchen. Sie hatte schon davon gehört, dass jedes Mädchen zum Abschied ein solches Geschenk erhielt, und begutachtete die Gedenkmünze. Auf der Vorderseite erkannte sie das Schloss Eisbach, die Rückseite stellte das Porträt der Eigentümerin dar.

Aus den spärlichen Erzählungen der Dorfgemeinde hatte sie einmal erfahren, dass Sophie Freiherrin von Eisbach seit dem Tod ihres Mannes über den Besitz verfügte. Da die Ehe kinderlos war, entschied die Alleinerbin das Stockschloss, das ihr Ehemann gleich nach dem Krieg erwarb, zu einer staatlich anerkannten Hotelfachschule umzuwidmen. Mit eigenen Mitteln und finanzieller Unterstützung vom Land gelang es ihr, diese renommierte Institution ins Leben zu rufen.

Über das Vorleben ihres Gatten, des Freiherrn von Eisbach, wurde nicht viel gesprochen. Die junge Generation kannte ihn gar nicht, die alten Bürger schwiegen. Sie erinnerten sich nicht mehr daran, dass, nachdem die Alpenfestung verglüht war, Raubgold, Wertpapiere und Kunstschätze da und dort ausgelagert und sicher versteckt wurden. Es interessierte sie auch nicht davon zu sprechen, dass gleich nach dem Zweiten Weltkrieg Personen erschienen waren, die verlassene Besitzungen einnahmen und in der Gesellschaft durch ihr Kapital Respekt und Ansehen erwarben.

Die Direktorin drehte sich um und ging zum Wandschrank.

Von jeder jungen Dame, die in ihrem Institut die Ausbildung machte, wurde eine Akte angelegt.

Sie führte genau Buch über Vorkommnisse und Umstände, die sich während der vier Jahre ereigneten. Positive und negative Beurteilungen waren ebenso vermerkt wie die Namen der Lehrkräfte, welche die Schülerin unterrichteten. Überdies standen die Jahresbenotungen und die Zahlungseingänge für Schul- und Internatskosten notiert. Nach Abschluss des Bildungsweges und dem Austritt kamen die gesammelten Dokumentationen in ein großes Kuvert. Diese Kuverts, mit Namen und Jahreszahl versehen, fanden in Regalen des Schlosskellers ein Depot zur weiteren Evidenzhaltung.

Automatisch blätterte sie den Ordner von Katharina Peters durch.

Ganz zu Beginn erschien der Brief, worin sich die Tochter des berühmten Schauspielers Martin Peters bewarb, in ihrer Hotelfachschule die Ausbildung machen zu können.

Sehr geehrte Frau Sophie von Eisbach!

Als ich noch ein kleines Mädchen war, begegnete ich Ihnen zum ersten Mal. Es war an einem Julitag vor vielen Jahren in Reichenau an der Rax.

Ich weilte mit den Großeltern, meinem Vater und der Nanny auf Sommerfrische in diesem reizenden Luftkurort. Wir bewohnten das romantische Holzhaus mit den hübschen Giebeln und der gemütlichen Veranda in der Tannengasse, am Ende der Promenade. Vielleicht erinnern Sie sich, dass Sie uns besuchten. Meine Großmutter sprach Sie während eines Kurkonzertes an, es entstand eine rege Unterhaltung, und da ein vierter Partner für eine Bridgepartie fehlte, boten Sie sich an. In diesem Sommer waren Sie dann öfters bei uns zu Gast und freuten sich über die Lesungen, die mein Vater als kleinen literarischen Beitrag im Freundeskreise veranstaltete.

Danach brach der Kontakt ab. Wir waren noch mehrere Sommer in Reichenau, hatten aber nicht mehr das Vergnügen Ihrer Gesellschaft.

Inzwischen ist eine lange Zeit vergangen.

Meine Großeltern starben vor Jahren im Zuge eines Flugzeugabsturzes. Die Nanny hat ihre Beaufsichtigungspflicht über mich, die sie ab dem Tod meiner Mutter gewissenhaft durchführte, krankheitshalber aufgegeben. Bis vor ein paar Monaten lebte sie noch bei uns in der Wiener Wohnung. Aber die Gicht macht ihr sehr zu schaffen. Nun zog sie in eine Seniorenresidenz. Ich besuche sie kontinuierlich und sie freut sich sehr darüber. Mein Vater ist seit langem am Burgtheater engagiert. Darüber hinaus spielt er auf allen großen Bühnen, mit den bekanntesten Regisseuren. Er ist ein wunderbarer Schauspieler und verkörpert jede Rolle sehr beeindruckend.

Seit kurzem unterrichtet er als Gastprofessor Dramenkunde in verschiedenen Schauspielschulen.

Ich bin ein Teenager geworden und habe meine pubertären „Anfälle" gut in den Griff bekommen. Die Matura schaffte ich mit Ach und Krach und kann mich glücklich schätzen, dass ich den ersten entscheidenden Abschnitt meines Lebens hinter mich brachte.

Ich muss zugeben, die letzten Monate verbrachte ich teils im Müßiggang, teils voll Fantastereien. Aber ich setzte auch Taten,

die vielleicht etwas über die Grenzen hinausschossen. Mea culpa.
Nun bin ich endlich doch zum Entschluss gekommen, welche Studienrichtung ich anstrebe und welche Zielsetzung ich im Berufsleben beabsichtige.
Nach dieser langen Einleitung komme ich zum primären Grund meines Schreibens.
Letztes Jahr im September unterrichtete mein Vater als Gastprofessor Dramenkunde in der privaten Schauspielschule, die sich im Ort Eisbach befindet. Dadurch haben wir von Ihrer renommierten Hotelfachschule Kenntnis bekommen.
Ich würde mich sehr freuen, ab dem folgenden Schuljahr eine vierjährige Ausbildung in dieser elitären Akademie machen zu können. Ich hoffe sehr, dass Sie noch über einen freien Platz verfügen. Den monatlich zu begleichenden Betrag für Internatskosten und das nötige Schulgeld akzeptiert mein Vater und er wird ihn bezahlen. Über die vorgegebenen Hausrichtlinien bin ich unterrichtet, und diese werden von mir selbstverständlich eingehalten.

In Erwartung Ihrer geschätzten Rückäußerung verbleibe ich

hochachtungsvoll,

Katharina Peters

PS:
Kopie des Maturazeugnisses
Foto meiner Wenigkeit: am Maturaball
Bild meines Vaters: Szenenausschnitt „Hamlet“
Und zur Erinnerung: Foto meiner Großeltern beim Kaffeetrinken im Kurcafé in Reichenau

Frau von Eisbach sah sich das Foto an und verglich es mit dem Gruppenbild, das hier anlässlich der Abschiedsfeier vor kurzem gemacht wurde. Katharina hatte sich seitdem nicht viel verändert.

Ein frisches, fröhliches Gesicht, umrahmt von lockigen rotblonden Haaren, sah ihr entgegen.

Groß in der Gestalt und zart im Körperbau erschien sie damals im Ballkleid und jetzt konnte man die inzwischen erlangten fraulichen Formen deutlich erkennen. Auch das Gesicht bekam etwas interessantere Züge. Aus dem herzigen, zuckersüßen Wiener Mädel wurde eine moderne, junge Frau.

Manchmal besuchte Katharinas Vater seine Tochter während der Schulzeit. Immer dann, wenn er von der im Ort ansässigen Schauspielschule zu einem Gastvortrag eingeladen war. Frau von Eisbach erinnerte sich zu gerne an das Eintreffen des gut aussehenden Mannes mit seinen markanten Gesichtszügen und der unverwechselbaren melodischen Theaterstimme. Nicht nur ihre Zöglinge, auch die Professorenkolleginnen brachen in Entzücken aus und bekamen einen schwärmerischen Blick in den Augen, wenn er ganz formlos gemeinsam mit ihnen dinierte und anschließend eine Lesung zum Besten gab. Zum Abschluss des Abends blieb ihr als Direktorin das Privileg, Herrn Peters um eine kleine private Stunde zu bitten. Umgeben von einer Aura der darstellenden Kunst und klassischer Musik saßen sie zufrieden bei einem Gläschen Wein gemütlich beisammen.

Frau von Eisbach erfuhr schon damals in Reichenau, dass Herr Peters bereits in jungen Jahren seine Frau Laura bei einem tragischen Schiffsunglück, das sich vor New York ereignet hatte, verlor. Er heiratete nie mehr und Katharina wuchs ohne Mutter auf. Zu gerne hätte sie für Katharina mehr empfinden wollen als die gestrenge, unnahbare Direktorin. Aber das stand ihr nicht zu. Sie musste ihre Schützlinge alle gleich behandeln und durfte niemandem einen Vorzug geben. Das war und blieb ihr oberstes Gesetz.

Schnell blätterte sie die weiteren Seiten im Ordner durch, als ob sie etwas suchen wollte, es aber nicht fand, denn es kam in den vier Jahren zu keinen gravierenden Beanstandungen. Zumindest waren ihr keine zu Ohren gekommen – außer Katharinas ungeheurer Schlampigkeit und Faulheit, was das Lernen betraf, ihrer Schwäche, gewisse Dinge zu leicht zu nehmen und dem sporadisch aufgetretenen vorlauten Benehmen der einen oder anderen Professorin gegenüber. Wie antwortete Katharina jedes Mal, nachdem sie zu einer Belehrung ins Direktionszimmer geladen worden war? *Ich weiß, Madame, ich bin manchmal etwas vorlaut, unordentlich und leichtsinnig. Verzeihen Sie. Aber ich werde es schon noch lernen, in gewissen Situationen Contenance zu bewahren und mich an die Regeln des guten Benehmens zu gewöhnen. Sie können versichert sein, bis zum Ende der Schulzeit schaffe ich es, mit befriedigenden Noten auszusteigen und eine perfekte Lady zu sein.*

Sophie von Eisbach stellte den Ordner wieder zurück ins Fach. Schon morgen würde sie mit dem Ausräumen der Unterlagen beginnen.

Dann ging sie langsam zu ihrem Schreibtisch und setzte sich mit einem kleinen Seufzer nieder. So aus Gewohnheit heraus strich sie ihr Kleid glatt und fuhr sich mit den Händen kurz über die Augen.

Einige Schülerinnen waren bereits hier um sich zu verabschieden, weitere würden noch in den nächsten Stunden hereinkommen. Für jede Einzelne musste sie liebe, fürsorgliche Abschiedsworte finden. Es war kein leichter Tag für sie.

Mit geübtem Griff öffnete sie die rechte Lade des Schreibtisches. Der Sterlingsilber-Flachmann stand griffbereit neben dem Glas. Beim Einschenken rechnete sie rasch nach und konstatierte, dass es der dritte Kognak war, den sie sich genehmigte. „Wahrlich kein leichter Tag für mich“, murmelte sie vor sich hin. Tage wie diese waren ihr äußerst unangenehm, obwohl sie nur jedes vierte Jahr zu Stande kamen, wenn die Rasselbande ihre Schulzeit absolviert hatte und aus dem Schloss zog.

Das Professorenkollegium war bereits am gestrigen Tag in die Ferien abgereist.

Bis zum Abend würde das Haus leer sein. Keine kreischenden, lachenden oder heulenden Mädchen kamen die Stiegen heruntergelaufen, keine Rockmusik, vermischt mit Klassik, Foxtrott oder Walzer, ertönte aus den diversen Zimmern. Keine Köchin war mehr anwesend, die das Regiment in der Küche führte, aber mit Argusaugen beobachtete und misstrauisch dabeistand, wenn Frau Professor Ganser die Kochstunden mit den Mädchen absolvierte.

Die einzige Person, die mit ihr die Sommermonate verbrachte, nannte sich Reinhard Oswald und diente im Schloss als Mann für alle Gelegenheiten. Ihm konnte man sämtliche anfallenden Reparaturen anvertrauen. Er griff selbst nach der Sense, um die Wiese zu mähen, wenn der Gärtner aus dem Dorf nicht rechtzeitig kam, und überwachte als Pförtner das Kommen und Gehen aller Personen rund um den Besitz. Darüber hinaus galt er als ihr treu ergebener Freund in allen Belangen. Er war die einzige männliche Person im Kollegium. Als Direktorin und Verantwortliche für das Institut fand sie weibliche Unterrichtslehrkräfte sinnvoller im Hinblick auf die Entwicklungszeit der Teenager.

Die Mädchen schätzten Reinhard Oswald als perfekten und hilfsbereiten Mann. Sein kraftvolles Aussehen und das korrekte Verhalten veranlassten, dass sie ihn heimlich „le patron“ nannten.

Der heutige Abend gehörte ihnen beiden. In ihrem privaten Wohnraum würde ein kleines, von ihr selbst zubereitetes Abendessen stattfinden, dazu Wein aus alten Reserven und der Genuss von Zigarren aus feinstem Tabak.

Dabei ließ man die letzten Semester Revue passieren und erörterte kurz und sachlich, um die Stunden nicht alltäglich werden zu lassen, den Neubeginn im kommenden Herbst.

Und wenn der letzte Tropfen ausgetrunken war und sie ihm zuwinkte, würde Reinhard Oswald sich höflich erheben, auf ihre Seite zukommen, ihr den Arm reichen und sie langsam, aber sicher – wie ein perfekter Gentleman – in ihr Schlafgemach begleiten.

Das Klopfen an der Tür brachte Sophie Freiherrin von Eisbach in die Realität zurück. Sie trank rasch den Rest des Kognaks aus, verstaute das Glas in der Lade und rief in ruhiger, gewohnter Manier: „Entrez, s'il vous plaît!"

In der großen Eingangshalle standen die Gepäckstücke der aus dem Pensionat entlassenen jungen Damen.

Katharinas Blick fiel auf die große Wanduhr. Das Telefongespräch mit ihrem Vater am Vortag fiel ihr ein. „Ich komme direkt aus Wien angefahren", hatte er sie instruiert und gleichzeitig die Zeit seiner Ankunft genannt. Sie konnte sich auf ihn verlassen. Er war immer pünktlich.

Die Wartezeit würde sie nützen, sich bei Herrn Oswald aufzuhalten. Er war ein großer Fan ihres Vaters, des Schauspielers Martin Peters, und wusste aus den Medien so manches mehr als seine eigene Tochter.

Sie steuerte auf die Portierloge zu.

„Ich komme Adieu zu sagen. Mein Vater wird bald eintreffen und mich abholen", begann sie das Gespräch. „Jetzt ist es endlich so weit. Ich bin frei wie ein Vogel, keinen Unterricht, keine schlechten Noten und keine Pauker mehr. Andererseits, es war hier eine großartige Zeit, an die ich mich gerne erinnern werde." Mit einem kleinen Seufzer ließ sie sich auf dem freien Sessel nieder.

„Dass ich es nicht vergesse: Ein gutes Fläschchen Whisky, für so zwischendurch, darf ich Ihnen überreichen. Und danke für Ihre vielfache Unterstützung. Allein wenn ich daran denke, wie oft ich mir von Ihnen eine Zigarette ausborgte, die ich heimlich im Garten rauchte, oder", sie lachte vor sich hin, „wenn wir Mädels erst nach der Sperrstunde eintrafen, manchmal ganz schön beschwipst, konnten wir Sie doch immer wieder überreden, an die Direktion keinen Report abzugeben. Nicht auszudenken, welche Folgen daraus entstanden wären, wenn Madame etwas erfahren hätte."

Dabei machte Katharina einen derartig komisch verzweifelten Gesichtsausdruck, dass Herr Oswald zu schmunzeln begann.

Katharina blickte nervös auf die Uhr. Um sich abzulenken plauderte sie weiter: „Papa beendete vor zwei Wochen sein Gastspiel in Hamburg und blieb zum Ausspannen noch ein paar Tage länger in Deutschland. Ich denke, er hat sich einen Kurzurlaub an der Nordsee gegönnt. Sein Versprechen hielt er, einen Arzt zu konsultieren, um sich durchzuchecken. Letzten Winter musste ich mir wirkliche Sorgen machen: zuerst die übergangene Lungenentzündung, dann sein Kreislaufkollaps während meiner Weihnachtsferien!

Aber jetzt wird einmal Urlaub gemacht. Papa hat mir eine Reise versprochen. Wohin, weiß ich noch nicht. Soll eine Überraschung werden."

Katharina blickte wieder auf die Uhr und murmelte: „Ich werde mal vor das Tor hinaus schauen."

Gedankenverloren ging sie durch den Garten. Der Himmel zeigte sich wolkenverhangen. In der vorigen Nacht war ein starkes Gewitter niedergegangen. Die Mädchen waren nach einer Abschiedsfeier in der Dorfdisco gerade noch rechtzeitig im Pensionat angekommen. Es musste die ganze Nacht geregnet haben. Der Kiesweg war aufgeweicht. In den

Beeten lagen die Blumen, durch die schwere Nässe auf die Erde gedrückt, schmutzig und traurig danieder.

Sie erreichte den imposanten schmiedeeisernen Zaun, der die Anlage von dem Außenbereich trennte. Das große Tor quietschte beim Schließen leicht.

Katharina stand am Gehsteig und blickte in die linke Seitenstraße, wo sie das Auto ihres Vaters erkannte.

„Komisch, dass er nicht ausgestiegen ist. Aber vielleicht kam er gerade erst an und musste noch schnell etwas suchen oder aufschreiben“, überlegte sie. Schnell überquerte sie die Straße und ging direkt auf den Wagen zu. Vaters Kopf lag leicht seitlich auf dem Lenkrad.

Sie riss die Autotür auf, rief Hallo, aber er hob den Kopf nicht. Er saß regungslos da. Das Gesicht starrte sie mit leblosen, offenen Augen an.

„Papa, was ist mit dir?“ Katharina setzte sich auf den Beifahrersitz, schüttelte den Regungslosen, trommelte auf seine Schultern, aber er gab kein Lebenszeichen von sich.

Wie eine Irre „Hilfe“ vor sich hin schreiend sprang sie aus dem Auto und raste zurück in das Pensionat. Sie stolperte in die Eingangshalle und schrie: „Schnell einen Arzt, mein Vater – im Auto …“ Dann brach sie vor den Augen einiger ihrer ehemaligen Zimmergenossinnen und dem erschrockenen Herrn Oswald zusammen.

Die Reanimation durch den herbeigeeilten Arzt blieb erfolglos. Mit größtem Bedauern musste er den Tod von Martin Peters bestätigen.

Ein neuer Weg auf der Landkarte des Lebens

Nach dem Entsetzen und dem Schock über den tragischen Verlust ließ Katharina nur langsam neues Licht in ihr verzweifeltes Herz einfließen.

Große Hilfe leistete Angela, eine langjährige gute Freundin ihres verstorbenen Vaters, die Katharina seit ihrer Jugendzeit kannte und bei der sie die erste Zeit nach dem Geschehen wohnte. Angela kümmerte sich rührend darum, dass die Traurigkeit nachließ und ihr Schützling von dieser schrecklichen Lethargie wegkam.

Als Chefredakteurin einer monatlich erscheinenden Wiener Frauenzeitschrift machte sie Katharina bald einen Vorschlag.

„Im Verlag nehmen wir immer wieder Praktikantinnen auf, die während der Sommermonate bei uns arbeiten. Es trifft sich gut, dass wir für dieses Jahr noch niemanden vorgesehen haben, und ich würde mich sehr freuen, wenn du dich entschließen könntest, vorübergehend ein Mitglied unseres verrückten Vereins zu werden. Nach diesen ersten Babyschritten im Berufsleben suchst du dir eine gut dotierte Stellung in einem schönen Hotel, wo du dann deine erlernten Fähigkeiten unter Beweis stellen kannst."

Katharina musste innerlich lächeln. Oft genug war sie Zeugin geworden, wenn Angela nach einer besonders harten Arbeitswoche ihre nicht gerade damenhaften Schimpftiraden von sich ließ und die Redaktion nicht als „Redaktion" bezeichnete, sondern als „Zentrale der Wiener Irrenanstalt".

Dankbar über jede Unterstützung und den gut gemeinten Rat nahm sie den Job an.

Anfangs beschränkte sich die Tätigkeit auf Kaffee kochen und Zigaretten holen, aber auch den Telefondienst, das Verteilen der Post in die jeweiligen Abteilungen und verschiedene administrative Arbeiten führte sie durch.

Recht hitzig ging es bei den wöchentlichen Redaktionssitzungen zu, die sie nicht versäumte. Sie spitzte die Ohren, schrieb eifrig mit und erfuhr dabei nützliche Tipps, wie man zugkräftige Themen wählt und spannungsgeladene Artikel schreibt.

Schnell wurde Katharina integriert und ein brauchbares Mitglied in dem „verrückten Verein". Trotz der Turbulenzen, Hektik und Spinnereien, die dort gang und gäbe waren, machte ihr die Arbeit im Verlag großen Spaß.

Besonders bei der Schlussproduktion traten jedes Mal die komischsten Situationen auf.

Es gab Mitarbeiter, die rannten durch die Räume, hochrot im Gesicht und mit geschwollenen Augenlidern durch zu viel Kaffee, Zigarettengenuss und zu wenig Schlaf. Andere saßen völlig apathisch mit steifem Nacken und abgestumpftem Gesichtsausdruck über Texte, die letztlich noch ausgebrütet werden mussten.

Die einzige Person, die mit Contenance, Ruhe und Freundlichkeit diesen Hexenkessel bewältigte, war der Lektor namens Hubertus. Jedermann nannte ihn „Hubsi". Außer Katharina. Sie nannte ihn „Herr Hubertus". Der Respekt für ihn war groß und sie mochte ihn. Er fiel nie aus der Rolle und stand über allen Situationen. Dabei gab es für ihn die meiste Arbeit, weil er der Einzige war, der sämtliche Artikel korrigierte, bevor sie in Druck gingen. Und das war beinharte Knochenarbeit bei dem Stumpfsinn, den manche Journalisten schrieben: Ideen- und konzeptionslos hingeschmissene Sätze, das Geschriebene orthografisch und stilmäßig völlig daneben, bekam der Lektor die Blätter zum

Bearbeiten auf seinen Schreibtisch. Katharina ärgerte sich oftmals, dass solche Dilettanten sich anmaßten für eine Zeitung zu schreiben.

Herr Hubertus tat ihr Leid, wenn sie zu später Stunde noch einen Blick in seinen Raum warf. Da saß er vor einem Stapel von Manuskripten und korrigierte. Auf den Seiten sah man viele rot ausgebesserte Sätze.

„Heute werden Sie wieder lange sitzen müssen, bei dem Stoß, der noch vor Ihnen liegt", meinte Katharina und schüttelte mitleidig den Kopf.

Da schaute der Angesprochene über den Brillenrand, seufzte und sagte leise: „Na ja, kann man nichts machen. So ist es halt."

Kurzfristige Ruhe trat ein, sobald die Ausgabe erschien. Zufrieden äußerte man sich über das gelungene Layout. Jede Rubrik war anregend genug konstruiert, um die Leserschaft zum Kauf des Magazins zu animieren. Die Themen und Reportagen versprachen einen interessanten Inhalt, und es gab wie jeden Monat spezielle Geschichten, die Frauen bewegten und anregten.

Wie Friedensengel erschienen tags darauf die Kollegen. Die ganze Belegschaft war bestens gelaunt und überbot sich in Höflichkeit zueinander.

Aber mehrere hintereinander folgende Tage der Stille konnte man kaum finden. Abgesehen davon, dass immer etwas gefeiert wurde mit langen Nächten und beträchtlichem Alkoholkonsum, herrschte ein ständiges Kommen und Gehen von Fotografen, Grafikern, diversen Mitarbeitern und solchen, die ständig im Verlag arbeiteten.

Mit der Zeit stieg Katharinas Selbstsicherheit und sie bekam sogar kuriose Situationen bestens in den Griff. Offen für alles und von Natur aus neugierig nahm sie an verschiedenen gesellschaftlichen Anlässen teil. Und Veranstaltungen gab es in Wien genügend. Täglich brachte der Postfuchs

Berge von Einladungen in den Verlag. Oft fiel die Wahl schwer zwischen Buchpräsentationen, Vernissagen und Einladungen von Werbegurus, die sich mit Theater- und Musikpremieren oder Dinnerpartys bei Politikern oder Möchtegernpromis kreuzten.

Wieder einmal zeichnete sich eine hektische Schlussproduktion ab, die sich im Gegensatz zu den üblichen Verrücktheiten weitaus dramatischer zuspitzte. Ein spannungsgeladener Zustand herrschte im ganzen Haus. Elektrisierende Funken blitzten spürbar, und der starke Wind, der durch die Redaktion wehte, drohte augenblicklich zu einem Orkan auszuarten.

Drei der Journalisten fielen durch eine Darmerkrankung aus und waren dadurch nicht im Stande, die noch leeren Rubriken mit geistreicher oder interessanter Lektüre zu füllen. Für derartige Situationen gab es zwar Archivmaterial, auf das man zurückgreifen konnte, trotzdem fehlten der Ausgabe noch aktuelle Reportagen und Berichte. Es war dringend notwendig Ersatzleute auszusenden, die über Events und Tagesgeschehen berichteten.

Angela fegte wie eine Furie durch die Büros und kontrollierte den Rest der Mannschaft. So mancher konzentrierte sich mit gesenktem Kopf auf seine Arbeit. Aber den bösen Blick der Chefredakteurin übersah niemand.

„Das ist ja äußerst suspekt, gerade heute wegen der Scheißerei zuhause zu sitzen“, schrie sie den Gang entlang. Sie erwischte Tom, den Fotoreporter, am Ärmel und zog ihn ohne weitere Worte in Katharinas Büro.

„Ich habe eine Aufgabe für euch beide“, schnaubte sie.

„Katharina, du musst einspringen und einen Bericht über Mona Mertens, die berühmte Schönheitschirurgin, schreiben. Tom begleitet dich und soll die passenden Fotos machen. Morgen Vormittag brauche ich alles fertig auf dem Tisch. Hier ist die Einladung. Denkt daran, wir brauchen eindrucksvolle Bilder und einen aussagekräftigen Bericht; über die Eröffnung des Beautycenters wichtige Informationen, zusammenfassend, klar im Text und deutlich im Wort. Der weitaus wichtigere Fakt ist: Bringt mir Details über die Person Mona Mertens. Sie ist eine tolle Frau und lebt ein tolles Leben. Also berichte darüber, Katharina!" Mit diesem Satz rauschte sie davon und ließ die Angesprochene völlig verdutzt zurück.

Angestrengt saß Katharina in ihrem kleinen Büro. Sie hielt die Einladung in der Hand. Leise las sie nochmals den Programmablauf durch.

16 Uhr Pressekonferenz
(Um pünktliches Erscheinen wird gebeten. Das Zeitlimit für die Befragung wird auf eine Stunde limitiert)
17 Uhr Besichtigung der Beautyklinik und des Hotels
18 Uhr Festlicher Ausklang

In ihrer Fantasie erschien sofort das Bild einer fatalen Situation. Eingekesselt zwischen anderen Journalisten versuchte sie verzweifelt eine Frage an die berühmte Mona Mertens zu stellen, was ihr nicht gelang, denn ein Hagel an Fragestellungen prasselte links und rechts von ihren Kollegen nieder. Immer wieder boxte man sie wie eine kleine Zwergin auf die Seite. Und dann, endlich, mutig schlängelte sie sich nach vorn, machte den Mund auf, um zum Gespräch anzusetzen, wurde aber grob am Kragen gepackt und wieder nach rückwärts gedrängt. Grauenhaft, daran zu denken, dass sie nicht die geringste Chance bekäme, auch nur ein winziges kleines Wort an die „Grande Dame" zu richten.

Ein Kribbeln überkam sie. Nervös begann sie sich am Kopf zu kratzen. Ein typisches Zeichen für aufkommende Ruhelosigkeit. Diese peinliche Angewohnheit war schon während der Schulzeit aufgetreten. Als ob tausende Läuse auf ihrem Haupt herumliefen. Emsig kratzte sie weiter. Dabei seufzte sie hörbar. Es war ihre erste Pressekonferenz. Und sie musste möglichst vieles aufschreiben, um von den Details eine gute Story auszuarbeiten.

Vor ihr lag der Grundstock eines ersten Konzepts:

Die weltberühmte Fachärztin für Schönheit und Ästhetik kehrte in ihre Heimatstadt Wien zurück. Sie verbrachte viele Jahre in Brasilien, wo sie bei den renommiertesten Adressen für plastische Chirurgie arbeitete und sich erstklassige Erfahrungen in der Methode der modernen Medizin aneignete.

In einem der schönsten und nobelsten Bezirke von Wien, der am Rande des Wienerwaldes liegt und von Weinbergen malerisch umrandet ist, errichtete sie ein feudales Zentrum für Schönheitsbehandlungen. Ihr zur Seite steht ein Team erfahrener Ärzte und hoch qualifizierten Pflegepersonals. In dem integrierten Hotel findet man allen erdenklichen Luxus. Es dient primär dazu, dem Patienten in den Tagen vor oder nach einem Eingriff Diskretion und Entspannung zu gewährleisten.

Immer mehr Menschen, ob Frauen oder Männer, nützen die Methoden der modernen Medizin. Sie vertrauen sich erfahrenen plastischen Chirurgen an, um einen neuen Gleichklang an ihrem Körper und Zufriedenheit in der Seele zu erzielen. Die Frage ist, wie realistisch ist der Erfolg?

Werden die Erwartungen erfüllt oder ist der Patient nach einer durchgeführten Korrektur unzufrieden?

Konzentriert las sie das Geschriebene durch und machte Abstriche und Zusätze bei den Notizen. Eifrig schrieb sie noch weitere Gedankensprünge auf und notierte sich sämtliche Fragen, die sie stellen wollte.

Stunden später.

Die Pressekonferenz verlief aufschlussreich und die Besichtigung der Klinik und des Hotels konnte zufrieden stellend erfolgen. Der gesellschaftliche Teil mit der Erstürmung des Büfetts wurde pünktlich angesetzt und das Cateringpersonal leistete gute Arbeit. Die jungen Leute boten freundlich lächelnd mit stoischer Geduld alle möglichen Getränke an. Die meisten Gäste hatten sich bereits verabschiedet, sie verschwanden lautlos und gesättigt, mit einem zufriedenen, champagnerisierten Ausdruck im Gesicht.

Auch Katharina trat den Heimweg an. Sie stand auf der Straße und winkte einem herannahenden Taxi, das rasant vor ihr stehen blieb. Plötzlich erstarrte sie. Ein Schreck durchzuckte ihre Glieder. Sie bemerkte, dass ihr etwas fehlte. Die Collegemappe mit den Aufzeichnungen hatte sie doch die ganze Zeit unter dem Arm gehalten. Wo war sie jetzt?

Der Taxichauffeur ließ die Fensterscheibe herunter und fragte: „Sie einsteigen wollen oder nicht? Ich Sie führen, wohin Sie wollen. Sie sagen, ich fahre."

„Ich nicht fahren wollen", antwortete Katharina und blickte auf das freundliche Gesicht eines Schwarzafrikaners.

„Warum nicht? Kenne mich genauso gut aus wie weiße Kollegen. Fahre schon viele Jahre in Wien Taxi, habe Konzession."

Verdammt, warum musste sie zu allem Überfluss jetzt auch noch einen Dialog führen über Einsteigen oder Nichteinsteigen?

„Weil ich etwas vergessen habe, muss ich wieder zurück. Fahren Sie bitte weiter."

Dann machte sie eine Kehrtwendung, rannte den Weg zurück und überlegte. Tom konnte unmöglich die Mappe mitgenommen haben. Er verschwand gleich nach der Führung zum nächsten Event. Wie ein Rohrspatz beschimpfte sie sich. Ihr wurde bewusst, wo die wichtigen Unterlagen liegen geblieben waren: Bevor sie gegangen war, hatte sie noch rasch das stille Örtchen besucht.

Lautlos betend, dass alles noch am selben Platz sein möge, betrat sie das Hotel und jagte völlig gehetzt durch die Halle.

Das unermüdlich herumwandernde Cateringpersonal servierte noch immer emotionslos, aber freundlich lächelnd volle Gläser. Wenige Personen standen beharrlich herum und gaben sich äußerst gesprächig. Unter dem Motto „Einer muss der Letzte sein“ erwarteten sie den Ausklang des Festes.

Katharina steuerte wie ein Spürhund in die gewisse Richtung. An der Ecke stieß sie mit einem Herrn zusammen. „Na, na, nicht so stürmisch, junge Dame“, verwies er gutmütig. „Entschuldigen, hab's eilig“, presste Katharina nicht gerade sehr freundlich heraus. Sie öffnete die Toilettentür und warf einen Blick auf den Frisiertisch.

Dort lag die rote Collegemappe, darauf hoffend, von ihrer richtigen Besitzerin mitgenommen zu werden.

„Wieder mal mehr Glück gehabt als Verstand, dumme Pute“, schimpfte Katharina mit sich selbst. Dabei machte sie ein Kreuzzeichen, schaute in den Spiegel und ließ automatisch die Tränen runterkollern. Es waren Tränen der Erleichterung.

Bald darauf befand sich Katharina in ihrer Wohnung.

Vor ihr lagen sämtliche Fragen und Antworten, die sie während der Pressekonferenz gehört und rasch mitgeschrieben hatte. Ein Konglomerat von Wörtern, rätselhafte Notizen, aus denen sie einen erstklassigen Beitrag über die schöne, reiche, erfolgreiche Frau Doktor Mona Mertens formulieren musste.

Monika Hrdlicka lautete der Mädchenname. Während des Medizinstudiums empfand sie eine große Zuneigung zu einem Kollegen. Sie glaubte an die große Liebe. Als er nach Brasilien ging, folgte sie ihm und er wurde ihr erster Ehemann. Von da an nannte sie sich Mona.

In São Paulo arbeiteten beide in einem berühmten Krankenhaus auf dem Gebiet der ästhetischen Chirurgie. Nach den ersten Jahren Ehrgeiz und Erfolg erkalteten die Gefühle füreinander. Man trennte sich auf freundschaftlichem Wege.

Ihren zweiten Ehemann lernte Mona in der Klinik kennen. Er war ihr Patient. Sie stellte ihm sein Gesicht wieder her, das durch Schnitte nach einem Unfall entstellt war. Sie verliebte sich leidenschaftlich in ihn. Er, einer der größten Zuckerrohrplantagenbesitzer, schwerreich, treu und rasend eifersüchtig, vergötterte Mona. Er heiratete sie, bot ihr den Himmel auf Erden und ließ für sie in Recife ein Krankenhaus errichten, dessen Leitung sie übernahm.

Ehemann Nummer drei lernte Mona anlässlich eines Kongresses in Brasilia kennen. Er galt weit und breit als erfolgreichster und berühmtester Schönheitschirurg mit einem eigenen, feudalen Beautycenter in Rio de Janeiro. Er war nicht nur ein schöner Mann, sondern auch so reich, dass er es mit Monas Ehemann Nummer zwei aufnehmen konnte. Und er kämpfte so lange um die Frau, die er begehrte, bis er sie heiraten konnte.

Nach sieben glücklichen Jahren, die die beiden Ärzte beruflich als auch privat zusammen verbrachten, bröckelte die Fassade langsam, aber sicher ab. Kerben machten sich bemerkbar, eine Erneuerung zeigte sich dringend notwendig.

Mona unternahm einen Urlaub ohne ihren Ehemann und begab sich auf eine längere Kreuzschifffahrt. Während der Reise lernte sie einen Wiener Industriellen kennen.

Das Wunder der Liebe stellte sich wiederum ein. Er wurde Ehemann Nummer vier. Sie hakte Brasilien endgültig ab, um sich für den Rest ihres Lebens in Wien niederzulassen. Als Hochzeitsgeschenk überreichte ihr Gatte Adolf Mertens eine Geschenkurkunde über ein riesiges Areal in einem der schönsten Bezirke Wiens, das am Rande des Wienerwaldes liegt und umgeben von Weinbergen ist. Dort wollte sie sich ihre Träume erfüllen.

Mit dem Ziel, ihre Erfahrungen und die Erkenntnisse der modernen Medizin hier in Wien zu praktizieren, ließ sie dieses wunderbare Beautyressort entstehen.

Katharinas Kopf war leer, ein Hohlkopf. Ohne geringste Inspiration. Der heutige Tag war einfach zu viel für sie. Aber sie sollte keine Ausreden gebrauchen, sondern zu schreiben beginnen. Eine leichte Migräne stellte sich ein. Rasch ging sie ins Badezimmer, holte eine Tablette. Dazu trank sie ein großes Glas Wasser in einem Zug. Sie wartete, bis die Tablette zu wirken begann und lenkte sich ab, indem sie zwei Butterbrote aß. Das Telefon läutete. Doris, eine Freundin aus der Zeit in der Hotelfachschule, erzählte euphorisch, dass sie sich dazu entschlossen hat, einen Managementkurs in der Schweiz zu absolvieren. Ihr Redefluss konnte nicht gebremst werden. Aber es störte Katharina nicht. Sie hörte sowieso nur mit einem Ohr hin und kritzelte ein Haus mit Bäumen und Blumen auf das leere Blatt Papier. Endlich verabschiedete sich Doris mit dem Versprechen, wieder von sich hören zu lassen.

Katharina blickte auf die Uhr. Morgen Vormittag musste sie ihren Report abgeben. Was sie jetzt brauchte, war völlige Disziplin und Konzentration.

„Fang doch endlich zu schreiben an“, befahl ihr zweites Ich und richtete sich drohend auf.

Schweiß brach ihr aus allen Poren. Plötzlich war sie froh, eine vierjährige Ausbildung im Hotelfach gemacht zu haben. Journalist zu sein und auf Befehl schreiben zu müssen wäre kein Job für sie. Es war bald Zeit ihr Leben neu zu ordnen. Ab morgen würde sie die Annoncen studieren und eine geeignete Stelle in einem schönen Hotel suchen.

Dann begann sie zu schreiben. Und Katharina schrieb eine wunderbare Geschichte über Mona Mertens, in einem beeindruckenden Stil, spannend, aussagekräftig und frei von orthografischen Fehlern.

Angela erteilte ein großes Lob über die gelungene Arbeit. Von jetzt an durfte Katharina immer wieder eigene Kolumnen schreiben, worüber sie mächtig stolz war.

Das Leben pulsierte kräftig und voll Energie.

Monate später wechselte Katharina ihren Job.

Zum Resümee gekommen, dass das Angebot, als Direktionsassistentin im „Hotel Paradiso" zu arbeiten, die richtige Entscheidung sei, nahm sie die Stelle an. Sie fand Gefallen an der familiären Atmosphäre des Hauses. Es lag in der Wiener Innenstadt, nicht allzu weit von ihrem Wohnort entfernt, und bedeutete einen guten Einstieg ins Hotelleben.

Voll Begeisterung lernte sie rasch alles Notwendige, um routiniert ihrem neuen Wirkungsbereich entgegenzutreten.

Das Kommen und Gehen von Menschen, das Kommunizieren mit ihnen und das Kennenlernen verschiedenster Charaktere faszinierte sie. Obwohl ihr Dienst um achtzehn Uhr endete und dann Herr Leopold, der seit Jahren als Portier arbeitete, die Abendaufsicht übernahm, kam es häufig vor, dass Katharina ihre Chefin Aurelia Notnagl anschließend bei Buchhaltungsarbeiten unterstützte.

Das Haus beherbergte Menschen, die aus Koffern leben. An den Schrammen und dem abgewetzten Leder ihrer Gepäckstücke erkannte man, dass sie viele Länder bereisten, überall sind und nirgends blieben. Dazu zählten Handelsagenten und Geschäftsleute, die kontinuierlich im Hotel abstiegen. Sie gingen in der Früh weg und verlangten abends ihren Schlüssel. Aber auch Stammgäste mit längerem Aufenthalt frequentierten das Hotel.

Herr Weichkopf aus Berlin zum Beispiel; ein verwitweter Oberstudienrat in Ruhe. Im Winter galt Wien für ihn als

Reiseziel. Sein Hauptvergnügen bestand darin, die Abende in günstigen Logensitzen bei Opern-, Theater- und Konzertaufführungen zu verbringen. Tagsüber unternahm er Streifzüge durch Museen und ließ sich zwischendurch zu lukullischen Schmankerln in Alt-Wiener Restaurants verführen.

Dass just zur selben Zeit nun schon zum zweiten Mal Fräulein von Ference aus Budapest anreiste, schien reiner Zufall zu sein. Obwohl im vorgerückten Alter, bestand sie darauf als Fräulein angesprochen zu werden. Die kleine, zarte Dame entstammte einer alten österreichisch-ungarischen Adelsfamilie. Einmal im Jahr machte sie ihre Aufwartung bei Verwandten und Freunden in Wien, wobei sie pflichtbewusst auch die bereits Verblichenen auf ihren letzten Ruhestätten mit einbezog. Und das waren nicht wenige. Meist kehrte sie am Nachmittag völlig erschöpft von diesen Friedhofstouren, die quer durch die Stadt führten, zurück. Ihr abgespannter Gesichtsausdruck veränderte sich jedoch schlagartig zu einer strahlenden Miene, sobald sie Herrn Oberstudienrat Weichkopf rein zufällig erblickte und er sie höflich und diskret fragte, ob sie nicht Lust hätte, den Abend mit ihm zu verbringen.

Eine Dame namens Prause reiste jeweils im Mai inkognito nach Wien. Seit Jahren fand ein geheimes Treffen zwischen ihr und einem Herrn namens Eder im „Paradiso“ statt. Sie bezogen die romantische „Honeymoon-Suite“ und blieben für zwei Tage unter Ausschluss der Öffentlichkeit, nachdem absolutes Roomservice geordert wurde.

Das Hotel bürgte für seine Diskretion. Nach zwei Tagen checkte Herr Eder aus, bezahlte die Rechnung und erwähnte beiläufig: „Nächstes Jahr, selbe Zeit, selbes Datum. Bitte vorzumerken.“ Frau Prause und Herr Eder verließen gemeinsam das Hotel. Das Geheimnis der beiden blieb ihr Geheimnis.

Es kam manchmal vor, dass Gäste in der Piano-Bar des Hotels spontan mit Frau Notnagl einen unterhaltsamen Abend verbrachten, wobei es sich die Hausherrin nicht nehmen ließ, die ersten zwei Runden Champagner großzügig auf das Haus zu schreiben.

Mit den Anekdoten, die sie zum Besten gab, erheiterte sie zu gerne die Anwesenden.

„Als junges, süßes Geschöpf aus der Vorstadt kam ich in die Wienerstadt", eröffnete sie die Geschichte. „Hier begann meine Karriere als Chansonette namens Jeanette Jeraz. Mit meinem begnadeten Körper, dem Gespür für Herz und Verstand, gepaart mit einem Schuss Raffinesse, hatte ich bald die Männerwelt von halb Wien verzaubert. Jeder Einzelne wollte mein Favorit sein und mir die Welt zu Füßen legen. Da kam so manche Einladung zum Tête-à-tête ins Chambre séparée. Und es blieb nicht nur beim Souper …", betonte sie dabei, wobei ein koketter Augenaufschlag und ein erotisches Timbre mithalfen, dem Erzählten das nötige Flair zu geben. „Ich war halt ‚von Kopf bis Fuß auf Liebe eingestellt'", erklärte sie schwärmend.

„Aber zur richtigen Zeit kam der rechte Mann, der sein Vermögen mit mir teilen wollte, wenn ich ihm treu bliebe. Ich versprach es, heiratete ihn vom Fleck weg und aus dem Künstlernamen Jeanette Jeraz wurde Aurelia Notnagl. Leider überlebte mein Ehemann nur die Hochzeitsnacht, denn am Morgen darauf war ich schon wieder Witwe. Der Bluthochdruck war es", berichtete sie den betroffenen Zuhörern der Runde. Dabei benetzten ein paar dicke Tränen ihre dunklen Wimpern.

„Und dieses Haus", fuhr sie nach einer Schweigeminute fort, „habe ich zum geeigneten Zeitpunkt als Altersvorsorge gekauft. Den Zauber zügelloser Verrücktheit vernichtete ich. Die Blütezeit der intimen Atmosphäre des Luxusbordells mit seinem Spiegeltanzsaal und den samtigen Boudoirs gehörten der Vergangenheit an und hatten keine Bedeutung mehr. Mit viel Liebe zum Detail und Geschmack errichtete ich, dem heutigen Trend entsprechend, das kleine, biedere ‚Hotel Paradiso.'"

Katharina verfiel jedes Mal in Euphorie für Aurelia. Obwohl sie die Geschichten fast auswendig kannte, nahm sie an solchen Abenden gerne teil. Sie half beim Servieren der Getränke und begleitete ihre Chefin am Klavier, wenn diese zur späteren Stunde mit ihrer herrlich frechen Stimme „Ich bin die tolle Lola, was kann ich denn dafür?" trällerte.

Eines Vormittags betrat Markus Steiner die kleine Empfangshalle des Hotels.

Katharina unterhielt sich gerade mit einem Gast, der seine Abrechnung verlangte. Im ersten Moment registrierte sie den Ankommenden gar nicht, denn sie war eifrig bemüht, die Telefongebühr und die angefallenen Getränke aus der Minibar ordnungsgemäß auf der Rechnung zu verbuchen.

Erst als sie sein kraftvolles „Guten Tag" hörte, blickte sie auf den überaus gut aussehenden Mann. Dabei hätte sie beinahe vergessen, den Gruß zu erwidern. Eine feine Röte überzog ihr Gesicht. Nachdem der Gast die Rechnung bezahlt hatte und wegging, widmete sie sich dem Mann, der geduldig seitlich der Rezeption stand und Katharina bei ihrer Beschäftigung beobachtete.

„Was kann ich für Sie tun?" Katharina bemühte sich, einen höflich-freundlich-sachlichen Ton anzubringen. Das fiel ihr gar nicht so leicht, denn sie fühlte sich bei seinem Anblick wie von zwei Blitzen getroffen.

„Dieser Mann strahlt genau das aus, was viele Frauen fasziniert", war ihr erster Gedanke. „Wahrscheinlich ist er Vertreter in der Unterwäschebranche und hat leichtes Spiel bei weiblichen Kundinnen!"

Markus Steiner stellte sich namentlich vor und kündigte an, dass er eine längere Anmietung eines komfortablen, ruhigen Appartements in Erwägung ziehe.

„Gibt es dafür spezielle Pauschalpreise?“, fragte er so nebenbei und sah sich die Hotelbroschüre an. Katharina lauschte seiner angenehmen Stimme und ihre Sensoren schalteten auf Vorsicht.

„Das kann ich Ihnen gerne offerieren“, antwortete sie geschäftig und nannte ihm die Konditionen, die für derartige Arrangements angeboten wurden. „Natürlich können Sie auch Kleinigkeiten bei uns zu Abend essen. Wir sind bekannt für diverse Spezialitäten, die wir unseren Gästen auf Wunsch ab 19 Uhr offerieren. Unsere Bar ist ab 17 Uhr geöffnet. Ein willkommener Ort für Geselligkeit, stilvoll und gemütlich, besonders die Plätze vor dem offenen Kamin. Das Frühstück wird zwischen sieben und neun Uhr serviert.“

Mit einem überaus herzlichen Blick sah sie Markus Steiner dabei an.

Katharina überkam ein ihr nicht erklärbares Gefühl und sie spürte, dass etwas Besonderes eingetroffen war. Insgeheim fragte sie sich, ob das nicht doch mit Markus Steiner im Zusammenhang stünde, der bereits eine Weile im Hotel wohnte. Seine Anwesenheit verlieh ihr Flügel, sie fühlte sich wie ein kleiner bunter Schmetterling. Die zurückhaltende, männliche Note reizte sie ungemein, und wenn er beim Kommen und Gehen seine Worte mit einem verschmitzten Lächeln umrahmte, hätte sie ihn am liebsten auf die Wange geküsst. „Was für ein Mann – und welches Glück, dass er bei uns eingezogen ist“, konstatierte sie mit Zufriedenheit.

Um mehr in seiner Nähe sein zu können, verlängerte sie noch öfters ihre Arbeitszeit im Hotel. Sie erwartete seine Ankunft und servierte ihm persönlich das kleine Nachtmahl, das Maria, die gute Seele des Hauses, kreativ und köstlich zubereitete.

Bei solchen Gelegenheiten versuchte sie geschickt ein wenig mehr über den schönen fremden Mann zu erfahren und wusste bald, dass er in den Vereinigten Staaten sesshaft ist und anlässlich eines Nachlasses verschiedenes Rechtliches in Wien zu klären habe.

„Eine Tante meiner Frau ist vor kurzem gestorben und hat ihr mehrere recht kostbare Antiquitäten vererbt. Es sind Schätze darunter, die bis ins frühe 18. Jahrhundert zurückgehen. Nun ist es meine Aufgabe, den Wert des Bestandes durch Expertise beglaubigen zu lassen und etwaige Verkäufe über den Anwalt abzuwickeln. Dem Wunsch meiner Frau entsprechend werde ich besonders auserlesene Kunstgegenstände in die Staaten transportieren. Bei den Möbelstücken sind welche dabei, die restauriert werden müssen. Die Gegenstände sind jetzt bei einem befreundeten Restaurator untergebracht, der die nötigen Ausbesserungen durchführt. Durch meinen erlernten Beruf als Kunsttischler habe ich genügend fachliche Kompetenz und lasse es mir nicht nehmen, dann und wann mitzuarbeiten. Der Geruch und die Verwendung von Holz und Leim, Blattgold und Pinsel sind für mich liebenswerte Erinnerungen an frühere Tage“, fügte er abschließend etwas wehmütig hinzu.

Eines Abends erbot sich Markus, sie auf ihrem Nachhauseweg zu begleiten. Die beiden spazierten durch die Stadt, durchquerten den Volksgarten und als sie vor dem im Jugendstil erbauten prächtigen Haus standen, fragte Katharina schüchtern: „Möchten Sie sich meine Wohnung ansehen?“

„Nichts lieber als das“, kam postwendend die herzliche Antwort.

„Sie werden einige schöne alte Möbel vorfinden, die Sie als Kunstkenner sicher interessieren. Sie stammen noch von meinen Großeltern. Mein Vater hatte nach deren Tod alles so belassen, er lebte seit seiner Kindheit hier und wollte nichts verändern. Er war froh hier wohnen zu können, inmitten der Stadt, nicht weit von seiner Spielstätte entfernt.“

„Spielstätte?“, wiederholte Markus fragend.

„Er war Schauspieler. Leider ist er vor kurzer Zeit gestorben“, erwiderte Katharina leise mit einem traurigen Unterton in ihrer Stimme.

Der Lift fuhr aufwärts und stoppte mit einem kleinen Ruck.

Sie betraten die Wohnung, die sich über die ganze Etage des dritten Stockwerkes erstreckte.

„Hier war sein Reich, wo er sich verkriechen und nachdenken konnte oder Rollen lernte“, erklärte sie den ersten Raum, den sie ihm vorstellte.

Markus begutachtete die Fotografien an der Wand, die den Schauspieler in verschiedensten Szenen darstellten. Er warf einen kurzen Blick auf den Schreibtisch, auf dem sich ein Stapel von Zeitungsausschnitten befand, und las flüchtig eine Meldung, die in großen schwarzen Lettern über den tragischen, überraschenden Tod des bekannten und beliebten Schauspielers Martin Peters berichtete.

„Sie müssen wissen“, fuhr Katharina fort, nachdem sie ihren Gast in das gediegene Wohnzimmer geführt und ihn gebeten hatte Platz zu nehmen, „die Eltern meines Vaters waren bürgerlich-konservativ. Großvater besaß einen ausgezeichneten Ruf als praktischer Arzt und seine Praxis führte er bis ins Alter, weil seine Patienten ihm voll vertrauten.

Er konnte es lange nicht glauben, dass er in seinem Sohn keinen Nachfolger fand.

Anstatt die Uni zu besuchen ging er auf die Schauspielschule. Es gab einen schrecklichen Krach, als dies herauskam. Daraufhin ging mein Vater ins Ausland. Er wirkte bei einigen Gastspielen mit, trampte und arbeitete irgendwo in Deutschland. Kein Mensch wusste, was er wirklich in dieser Zeit tat. Nach Jahren kam er nach Wien zurück. Er bekam einen Fixvertrag in einem winzigen Theater und spielte dort große Rollen mit kleinen Gagen.

Ich lernte bereits als Kind die Welt der Bühne kennen. Neugierig beobachtete ich von einer kleinen, versteckten Ecke einer Garderobe, wenn Schauspieler ihre Kostüme anlegten und durch die Kunst der Maskenbildner in eine andere Persönlichkeit schlüpften. Oftmals durfte ich bei Vorstellungen dabei sein. Es faszinierte mich immer wieder aufs Neue, Tragödien oder Komödien als Spiel dargestellt zu erleben."

Bevor sie mit ihren Erzählungen fortfuhr, holte sie aus der Biedermeierkredenz ein Tablett, stellte zwei Gläser und die Karaffe mit Rotwein darauf und schenkte dem Gast und sich selbst ein.

„Der Durchbruch für meinen Vater kam, als ein Regisseur auf ihn aufmerksam wurde und ihm die Chance bot, den ‚Peer Gynt' im Burgtheater darzustellen. Die Premiere war an jenem Tag, an dem er am Vormittag erfuhr, dass seine Eltern bei einem Flugzeugabsturz anlässlich einer Urlaubsreise ums Leben kamen.

Es war ein furchtbarer Schock für ihn, und alle Anwesenden bangten, dass er auf Grund des tragischen Vorfalls dem enormen Leistungsdruck nicht standhalten werde können. Trotzdem brachte er seinen Part derart bravourös über die Bühne, dass die Besucher jubelten und ihm mit stehenden Ovationen huldigten. An diesem Abend hatte er sich selbst übertroffen. Zum Schluss dankte er mit tränenerstickter Stimme für den Beifall und sagte schlicht und einfach: ‚Ich habe heute für meine Eltern gespielt, die vor wenigen Stunden bei einem Flugzeugabsturz gestorben sind' Dann verneigte er sich nochmals und trat von der Bühne ab."

Markus verfolgte ernst die Erzählung, ohne sie zu unterbrechen.

„Mein Vater hatte es geschafft. Vorbei waren die schmalen Gagen in den Kellertheatern und die Sorge, ob er auch in der kommenden Saison im Ensemble würde mitwirken können. Er wurde fix an das Burgtheater engagiert. Die Regisseure bezeichneten ihn als großartigen Charakterdarsteller und die Kritiker verwöhnten ihn. Wien hatte seinen aufgehenden Stern am Theaterhimmel."

Katharina machte eine kleine Pause, bevor sie fürsorglich fragte: „Möchten Sie nicht einen Snack zu sich nehmen? Ich bin so im Erzählen, dass ich ganz vergaß, Sie haben ja noch gar nichts gegessen." Dabei schaute sie ihn entschuldigend an und eilte in die Küche, bevor Markus auch nur die geringste Erwiderung machen konnte. Es dauerte nicht lange und sie kam zurück mit belegten Brötchen, die sie aufmunternd ihrem Gast hinhielt.

Der Rotwein hatte auch Markus ein bisschen aus der Reserve geholt und er erlaubte sich, dann doch eine Frage zu stellen:

„Und ich nehme an, Ihr Vater lernte in Wien Ihre Mutter kennen."

„Nein, meine Mutter war Engländerin. Er machte während seines Aufenthaltes in London ihre Bekanntschaft. Als ich unterwegs war, zogen sie nach Wien und wir lebten hier zusammen mit meinen Großeltern."

„War Ihre Mutter auch Schauspielerin?"

„Nein, mein Vater erzählte mir, sie hatte eine Ausbildung als Schneiderin und nähte mit viel Geschick wunderschöne Kleider für feine Damen. Später erlernte sie Tanzen und wurde Lehrerin in einer Tanzschule. Niemand außer ihr konnte so rhythmisch und voll Hingabe die lateinamerikanischen Tänze Tango, Cha-Cha-Cha oder Paso doble aufs Parkett bringen."

Markus zeigte sich ein wenig irritiert, deshalb sprach Katharina augenblicklich weiter.

„Ich kann mich an meine Mutter nicht erinnern. Ein schreckliches Unglück ereignete sich während einer Schiffspassage nach New York. Vater überlebte, aber meine Mutter befand sich unter denjenigen, die bei der Katastrophe ums Leben kamen.

Es wurde all die Jahre in meiner Familie nie viel darüber gesprochen. Man hatte sich mit dem Schicksal abgefunden und auch ich habe gelernt, mit meinem Leben ohne Mutter zurechtzukommen. Trotzdem bin ich gut behütet aufgewachsen. Mein Vater tat das Bestmögliche für mich. Außerdem gab es die Großeltern und eine Nanny, die meine Erziehung formten und während meiner Kindheit viel Zeit mit mir verbrachten. In den heißen Monaten reisten wir aufs Land, nach Reichenau an der Rax – zur bürgerlichen Sommerfrische.

Opa war nicht ständig bei uns, manchmal kam er nur zum Wochenende. Er hatte ja seine Praxis, von der er sich nicht trennen konnte.

Als Kind mochte ich diese Art von stilvollem Nichtstun in gepflegter Umgebung nicht besonders. Ich empfand es als äußerst langweilig, und die Kinder, mit denen ich spielte, waren blöd und versnobt. Aber für Oma galt diese Zeit als Rückblick ins Fin de Siècle und so gestaltete sie auch die Tage. Sie lud sich Freunde aus Wien ein. Man machte ausgiebige Spaziergänge, tratschte bei Kaffee und Kuchen und spielte, wenn es kühler wurde, Tennis und eine Kartenpartie. Nach einem kleinen Nachtmahl stand das Kurkonzert oder ein Theaterbesuch auf dem Programm.

Im Gegensatz zu Opa konnte Großmutter ziemlich konsequent und streng sein. Sie setzte es durch, dass ich die Oberstufe des Gymnasiums halbintern machte. Ich war eine sehr schlechte Schülerin und zu faul, um die Nachmittage zuhause zu sitzen und Aufgaben zu machen.

An meinem Vater hing ich sehr, er war mein bester Freund und brachte mir immer Verständnis entgegen.

Als ich älter wurde, durfte ich ihn in den Ferienmonaten begleiten, wenn er bei auswärtigen Festspielen mitwirkte. In den letzten Jahren überraschte er mich immer wieder mit interessanten Urlaubsreisen. So hätte es auch sein sollen am Ende meiner Hotelfachausbildung im Schloss Eisbach. Aber am Tag, als er mich abholte, passierte das Unfassbare."

Katharina nahm einen großen Schluck Rotwein, bevor sie Markus von der Schicksalsstunde erzählte.

Markus sah unauffällig auf die Uhr. Es war spät geworden. Anstandshalber äußerte er zaghaft, es wäre wohl an der Zeit seinen Besuch zu beenden. Katharina unterdrückte ein Gähnen und bedauerte, nicht den Mut zu haben ihm vorzuschlagen, er könne ja die Nacht in einem der Zimmer verbringen, um früh am Morgen zum Hotel zurückzukehren.

Sie wischte diesen kecken Gedankensprung weg und sagte stattdessen:

„Würden Sie einwilligen, wenn ich Sie bitte, nächsten Freitagabend nochmals mein Gast zu sein? Ich überlege einen Teil der Wohnung zu vermieten und möchte mich von manchem Krimskrams befreien. Vor allem müssen verschiedene Möbelstücke weg. Ihr Urteil, was auf den Markt zu bringen interessant wäre, würde mir dabei sehr viel bedeuten."

Sie schaute ihn mit großen, unschuldigen Augen bittend an.

„Ich stehe Ihnen jederzeit zur Verfügung", antwortete Markus mit seinem kleinen, verschmitzten Lächeln im Gesicht.

*****

Besonnen stand Katharina am großen Familiengrab und registrierte befriedigt, dass die Kerze in der gusseisernen

Laterne brannte und die gepflanzten Rosenstöcke gegossen waren. Sie wusste, dass Adriano sein Amt als Friedhofswärter fürsorglich verwaltete und kleine Dienste mit etwas Trinkgeld verlässlich durchführte. Sie lächelte beim Gedanken an ihn. Er liebte, hegte und pflegte auf eine besondere Art nicht nur die Gräber der Toten, sondern auch so manche Witwe. Als Seelentröster bekannt unter dem weiblichen Geschlecht, hatte er leichtes Spiel bei ihnen. Ob jünger oder älter, er war ihnen herzlich zugetan und verstand es auf eine besondere Weise, sie mit aufmunternden Worten und Taten von ihrem Kummer zu befreien.

Sie schaute auf das Porträt ihres Vaters, das ihr auf der kleinen Fotografie, neben den Bildern seiner Eltern im Marmorstein eingelegt, entgegenblickte.

„Es ist eine Weile her, dass ich dir einen Besuch abstattete", begann sie ihren einsamen Monolog.

„Ich vollziehe wieder einmal einen etwas mühsamen Prozess und gehe derzeit mit leicht verschlossenen Augen durch die Welt. Aber wie ich dich kenne, hast du dafür vollstes Verständnis.

Es hat sich viel getan in den letzten Wochen und ich habe es nicht geschafft, zu dir zu kommen. Viele Neuigkeiten sind zu berichten. Ich habe eine neue Flamme namens Markus Steiner. Er ist seit einiger Zeit in meinem Hotel zu Gast. Ein toller Mann und ich bin schrecklich verliebt in ihn. – Aber chancenlos, er ist verheiratet, lebt in den Staaten und wird bald wieder zurückreisen. Wir unterhalten uns so liebenswürdig und herzlich, aber im Großen und Ganzen ist er äußerst zurückhaltend, also kann ich mir nicht vorstellen, dass er einen Flirt mit mir beginnt.

Um den Mann Markus aus meiner frustrierten Seele zu wischen, bin ich einige Male ausgegangen, habe nutzlose Stunden mit sinnlosen Männern verbracht und sie abgeschleppt. Na, du weißt schon, was ich damit meine. Keiner war es wert, dass man auch nur einen weiteren Gedanken an ihn verschwendet. Aufgeblasen wie Gockelhähne und von sich eingenommen setzen sie sich in Szene und glauben die Besten auf der Welt zu sein. Und so eingebildet sie sind, vergisst der eine, dass es Deodorant für die Achsel gibt, und der andere fault aus dem Mund, als hätte er noch nie etwas von einer Zahnpaste gehört.

Ich will jetzt gar nicht ins Detail gehen, aber mir war nachher jedes Mal zum Kotzen.

Letzthin überredete mich meine Freundin Doris, du weißt schon, die aus der Hotelfachschule, auf eine Party mitzugehen. Sie kam vor kurzem aus der Schweiz zurück, wo sie an einem Managementkurs teilnahm. Bei ihr ist rundherum alles Sonnenschein. Sie hat jetzt einen tollen Job in einer renommierten Werbeagentur. Dadurch lernt sie einflussreiche Geldmänner kennen. Wie üblich machten wir uns aus, dass wir abhauen, sobald es langweilig oder zu *schwül* wird. Wir haben da unsere Technik aus der Zeit im Pensionat, musst du wissen. Ein Codewort genügt und die eine oder andere weiß, was läuft.

Ich besorgte mir ein trendiges Kleid, damit das Outfit passte, und hoffnungsvoll betraten wir beiden Singles das Fest. Doris warnte mich flüsternd vor eventuellen protzigen Möchtegern-Managern: ‚Die können manchmal recht widerlich werden, wenn sie ein Glas zu viel getrunken haben', erklärte sie wissend. Danach stellte sie mir nach und nach verschiedene Geschäftsfreunde vor, die uns gerade über den Weg liefen und mit denen ich höfliche, belanglose Sätze wechselte. Es war den Herren anzusehen, dass sie sich zu mehr Engagement an diesem Abend nicht verpflichtet fühlten. Sie bevorzugten die Gesellschaft Gleichgeschlechtlicher. In kleinen Grüppchen standen sie lässig beisammen, unterhielten sich über Börsenhoch und -tief, über neu entstandene Infrastrukturen da und dort und schienen mit sich und der Welt zufrieden zu sein.

Daraufhin gesellte ich mich zu deren Ehefrauen. Aber in dieser Clique kam ich mir richtig ausgestoßen vor. Wörter wie ‚Handikap beim Golfen', ‚neueste Kreationen', ‚Termin im Kosmetiksalon verpasst' und ‚Au-pair-Mädchen wegen Nichterfüllung ihrer Pflichten gekündigt' prallten wie Tennisbälle von einer zur anderen. Dazwischen klagten die Damen über ihre ungezogenen Kinder und wie wenig Zeit ihre Ehemänner zuhause verbrachten.

Endlich erbarmte sich ein Herr. Er schien meine Soloperformance beobachtet zu haben. Beschwingt kam er auf mich zu und erklärte mir geradewegs, er sehe sich auserwählt mir den Abend zu versüßen. Dabei lächelte er dümmlich und tatschte mir unverschämterweise leicht auf das Hinterteil. Ich war so perplex, dass ich genauso dümmlich zurücklächelte. Sofort nahm er mich am Arm und marschierte mit mir in Richtung Bar, von der er sich auf Grund der bereitstehenden Getränke nicht mehr loslöste. Es wurde recht qualvoll für mich. Nach jedem Glas Champagner rülpste er leicht und starrte unbeholfen vor sich hin. Dann kam es endlich über seine Lippen; mit in sich gekehrten Augen, den Zeigefinger auf mein Dekolletee legend, stammelte er: ‚Ich weiß, dass du verheiratet bist, aber dein Mann da drüben bekommt das sowieso nicht mit. Also, wäre es nicht eine wunderbar geile Sache, wenn wir im Gästezimmer des Hausherrn unsere Leidenschaft aufeinander stillen? Ein kleines Gspusi zwischendurch würde uns beiden gut tun, glaub es mir!' Er trank den Champagner, rülpste und drehte sich dem Servierboy zu, der ein Tablett mit Kanapees anbot.

Das war meine Rettung. Wie von Furien gejagt raste ich auf die andere Seite des Saales, wo ich Doris entdeckte. Die Notwendigkeit des Codewortes war eingetreten und sie musste wohl an meinem Gesichtsausdruck erkannt haben, dass es dringend erforderlich schien, diese Party zu verlassen.

Das wollte ich dir erzählen, Papa. Über alles Weitere halte ich dich auf dem Laufenden."

Für einen Moment zog Katharina die Stirne in Falten. Ob die Großeltern diese intime Beichte mitbekamen und sehr geschockt über das eigenartige Verhalten ihrer Enkeltochter sein würden? „Blödsinn“, sagte sie laut vor sich hin. Tot ist tot.

Ohne ein weiteres Wort, aber mit einem Lächeln im Gesicht entfernte sie sich vom Grab Richtung Ausgang.

Katharina hätte schwören können, dass Adriano, hinter irgendeinem Gebüsch versteckt, ihr im richtigen Moment auflauerte. Manchmal machte es Spaß mit ihm zu flirten. Sie musste nur aufpassen, dass er ihr kokettes Wortspiel nicht zu ernst nahm, denn heißblütig, wie er war, würde sie schneller auf der Couch landen, als ihr lieb war.

Katharina hatte Recht. Kaum war sie wenige Schritte gegangen, kam er freundlich lächelnd mit ausgestreckten Händen auf sie zu.

„Meine einzige Liebe, du Lichtstrahl in meiner dunklen Welt, sei willkommen.“

Dabei küsste er sie auf beide Wangen und fragte kess:

„Wie wär’s mit einem Zigaretterl?“

„Heute nicht, mein lieber Freund, ich bin in Eile“, gab Katharina fröhlich zur Antwort, drückte ihm die Hand und wandte sich eilig ab zum Weitergehen. Sie wusste, dass er nicht traurig zu sein brauchte. Für Unterhaltung war gesorgt. Frau Hofstätter, eine vernachlässigte Ehefrau, schlenderte langsam durch den Friedhof. Sie zählte zu den eifrigen Besucherinnen, die Adriano glühend verehrten. Eine bedauernswerte Person, die dringend Ersatz zu suchen schien. Mit ihrer Ehe stand es nicht zum Besten. Die beiden hatten sich total auseinander gelebt und ihr Gatte suchte die Befriedung an anderen Orten. Und er besaß die Dreistigkeit, abends am Stammtisch abenteuerliche Geschichten, aufgebauscht mit irrealsten Details, von sich zu geben, um damit die Stimmung unter seinen Freunden aufzuheizen.

*****

Aufgeregt öffnete Katharina die Wohnungstür. Ihr Traummann war pünktlich erschienen. Mit einem riesigen Blumenstrauß in der Hand und seinem verschmitzten Lächeln im Gesicht begrüßte er seine Gastgeberin aufs Herzlichste.

Katharina wünschte sich so sehr, dass es ein romantischer Abend werden würde. Aus diesem Grund hatte sie das „Dinner for two" in ihrem persönlichen Raum vorbereitet.

„Es ist hier gemütlicher und unkonventioneller", meinte sie leichthin, nachdem Markus das lustige, moderne Interieur des Zimmers begutachtet und Platz genommen hatte.

Das vertraute Du, auf das sie übergingen, kam beiden leicht über die Lippen.

Markus war voll des Lobes über Katharinas hervorragende Kochkunst.

„Bei meinen vielen Reisen bin ich manchmal mit dem Essen nicht sehr verwöhnt worden und am Anfang dachte ich so manches Mal wehmütig an die guten österreichischen Suppen und die ordentlichen Portionen Fleisch und Knödel, so wie ich es von zuhause gewohnt war. Aber man gewöhnt sich an alles, selbst an Fastfood!"

Auf Katharinas Frage, wo Markus geboren wurde, antwortete er:

„Ich bin in einem kleinen Ort in Niederösterreich geboren und aufgewachsen, umgeben von einer reizvollen Gegend voll farbenprächtiger Felder, satter Wiesen und dunkler Nadelwälder.

Mein Vater war Förster und beaufsichtigte rundum das Waldgebiet. Deshalb bin ich seit meiner Kindheit stark mit der Natur verbunden. Ich lernte früh mit der Flinte umzugehen, die Tiere zu beobachten und ihre Gewohnheiten zu verstehen."

„Ich weiß noch so wenig von dir", sprach Katharina und sah Markus erwartungsvoll an.

Inzwischen hatten sie die Plätze gewechselt und saßen auf dem bunten Sofa mit den vielen kuscheligen Zierkissen.

„Shall I tell you about my life?"

Katharina nickte stumm.

„Nach meiner Ausbildung als Kunsttischler und Innendekorateur packte mich die Reiselust. Wenn meine Freunde begeistert von ihren Träumen erzählten, nach Amerika oder Australien auszuwandern, um dort Reichtum zu erzielen, hörte ich ihnen zu, aber es wäre mir nie in den Sinn gekommen, mit ihnen zu ziehen. Ich wollte das Abenteuer pur erleben.

Mein Hobby als Jäger wurde zum Beruf, und durch eine schicksalhafte Begegnung gelangte ich nach Afrika, wo ich als Wildhüter und später als Begleiter gutbetuchter Touristen agierte, die sich ihre Jagdtrophäen auf Safaris holten.

Ich lernte einen Mann kennen, der auf der ganzen Welt zuhause war: Peter Steffen. Ein Abenteurer und Glücksritter, nirgends sesshaft und stets auf der Suche nach neuen Herausforderungen. Fasziniert von der Individualität seiner Persönlichkeit wurden wir rasch gute Freunde.

Er brauchte mich nicht lange zu überreden, sein Partner zu werden und mit ihm zu reisen. Durch ihn lernte ich die halbe Welt kennen, von Argentinien nach Alaska, einem wahren Wunder der Natur, mit unberührten Landschaften, hohen Bergen, spektakulären Gletschern, stillen Fjorden und prächtigen Tieren.

Auch Kanada war für mich eine einzigartige Entdeckungsfahrt. Wir trampten quer durchs Land der Bären, Elche und Biber, der eisbedeckten Dreitausender, wildromantischer Schluchten, smaragdgrüner Seen und überwältigend grüner Täler.

In Anchorage am Selton Lake hatten wir einen Bären aufgespürt, der ein paar Hundert Meter vor uns dahintrottete.

Wir beobachteten das Tier und übersahen, dass sich plötzlich in nächster Nähe ein ausgewachsener Grizzlybär vor uns erhob und ein Gebrüll von sich gab, das uns durch Mark und Bein ging. Wir standen quasi Aug' in Aug' vor diesem drei Meter hohen Monster.

In Todesangst zückte mein Freund das Gewehr und schoss. Er hatte das Glück, ihn zu erlegen.

Nach langer Irrfahrt landeten wir in St. Petersburg. Dort wurden wir Gäste des zwielichtigen, aber sehr reichen Russen namens Alexej Petrovic.

Anlässlich eines typisch russischen Festes mit Wodka, Sekt und Kaviar lernte ich Sonja kennen und verliebte mich sofort in diese Frau."

Abrupt beendete Markus seine Erzählung und fragte stattdessen: „Darf ich dir noch einschenken?"

„Gerne", erwiderte Katharina. Sie war erpicht zu hören, wie es weiterging.

Markus stand auf, holte sich das Paket Zigaretten vom Schrank. Unbeholfen zündete er sich eine an. Katharina merkte, dass seine Hand leicht zitterte.

Zögernd sprach er weiter.

„Du musst wissen, in den Jahren meiner Wanderschaft von Nord nach Süd, meist nur von der Einsamkeit der Natur und meinem Partner umgeben, verschwendete ich nicht viele Gedanken an eine Frau. Zu sehr faszinierte mich das Abenteuer und eine feste Beziehung hatte keinen Platz in meinem Herz. Zugegeben, ein Kostverächter war ich nicht. Ich suchte mir schon da und dort einen Flirt, einen One-Night-Stand, der hauptsächlich der Befriedigung diente und nach dem man sich am nächsten Morgen ohne viel Gewissensbisse verabschiedete.

Erst bei Sonja merkte ich, wie liebeshungrig ich mich nach Sex und Gefühlen verzehrte. Sonja war der Inbegriff von Weiblichkeit, gekoppelt mit Scharm und Raffinesse. Sie verstand es, mich total verrückt zu machen. Voll Offenheit erzählte mir diese wunderschöne Frau ihr Schicksal. Sie hatte in jungen Jahren einen Mann geheiratet, von dem sie glaubte, ihn ewig lieben und ihm vertrauen zu können. Aber sie wurde aufs Schlimmste enttäuscht. Ihr Ehemann verstrickte sich in spektakuläre Geschäfte, die ihn sein ganzes Vermögen kosteten. Der einzige Ausweg, wenigstens seine Reputation wieder zu erlangen, schien Alexej Petrovic zu sein, ein Mann, der Reichtum und Einfluss besaß und seit langem Sonja für sich gewinnen wollte. Alexej stellte dem Schuldner in Aussicht, das Geld zur Verfügung zu stellen, wenn er dafür seine Frau an ihn abtritt. Ein äußerst unmoralisches Angebot; trotzdem willigte Sonjas Ehemann in diesen Deal ein.

‚Es ist keine Liebe, die ich für Alexej empfinde, nur Dankbarkeit, dass er mir ein Leben in Lust und Freude bietet. Seitdem du in mein Leben getreten bist, weiß ich wieder, was Liebe ist. Ich will raus aus diesem goldenen Käfig, wo ich nur ein austauschbares Maskottchen bin. Ich begehre dich und möchte mit dir glücklich bleiben', schwor sie mir bei einem heimlichen Rendezvous.

Blind vor Verlangen ging ich auf dieses Abenteuer ein. Die Liebe macht erfinderisch, und ohne Skrupel fanden wir Möglichkeiten, an versteckten Orten unsere Liebesspiele auszukosten.

Nach der Rückkehr von einer kurzen Geschäftsreise, die Alexej mit Peter unternommen hatte, wusste ich, dass eine Entscheidung bevorstand. Ich zog meinen Freund ins Vertrauen und erzählte ihm von meiner Liaison. ‚Ich plane Sonja mitzunehmen und sie zu heiraten. Sie verdient es glücklich zu werden', erklärte ich ihm fest entschlossen.

Peter reagierte sehr ungehalten und hatte kein Verständnis für diese absurde Idee.

‚Bist du von wilden Affen gebissen worden, Junge? Du wirst dir doch nicht diese Verpflichtung aufhalsen, nur weil dein Schwanz verrückt spielt! Gerade sie, diese Russin, die einen jeden, der ihr über den Weg läuft, ausnimmt wie eine Weihnachtsgans! Ich garantiere dir, dass sie deiner überdrüssig wird, sobald sie den Vorteil genießt im Westen zu leben. Außerdem warne ich dich vor der Unberechenbarkeit von Alexej. Bei aller Freundschaft, die ich zu ihm hege. Aber er ist ein russischer Mafioso, der zu allem fähig ist. Er liebt diese Frau, sie ist sein Besitz und er hat weitaus mehr Macht als du armseliger Tramper. Ich bitte dich, nimm Vernunft an! Im Übrigen kenne ich Sonja, sie versucht es bei jedem mit demselben Trick. Vor Jahren, als ich das erste Mal hier in Petersburg weilte, war ich ihr Opfer. Diese kleine Nymphomanin! Mehr darüber zu sprechen halte ich für sinnlos.‘ Dabei lachte er pervers auf.

‚Unsere Anwesenheit in Petersburg ist beendet‘, fuhr er strikt fort. ‚Ich habe nicht vor, noch länger hier zu bleiben wegen irgendeiner Nichtigkeit und Gefühlsduselei. Die Flugtickets sind reserviert und morgen geht es via Helsinki nach Frankfurt. Ich habe von einer Agentur eine Anfrage bekommen, die eine interessante Perspektive aufweist. Ein Großindustrieller besitzt in Kenia eine Lodge und ist auf der Suche nach zwei erfahrenen Begleitern für Jagdsafaris.

Ein Treffen wird in Frankfurt stattfinden. Vorausgesetzt, die Moneten stimmen, stellt es ein verlockendes Angebot dar. Was meinst du?‘ Ich zog die Achseln hoch, verzog den Mund zu einer Grimasse und gab keine Antwort. So aufgebracht hatte ich meinen Freund noch nie erlebt. Bis jetzt war meist ich derjenige, der ihn zur Räson bringen musste, wenn er verrückt spielte.

Alexej arrangierte am letzten Abend ein Abschiedsfest für uns beide und es wäre feige von mir gewesen, nicht dabei zu sein, obwohl ich mich entsetzlich fühlte. Ich musste wenigstens noch ein paar Worte zum Abschied für Sonja finden. Peter kam meinem Wunsch insofern entgegen, als er sich mit Alexej total betrank und ihn damit von allem anderen ablenkte. Ich tanzte mit ihr einen letzten Tanz. ‚Uns trennen Welten, Sonja, und müsste ich nach meinem Gefühl handeln, würde ich dich an der Hand nehmen und dich in ein Märchenland entführen. Aber in der Realität habe ich diese Möglichkeit nicht', sagte ich schließlich voll Trauer, als ich bemerkte, wie ihre Augen feucht wurden.

‚Schade', gab sie zur Antwort. ‚Ich hätte dir den Luxus geboten, ein Leben voll Liebe und Freude zu haben.' Dann entzog sie sich meinen Armen, steuerte auf Alexej zu, nahm ihm die Flasche Wodka aus der Hand und trank sie aus. Sie schaute mit einem verzerrten Blick in die Runde und schrie: ‚Ihr seid alle Scheißkerle, alle, und der größte bist du, Alexej!' Dann packte sie den Betrunkenen an der Hand und schwankte mit ihm aus dem Zimmer, ohne sich noch einmal umzudrehen.

Der Flug nach Frankfurt gestaltete sich sehr schweigsam. Peter sprach nur das Notwendigste. Der Wodka vom Vorabend schien noch seine Wirkung zu haben, und das war gut so. Somit konnte ich meine Gedanken ordnen.

Am Airport von Frankfurt trennten wir uns. Ich wollte keine langen Reden halten, sondern erklärte ihm schlicht und einfach, dass ich eine Auszeit nötig hätte. Peter war ein Mensch, der nicht viel fragte und auf Antwort wartete. Er sah mir in die Augen und nickte. Nach einer langen Umarmung ging ein jeder von uns in eine andere Richtung.

In Wien angekommen nahm ich mir ein Mietauto und fuhr direkt nachhause. Dort traf mich ein neuerlicher Schock. Mein Vater informierte mich, dass Mutter von einem Tag zum anderen ausgezogen war und die Scheidung verlangte.

‚Nach einem Kuraufenthalt kam die entscheidende Aussprache zwischen mir und deiner Mutter', erklärte er mit wenigen Worten. ‚Sie hat einen verwitweten Lehrer mit drei Kindern aus dem Nachbarort geheiratet. Deine unzähligen Briefe an uns habe ich pflichtbewusst an sie weitergeleitet. Wir konnten dir nicht schreiben, da du in den letzten Monaten keinen Absender angegeben hattest, und bei deinen kurzen Telefonaten dann und wann wollte ich dich nicht damit belasten', fügte Vater noch erklärend hinzu ‚Aber jetzt, wo du da bist, wäre es wichtig, sie zu besuchen, damit sie weiß, dass es dich noch gibt', gab er mir zu verstehen.

Obwohl ich wusste, dass es mit der Ehe meiner Eltern seit Jahren nicht zum Besten stand und beide ihr eigenes Leben führten, um Streit und Diskussionen aus dem Weg zu gehen, dauerte es eine Weile, bis ich mich mit dem Zustand abgefunden hatte. Das schöne alte Haus fand ich kalt und leer und die ganze Atmosphäre schien mir fremd. Um mich nützlich zu machen, half ich in der Forstwirtschaft und bei den administrativen Arbeiten mit. Die Abende verbrachte ich alleine, nachdem mein Vater nach wie vor die Gepflogenheiten nützte, bis zur späten Stunde mit seinen Freunden am Stammtisch zu sitzen. Die Besuche bei Mama waren herzlich und die drei halbwüchsigen Jungen des Lehrers sahen voll Stolz den großen, weit gereisten Bruder in mir. Aber auch dort gehörte ich nicht hin. Es war nicht mein Heim, selbst wenn meine eigene Mutter in diesem Haus residierte. Ich fühlte mich überall fremd und fehl am Platz.

Ich ging wieder zurück in die Vereinigten Staaten und knüpfte meine alten Kontakte. Gelandet bin ich in Los Angeles bei Aline, die mich vor zwei Jahren heiratete. Aber wenn du mich fragen würdest, ob ich glücklich bin, würde ich es dir nicht beantworten können."

„Sie hat dich geheiratet?" Katharina wiederholte diesen Satz.

„Ja, es ergab sich so. Sie hatte das Geld, ich die Ideen. Wir wurden Partner und eröffneten in Los Angeles eine renommierte Kunstgalerie. Damit konnte Alines Traum in

Erfüllung gehen. Sie studierte in Italien und Frankreich Kunstgeschichte, und ich bringe wohl neben dem fachlichen auch das praktische Knowhow in das Business ein. Diesbezüglich sind wir gute Partner", erwiderte Markus sarkastisch.

„Eine lange Geschichte, die ich dir erzählte. Aber jetzt weißt du so ziemlich alles von mir." Dabei schaute er Katharina ernst an. Sie bemerkte es und überlegte, wie sie reagieren sollte.

„Ich finde, du hast so viel Großartiges gesehen und unvergessliche Abenteuer erlebt, auf die du mit Freude zurückblicken kannst. Dein Horizont ist enorm und deine gesammelten Erkenntnisse sind für das Leben notwendig", entgegnete Katharina. „Da muss man einfach glücklich und zufrieden sein. Noch dazu, wo du jetzt eine Ehefrau hast und möglicherweise eine Familie gründen willst?" Fragend sah sie Markus an, jedoch gab er darauf keine Antwort. Sie überlegte krampfhaft, ob sie im Detail weiter darauf eingehen sollte, tat es aber nicht. Jeder zu viel gesagte Satz wäre vielleicht im Moment nicht passend. Sie war innerlich erregt über das, was sie aus seinem Leben erfuhr. Er besaß Menschenkenntnis, Weitblick und Erfahrung in Liebe und Leidenschaft. Neben ihm kam sie sich plötzlich wie ein Schulmädchen vor. Ein Gefühl der Einsamkeit umklammerte eiskalt ihren Körper und ließ sie frösteln. Markus bemerkte es und nahm sie schützend in seine Arme.

„Du frierst ja, Kleines", bemerkte er liebevoll.

„Ich fühle mich plötzlich so schrecklich alleine gelassen", schluchzte sie und legte ihren Kopf auf seine Brust. Dabei wurde sein Hemd nass und die Tränen vermengten sich mit dem Schwarz der Wimperntusche.

„So geht es mir auch sehr oft, Katharina. Aber in diesem Moment sind wir nicht einsam und müssen nicht frieren. Der Zaubermantel der Liebe wird sich wärmend über uns breiten." Markus sah sie voll Zärtlichkeit an, bevor sein Mund den ihren mit Küssen bedeckte.

Kauf dir einen bunten Luftballon,
nimm ihn fest in deine Hand,
stell dir vor, er fliegt mit dir davon in ein Land der Illusion.

Nach Monaten spazierte Katharina durch den nahe gelegenen Stadtpark.

Der hektische Rhythmus des Stadtverkehrs verebbte von einer Minute zur anderen. Sie wählte den Weg entlang des Teiches, der umrandet von riesigen Trauerweiden eine kleine Oase der Natur bot. Sie machte Halt, setzte sich auf die nächstbeste Bank und beobachtete das gemächliche Schwimmen der Entenschar. Die Männchen mit ihrem schönen bunten Gefieder voran, hinten nach die Weibchen, trotz des schmucklosen braunen Federkleides anmutig anzusehen.

Für einen Moment vergaß sie, wie bedrückt sie war.

Die glücklichen Wochen, die sie mit Markus verbracht hatte, gehörten der Vergangenheit an.

Wie viele Wochen waren es? Sie hatte sie nicht gezählt. Die Zeit, in der eine wunderbare Heiterkeit ihre beiden Seelen vereinte, schien damals stehen geblieben zu sein.

Sie kosteten jede nur mögliche Stunde aus, um beisammen sein zu können. Es war ihnen klar, dass der Abschied schneller kommen würde, als sie wahrnehmen wollten, dass das gemeinsame Glücklichsein unbarmherzig seinem Ende entgegensah.

„Die Arbeiten sind abgeschlossen, der Transport der Kunstgegenstände wird in Kürze eingeleitet, alle rechtlichen Angelegenheiten sind zufrieden stellend erfüllt und meine Aufgabe in Wien ist beendet", erklärte ihr Markus eines Abends von einer Minute zur anderen. „Lass uns jetzt irgendetwas gemeinsam unternehmen", schlug er vor. „Etwas, das wir beide in Erinnerung behalten werden. Das unser Geheimnis bleibt.

Ich möchte mit dir nach Venedig. Ich war noch nie dort. Wir sollten diese Stadt, über der seit Jahrhunderten ein unveränderter Zauber von Geheimnisvollem und Märchenhaftem liegt, besuchen."

Katharina schloss die Augen und ließ die Erinnerung wie einen Film abspulen.

Kurz entschlossen erbat sie einige Tage Urlaub. „Dringende Verwandtenbesuche", schwindelte sie Frau Notnagl vor.

Schon am nächsten Abend bestiegen sie den VENEZIA-Express. Markus hatte vorsorglich eine Zimmerreservierung aufgegeben. Zu ihrer freudigen Überraschung wählte er eine Unterkunft besonderer Klasse, das „Hotel Danieli". Sie erwähnte Markus gegenüber einmal im Gespräch das extravagante Hotel, hinter dessen prachtvoller Fassade Berühmtheiten wie George Sand, Dickens, Cocteau und viele mehr logierten.

Im Glanz von Wasser und Licht im frühen Schimmer des Morgens zeigte Venedig sein Traumgesicht, eingespannt in seidigen Faden, von Wasser umspült.

Gondola, gondola, bellezza vieni in gondola, schmetterte der Gondoliere mit vollster Tenorstimme während der Fahrt entlang dem Canale Grande, um die Touristen zu locken und ihnen vom Wasser aus die prunkvollen Palazzi zu erklären.

Die beiden Liebenden ließen sich nicht zu sehr von dem Gewirr der Gassen und Kanäle einschüchtern, schlenderten einfach drauflos und spazierten eng umschlungen über die geschichtsträchtige Seufzerbrücke zum berühmten Dogenpalast.

Sie wählten die verschiedensten Museen, um Venedigs Maler, die zu den Großen der Kunstgeschichte gehören, zu besuchen, und bestaunten die Sehenswürdigkeiten im Herzen der Stadt, an der Piazza San Marco.

Markus hatte für Katharina immer wieder neue Überraschungen bereit. Er war unermüdlich in der Zusammenstellung der einzelnen Erkundungstouren quer durch die Lagunenstadt. Er wählte die originellsten Fischspeisen in traditionellen Restaurants und krönte den Aufenthalt mit der Einladung zu einer beeindruckenden Opernaufführung im „La Fenice".

In den gemeinsamen Nächten voll Vertrautheit und Liebe überwanden sie jegliche Gedanken an das Herannahen des Abschieds und ihre getrennte Zukunft.

CIAO, Venezia! Ein langer Blick auf die mystisch in silbernes Licht gehüllte Kulisse, bis sich deren Zauber aus ihren Augen verlor und endgültig im düsteren Nebel verschwand.

Wieder zurück in Wien holten sie das Reisegepäck von Markus aus Katharinas Wohnung und begaben sich direkt zum Flughafen. Der Flug nach Los Angeles via Frankfurt war pünktlich angesetzt.

Mit Tränen in den Augen folgte eine letzte Umarmung, ein letzter Kuss. Die Worte von Markus fielen ihr ein und im Geiste wiederholte sie:

Alleine das Glück, dir begegnet zu sein, hat mein Leben aufgewertet, und ich danke dir für deine Herzenswärme und Liebe, die du mir entgegengebracht hast. Ich werde dich nie vergessen, auch wenn ich im Moment nicht weiß, wie es weitergeht. Wir müssen es dem Schicksal überlassen zu bestimmen, was es mit uns vorhat.

In diesem Moment öffnete Katharina die Augen. Der Film war zu Ende gespult. Sie beobachtete das gemächliche Schwimmen der Entenschar.

Innere Monologe

Katharina sperrte die Tür zur Wohnung auf und gab einen befreienden Seufzer von sich. Sie ließ Handtasche und Einkaufssäcke auf den Boden fallen und entledigte sich ihrer hochhackigen Schuhe.

„Was für ein Tag", kam es lustlos von ihren Lippen und sie blickte in den großen Spiegel, der im aufwändigen Florentinerrahmen über der Kommode platziert dem Entree eine aristokratische Note verlieh. Ein müdes, angestrengtes Gesicht und ein überaus schlanker Körper, der in dem modischen Jerseykleid steckte, sahen ihr erbarmungslos entgegen. Trotzig streckte sie dem Bild die Zunge entgegen, bevor sie einige ätzende Worte von sich gab: „Wird Zeit, dass sich in dieser Bude etwas ändert und vor allem, dass bei dir eine Veränderung eintritt, Mädchen."

Der Gedanke an etwas Beruhigendes ließ sie, leichtfüßig geworden, in die Küche gleiten. Die geöffnete Flasche Rotwein und das gebrauchte Glas vom vorigen Abend standen griffbereit auf der Kredenz. Automatisch schenkte sie sich ein und trank mit vollem Genuss einen kräftigen Schluck. Sofort spürte sie, wie sich die Gefäße erweiterten und ein wohliger Schwindel ihren Körper durchfuhr. „Sag mir, wo die Männer sind, wo sind sie geblieben?" sang sie und tanzte mit der Flasche und dem Glas in der Hand durch die einzelnen Zimmer, bis sie ihren persönlichen Wohnbereich erreichte.

Den heutigen freien Tag verbrachte sie in erster Linie damit, von einem Modegeschäft zum anderen zu laufen, alles Mögliche einzukaufen und dabei viel zu viel Geld auszugeben. Ihr Bankkonto würde wieder einmal hoffnungslos überzogen sein. Um ihre finanziellen Unebenheiten in den Griff zu bekommen, hatte sie die Idee endlich realisiert und eine Annonce in die Zeitung gegeben:

Suche anpassungsfähige Mitbewohnerin
Telefonische Voranmeldung zwecks Besichtigungstermins …

Bewusst ohne Preisvorstellung und ohne Einschaltung eines Maklerbüros. Sie wollte die Interessenten selbst empfangen, überprüfen und sorgfältig auswählen.

Sie hatte an die beiden vom Vorraum separat begehbaren Zimmer gedacht.

Wenn sie doch bloß nicht so träge wäre! Katharina nahm einen kräftigen Schluck. Längst hätte sie einen Altwarenhändler beordern können, die altmodischen Möbel aus dem Schlafzimmer von Papa und den Großeltern auszuräumen. Wenn sie clever verhandelte, könnte ein wenig Geld dabei herausschauen. Zumindest so viel, um einen Maler zu bezahlen. Ein Maler wäre schnell aufzutreiben, um die Wände weiß zu streichen. Auf diese Weise würden die Räume einen sauberen, neutralen Touch erhalten und die neue Mieterin könnte nach eigenem Geschmack die Einrichtung vornehmen. Das zweite Badezimmer war neuwertig und fast ungebraucht und über die gemeinsame Küchenbenützung müsste man ein Abkommen treffen.

Sie hatte mit Markus einmal darüber diskutiert und er wollte ihr sofort behilflich sein. Aber im Taumel ihrer Liebesgefühle konnte sie damals keine unnötige Zeit verschwenden und hatte die Räumerei für später hinausgeschoben.

Beim Gedanken an Markus überkam sie ein plötzlicher Hitzeausbruch, gefolgt von einer Begierde nach Sex. Der

Rest des Rotweins wechselte von der Flasche in das Glas und wurde hastig geleert.

Katharina starrte auf das riesengroße Bett, das in der Mitte des Zimmers eine beherrschende Stellung einnahm und darauf zu warten schien, von ihr eingenommen zu werden. Sie begann sich auszuziehen, Stück für Stück.

Mit einem Seufzer warf sie sich mitten auf die Liege. Sie befühlte ihre Brüste und spürte dabei, wie ihr Herz schnell schlug. Markus war der vollkommene Liebhaber, dominant, fordernd und gefühlvoll zugleich. Katharina wurde ganz benommen bei dem Gedanken, welche Freude ihm das Vorspiel zur Liebe bereitete, das er so lange als möglich auszukosten gedachte. Er wusste genau, wo ihre Reizempfindungen am stärksten waren und konnte nicht genug davon bekommen, sie an jedem Zentimeter ihres Körpers zu streicheln und zu küssen. Und dann, im Hochgenuss der Lust, drang er voll Leidenschaft mit seinem Glied in sie ein.

Ihre Hände tasteten sich weiter zu ihrem Schambereich. Seit Markus fort war, hatte sie darauf verzichtet, die Haare total zu entfernen. Er liebte es, sie makellos unbehaart zu sehen. Er war ganz verrückt danach, „mit dieser süßen nackten Muschi spielen zu können“. Anfangs schämte sie sich ein wenig, dass sie sich ihm so vollkommen hemmungslos hingab. Aber auch in diesem Punkt verstand es Markus, ihre Unsicherheit zu entwaffnen.

Ihren wilden Träumen und dem unbändigen Wunsch sich selbst zu befriedigen wurde ein übergangsloses Ende gesetzt, als das Telefon unbarmherzig schrillte.

Katharina zuckte zusammen, überlegte, wer es sein könnte. Vielleicht rief Markus an? Sofort verwarf sie diese absurde Idee. Seit seiner Abreise hatte sie nichts mehr gehört von ihm. Aber warum auch? Sie hatten sich arrangiert; das gemeinsame Erlebnis sollte ein schöner Traum bleiben, ein süßes Geheimnis, ohne Kompromisse. Markus hatte seine Verantwortung, von der er sich nicht lösen konnte, und Katharina akzeptierte es, wenn auch mit blutendem Herzen.

Widerwillig wand sie sich aus dem Bett, nachdem ihr bewusst geworden war, dass es vielleicht schon ein erster Anruf auf die Annonce in der Tageszeitung sein könnte.

Nach dem fünften Klingelton erreichte Katharina den Apparat. Beinahe wäre sie im Vorraum über die Schuhe gestolpert, die schlampig in verschiedenen Richtungen neben den Einkaufssäcken lagen.

„Peters?“, meldete sie sich höflich distanziert.

„Thorsten, guten Tag“, kam die strikte, hochdeutsche Antwort zurück.

„Ich habe Ihre Anzeige gelesen. Ich hoffe, dass Sie auch männliche Mitbewohner akzeptieren, denn ich würde mich interessieren, die Wohnung baldmöglichst besichtigen zu können. Wäre es Ihnen recht, wenn ich gleich vorbeikomme?“

Katharina blickte auf ihren nackten Körper. Sie fühlte sich überrumpelt. Die energische Stimme aus der Leitung entsprach nicht dem aufgewühlten Zustand, in dem sie sich gerade noch befand, und legte sich wie ein Eisblock um ihr Gemüt. Außerdem hatte sie wirklich nur an eine weibliche Person gedacht, mit der sie zukünftig Tür an Tür leben wollte. Ein Deutscher wäre wohl das Letzte: pingelig, genau und immer etwas auszusetzen! Aus den Erfahrungen im Hotel konnte sie ein Lied singen.

„Es tut mir Leid, aber im Moment bin ich gerade im Gespräch mit einer Interessentin. Kann ich Sie am Abend zurückrufen?“, fragte sie höflich.

„Nein, das geht nicht, ich muss zur Vorstellung“, konterte der Mann in der Leitung.

„Dann rufe ich Sie gerne morgen Vormittag an“, antwortete sie entgegenkommend und zückte den Bleistift.

„Ja, das können Sie, aber bitte nicht vor elf Uhr." Herr Thorsten nannte seine Mobil-Nummer, verabschiedete sich mit „Tschüs und schönen Abend noch" und legte auf.

„Tschüs und bye bye", murmelte Katharina.

Ohne auch nur einen weiteren Gedanken an Herrn Thorsten zu verschwenden, platzierte sie die Handtasche auf der Kommode, räumte die Schuhe in die Ablage und nahm die Einkaufssäcke in die Hand. „Es wäre an der Zeit, Ordnung zu machen und das Gekaufte aufzuhängen", befahl sie sich.

Sie erinnerte sich, dass sie einige Kuverts im Hausflur aus dem Postkasten entnommen und achtlos in die Tasche gesteckt hatte.

Bedächtig räumte sie das Gekaufte in den Kasten ihres Schlafzimmers und ging mit der Post nebenan in den Raum, der einst als Refugium ihres Vaters gedient hatte.

„Auch hier werde ich demnächst einiges ändern und modernisieren", schoss es ihr durch den Kopf. Der alte Diwan hatte ausgedient. Stattdessen hatte sie ein unkonventionelles Sofa im Visier, das einige Talente besaß: ausziehbare Sitze und variable Kissen, die sowohl ein aufrechtes Sitzen als auch ein entspannendes Relaxen gestatteten. „Ich werde eine gelungene Symbiose zwischen Klassik und Moderne an diesem Ort schaffen!" Der Synthese völlig konträrer stilistischer Strömungen galt immer schon ihr Interesse. Sie kicherte bei dem Gedanken, dass sie den elegantesten Raum der Wohnung – den großen herrschaftlichen Salon mit dem schönen Biedermeier-Interieur, dem vornehmen Porzellan und den klassischen Gemälden an der Wand – zukünftig als Museum betrachtete, weil sie sich kaum darin aufhalten würde.

Katharina liebte den ausgefallenen, hochwertigen Schreibtisch aus dem frühen 18. Jahrhundert. Einst war er Vaters bevorzugter Gegenstand, der geheimnisvolles Inventar beherbergte. Dokumente, romantische, anzügliche und manierliche Briefe weiblicher Fans, fein säuberlich gebündelt. Kritiken, chronologisch geordnet, und der Schriftwechsel verschiedenster Theaterhäuser. Einmal hatte Katharina alles kurz durchgestöbert und die Unterlagen in den untersten Laden deponiert. Es war wertvolles Gut, ein Nachlass, den sie nie vernichten würde. Sie suchte den Brieföffner. Mit der Hand wühlte sie unter dem Stapel von diversen Einladungsbriefen, Werbesendungen und Zeitungsausschnitten, aber das schmale hölzerne Etwas, das sie irgendwann einem jungen Afrikaner am Flohmarkt abgekauft hatte, fand sie nicht. Schon wollte Katharina ihre Finger zum Öffnen der Kuverts verwenden, da entdeckte sie die Schere, die unter dem Stoß Papierkram lag.

Reklame, Reklame, Reklame, die nach flüchtigem Überblicken in dem Papierkorb landete. Katharina konstatierte mit Befriedigung, dass die monatliche Telefonrechnung diesmal etwas geringfügiger ausgefallen war und registrierte oberflächlich eine Einladung von Doris zur Teilnahme am „Jour fixe der Frauen in der Wirtschaft".

Merkwürdig, ein dickes Kuvert ohne Absender! Die Briefmarke, stellte sie fest, stammte aus England. Die Handschrift, mit der die Adresse geschrieben wurde, kam ihr bekannt vor, sie wagte aber nicht, Markus damit in Zusammenhang zu bringen.

Augenblicklich stieß sie einen kleinen Schrei aus. Der Brief stammte tatsächlich von Markus!

Mit pochendem Herzen las sie:

Darling,

auch wenn ich lange nichts von mir hören ließ, habe ich die wunderschöne Zeit, die ich mit dir verbringen konnte, nicht vergessen und ich ertappe mich dabei, dass ich sehr viel an dich

denke. Ich sehe dich im Geiste so nahe vor mir, als ob du mich auf Schritt und Tritt begleiten würdest: dein liebes Gesicht, dein fröhliches jugendliches Lachen, deine wunderschönen Augen und deinen leidenschaftlichen Körper. Es ist wie ein Rausch, wie eine heiße Welle, die emporsteigt und mich glücklich und traurig zugleich macht.
Nachdem ich im Großstadtdschungel Los Angeles eingetroffen war, versuchte ich mich hier wieder heimisch zu fühlen, was mir nicht so gut gelang. Alles erschien mir riesig und fremd geworden.
Dazu kam die große Überraschung, die mir meine Frau bescherte.
Sie eröffnete mir, im fünften Monat schwanger zu sein. Schon bei meinem Abflug nach Österreich war sie in anderen Umständen. Da unser Verhältnis zu dieser Zeit gewissen Dissonanzen ausgesetzt war, schwieg sie darüber. Sie musste sich selbst erst darüber klar werden, ob sie das Kind behalten wollte. Immerhin war ich mehr als zwei Monate weg und sie hatte weder in einem Brief noch bei unseren unzähligen Telefonaten ein Wort darüber erwähnt.
Ich will dir nicht erzählen, welche Gefühlsschwankungen mich belasteten. Ich versuchte, alle nur erdenkliche Geduld und Zuneigung für meine Frau aufzubringen, damit wenigstens sie das Gefühl von Wärme und Geborgenheit spürte. Der Arzt stellte fest, dass es Zwillinge werden, und sie musste, nachdem es ihr gesundheitlich schlecht ging, während der Schwangerschaft strikte Ruhe einhalten. Das war für sie, die ständig mit Fitness, Golf, Partys und Reisen ihre Zeit verbrachte, eine starke seelische Beanspruchung. Aber zum Glück sind inzwischen die Zwillinge auf der Welt und ich bin Vater einer Tochter und eines Sohnes.
Das ist für mich eine vollkommen neue Wende im Leben, und obwohl ich mich allen Ernstes darauf einzustellen versuche, bin ich unglücklich und mit dem derzeitigen Status der Ehe nicht ganz zufrieden. Freunde versuchen, mich zu trösten, und

meinen, ich soll Geduld mit meiner Frau haben. Sie ist eine von vielen, die sich während der Schwangerschaft und nachher psychisch ändern. Aber das würde wieder ins Lot kommen. Vor kurzem ist meine Frau mit den Babys nach Santa Monica gezogen. Dort besitzt sie eine exklusive Villa. Ich wohne im Appartement in Los Angeles, kümmere mich weiter um die Galerie und besuche meine Familie zum Wochenende. Es ist wunderschön beobachten zu können, wie sich diese Winzlinge von Woche zu Woche verändern. Leider ist meine Frau derart eifersüchtig auf die beiden und betrachtet sie als ihr Eigentum. Mich als Ehemann akzeptiert sie überhaupt nicht mehr. Ist das nicht komisch?

Du wirst dich wundern, warum mein Schreiben aus England kommt:
In London findet derzeit die traditionelle internationale Antiquitätenmesse statt. Die bekanntesten Kunsthändler sind etabliert und präsentieren ihre Ausstellungsobjekte. Den Schwerpunkt bildet das reichhaltige und hochwertige Gemäldeangebot: die von Sammlern sehr beliebten Stimmungsimpressionen, aber auch expressionistische Werke in leuchtendem Kolorit. Es sind wahre Highlights des 19. und 20. Jahrhunderts, die – von einer Fachjury auf ihre Echtheit hin überprüft – die hohe Seriosität und Kompetenz der ausstellenden Kunsthändler stärken.
Eine sehr gute Kundin und Liebhaberin von schönen Bildern hat mir den Auftrag gegeben, für sie einzukaufen. Sie lässt mir in der Auswahl freie Hand. Nachdem ich schon öfters in Los Angeles zu ihren Gästen zählte, kenne ich ihren Geschmack und ihre Vorstellungen. Geld spielt dabei keine Rolle.
Wenn dich mein Schreiben erreicht, bin ich bereits wieder in den Staaten, da ich einen wichtigen Termin wahrzunehmen habe. Aber ich komme in vierzehn Tagen nach London zurück. Ich treffe einen Geschäftspartner und es gibt eine interessante Auktion bei Sotheby's, die ich nicht missen möchte.

Ich wäre der glücklichste Mensch, wenn ich dich wieder sehen könnte und hoffe, dass du meine Einladung annimmst, ein Wochenende mit mir in London zu verbringen.
Für das Flugticket lege ich dir einen Scheck bei. Alle weiteren Informationen über meine Ankunft, Abreise und Hotelunterkunft findest du beiliegend notiert.

Ich weiß, dass du nun entgeistert dreinschauen wirst, vielleicht bist du auch schockiert. Monatelang ließ ich nichts von mir hören – und jetzt dieser spontane Vorschlag! Verzeih, dass ich dich nicht anrief, aber vielleicht war es Angst, dass all die Worte, die ich dir zu sagen hatte, nicht den richtigen Effekt erzielten. Vielleicht ist es auch die Furcht, dass du inzwischen anderwärtig vergeben bist, die mich davon abhielt zum Telefon zu greifen. Nachdem ich die Londonreise sehr kurzfristig einplante, konnte ich keine langwierigen Vorbereitungen treffen und hoffe so sehr, dass du meine überfallartige Idee nicht zu absurd findest. Bitte denke nicht an unser Versprechen, das wir uns zum Abschied gaben, unsere Liebe als einmaligen Traum zu belassen. Ich bin mir meiner Verantwortung bewusst und ich werde auch nie jemandem wehtun. Aber ich habe dich unendlich lieb und brauche dich. Zu wissen, du bist für ein paar Stunden bei mir, würde mich unendlich glücklich machen. Glaubst du, dass du dich dazu überwinden kannst?

Das Ende des Briefes konnte Katharina gar nicht mehr richtig mitverfolgen. Zu verwirrt war sie. Glück und Trauer wechselten mit jedem Atemzug. Wie ein gereizter Tiger lief sie in der ganzen Wohnung herum, unfähig, auch nur einen klaren Gedanken zu fassen. Sie griff zum Telefon, wollte partout die Flugauskunft anrufen, unterließ es dann wieder und starrte verloren auf ihren Terminkalender um festzustellen, ob sie an dem bewussten Wochenende frei haben würde oder nicht.

Ihre zwei Seelen spielten ein teuflisches Spiel.

„Das kannst du doch nicht machen, das ist unfair seiner Familie gegenüber“, sagte das eine Ich.

„Aber er liebt mich, braucht mich, und ich liebe ihn doch auch“, sagte das andere Ich.

Sie fragte sich, ob es nicht doch nur der Sex war, der sie beide zusammengeführt hatte während der Wochen, wo sich Markus völlig frei und ungebunden in Wien fühlte. Nein, es war diese wunderschöne Vertrautheit, das gegenseitige Geben und Nehmen von Liebe, Glück und Fröhlichkeit. Die Freude, miteinander Schönes zu erleben, das Bewusstsein, nicht alleine zu sein. All diese wichtigen Komponenten waren es, welche das Miteinander so wertvoll machten. Und warum sollte sie auf Liebe verzichten, wenn sie ihr geboten wurde?

Katharina besaß die Gabe, Entschlüsse nicht voreilig zu treffen. So spontan sie manchmal aus einer Laune heraus handelte, konnte sie in Situationen, in denen sie nicht sofort den Überblick bekam, wohlweislich mit Entscheidungen warten.

„Abwarten, Katharina“, ermahnte sie sich. „Du hast ja noch ein paar Tage Zeit, das Flugticket zu bestellen und das Hotel in London anzurufen, um deine Ankunft zu avisieren oder Markus eine Absage zu erteilen.“

Wie hatte ihr Großvater immer gesagt? Kommt Zeit, kommt Rat!

Für den Rest des Abends wollte sie keinen weiteren Gedanken mehr verschwenden – weder an Markus noch an Sex und Liebe oder an Sein oder Nichtsein.

Wieder klar im Kopf begab sie sich ins Badezimmer.

Intermezzo

Das ausgiebige Wannenbad mit anregender Duftkomposition tat ihr gut. Sie hatte eine Mischung aus Sandelholz, Mandarine und Rose gewählt, damit diese heikle und hitzige Situation in ihrem Körper und der Seele entschärft würde und stattdessen Harmonie, Heiterkeit und Zuversicht einströmten.

Innerlich wieder ruhig und gelassen trocknete sich Katharina ab und begann ihren Körper mit kühlender Lotion einzusalben. Dabei strich sie kräftig über die einzelnen Körperpartien.

Es war absolut nicht angebracht, am heutigen Abend alleine zuhause zu bleiben.

Die Zahnpaste im Mund schäumte. Mit der Zahnbürste massierte sie kräftig in kreisenden Bewegungen die Zähne und entschied währenddessen, dass das „kleine Schwarze" als Kleid für alle Fälle angebracht war. Routiniert legte sie Make-up auf, pinselte die Wimpern, um ihren schönen Augen noch mehr Ausdruck zu verleihen. Das Auftragen von richtigem Lippenrot, verbunden mit Deodorant und einigen Tropfen Parfum an den richtigen Stellen, gab ihrer Erscheinung einen frischen, ästhetischen Touch.

„Voilà!", äußerte sich Katharina zufrieden, nachdem sie sich von allen Seiten im Spiegel begutachtet hatte. Aufbruch zum „Stell dich ein".

Das neueste In-Lokal „Zum Stell dich ein" diente als Treffpunkt derjenigen, die nach dem Büroalltag schnell mal auf ein „Hallo again" vorbeikamen, bevor sie in die Eintönigkeit ihres häuslichen Refugiums wechselten. Andere betrachteten es als Wohnzimmer, um in gemütlicher Atmosphäre und in fröhlicher Gesellschaft Gleichgesinnter den Abend zu verbringen.

Dann und wann stattete Katharina dieser bezaubernden Gaststätte einen Besuch ab. Sie galt dort als gern gesehener Gast und fand immer wieder nette Leute, mit denen sie eine herzliche Unterhaltung führen konnte.

Mit dem bekannten Song „Katharina, oh, oh, oh“ wurde sie diesmal begrüßt. Die kleine Runde junger Menschen forderte die Ankommende auf, bei ihnen Platz zu nehmen, und sofort wurde sie in eine bunt gemischte Diskussion involviert.

Es ging feuchtfröhlich her zur späten Stunde.

Katharina schaute kurz auf den großen, dunkelhaarigen smarten Typ, der eingetroffen war. Er grüßte laut „Guten Abend allerseits“, winkte ihrer Tischrunde zu und begab sich an die Bar. Für eine Sekunde trafen sich ihre Augen mit den seinen. Der Blickkontakt unterbrach in dem Moment, wo Anita, die zu ihrer Linken saß, sie am Arm zupfte.

„Gehst du mit mir aufs Klo?“, flüsterte sie. „O. k., gehen wir“, flüsterte Katharina zurück, obwohl sie diese Manie der Frauen, immer zu zweit auf die Toilette gehen zu müssen, grotesk fand. Aber sie musste sowieso mal raus.

Unauffällig betraten sie den Raum „only for ladies“.

„Weißt du, wer dieser schöne Mann ist, der jetzt eintraf? Es ist Stefan Thorsten, der bekannte Musicaldarsteller“, berichtete Anita, während sie ihr Make-up checkte. „Gestern nach der Vorstellung waren er und das halbe Ensemble des Theaters hier. Man feierte seinen Geburtstag. Da wurde gesungen, getanzt und Champagner getrunken. Stefan bot einige Highlights aus seinem Repertoire am Klavier. Er spielt hinreißend und singt wie ein Gott.“ Dabei verdrehte sie die

Augen und seufzte. „Es war ein toller Abend. Unsere Clique war natürlich mit von der Partie." Ein leichter Triumph in der Stimme kam deutlich hervor.

„Aha", murmelte Katharina desinteressiert, während sie ihre Lippen mit dem Lippenstift nachzog.

Sie spürte einen heftigen Kopfschmerz und beschloss demzufolge, den fidelen Kreis zu verlassen und schlafen zu gehen. Ohne viel Aufsehen zu erregen nahm sie anschließend den Mantel und verabschiedete sich mit „Ciao, bis zum nächsten Mal!"

Sie atmete die frische Luft ein. Es war sternenklar und kühl. Gerade im richtigen Moment kam ein Taxi angefahren und dankbar darüber, dass sie damit schneller und sicher nachhause kommen würde, stieg sie ein und gab dem Fahrer ihre Adresse bekannt.

Am nächsten Vormittag

Es war fünf Minuten nach elf Uhr. Katharina erinnerte sich, diesen Herrn Thorsten anrufen zu müssen.

Rein aus Neugierde wollte sie den Bewerber zu einem Besichtigungstermin in die Wohnung einladen.

In der Hoffnung, dass er noch Interesse daran zeigte, sprach sie besonders entgegenkommend und freute sich, dass der Herr am anderen Ende der Leitung trotz verschlafener Stimme sein baldiges Kommen zusagte.

Es klingelte. Katharina unternahm noch einen schnellen Blick in den Spiegel und öffnete erwartungsvoll.

Fast erstarrte sie zu einer Salzsäule: Mit allen möglichen Typen hätte sie gerechnet, aber nicht mit **Stefan Thorsten,** der vor ihr stand!

„Sie?", kam es verblüfft über ihre Lippen.

„Ach, das ist aber ein Zufall. Sie waren doch gestern auch im ‚Stell dich ein'? Aber leider sind Sie gerade gegangen, als ich mich zu Ihren Freunden gesellte", antwortete dieser und lächelte verbindlich.

Welch komische Gegebenheiten das Leben wohl manchmal spielte! Leicht befangen bat Katharina ihren Gast in die Wohnung. Währenddem sie ihn ausführlich durch alle Räumlichkeiten führte, ärgerte sie sich im Geheimen, dass sie nicht schon früher die zu vermietenden Örtlichkeiten in einen erstklassigen Zustand gebracht hatte. Nebenbei überlegte sie, dass Vaters eingerichteter Schlafsalon und sein Arbeitsraum mit dem Klavier im Grunde genommen aber recht passabel aussahen. Sie könnte versuchen, Herrn Thorsten diese beiden Zimmer zu einem vertretbaren Preis anzubieten.

„Wissen Sie, eigentlich wollte ich die anteilige Wohnung erst abgeben, wenn ich die nötige Renovierung vorgenommen habe, damit die Voraussetzungen bezüglich Preis/Leistung erfüllt sind", erklärte Katharina ihrem Besucher später, als sie im eleganten Salon saßen. „Überdies dachte ich eher an eine Frau, die einziehen sollte", fügte sie fast entschuldigend hinzu.

„Also, bei mir spielt im Moment der Zustand der Zimmer keine große Rolle. Ich finde sie in Ordnung. Sie sind herrlich altmodisch, aber das ist überhaupt nicht störend, eher wienerisch-romantisch Und dass ein Klavier vorhanden ist, noch dazu ein ‚Bösendorfer', ist sowieso der Hammer! Mit so einem Glückstreffer hätte ich nie gerechnet. Ich komponiere die Songs für meine Soloperformances nämlich selbst, und da ist ein Klavier unerlässlich. Nein, hier finde ich alles wunderschön – im Vergleich zu den Wohnungen, die ich mir in den letzten Tagen angesehen habe!

Um ganz ehrlich zu sein: Meine Freundin hier in Wien, mit der ich zusammenlebte, löste unsere Beziehung. Dabei war nicht ich der Schuldige. Sie verliebte sich Hals über Kopf in einen anderen. Eine Zeit lang versuchten wir das Nebeneinanderleben und doch nicht Beisammensein, aber von einem Tag zum anderen sagte sie mir strikt, im Hinblick auf ihre neue Liebe wäre es besser, wenn ich aus ihrer Wohnung auszöge. Und zwar so rasch wie möglich. Ich war sehr verletzt und bin leider noch immer nicht ganz der Situation gewachsen. Umso mehr, da sie als Kollegin täglich mit mir auf der Bühne steht. Momentan wohne ich in einem kleinen, teuren Hotel, das für mich kein Dauerzustand ist. Ich brauche einen gewissen eigenen Freiraum. Immerhin spiele ich die nächsten Monate hier in Wien. Eine positive Privatsphäre ist bei einem Künstler, der jeden Abend das Beste geben muss, einfach notwendig. Wenn Sie wissen, was ich meine."

„Ich verstehe Sie vollkommen. Ich komme ja selbst aus einer Künstlerfamilie", erinnerte sie ihn leicht versnobt.

Stefan Thorsten änderte rasch das Thema.

„Es würde mir bei Ihnen ganz gut gefallen. Und wenn wir uns preislich einigen und Sie einverstanden sind, könnte ich gleich einziehen. Ich bringe nicht viel Persönliches mit. Im Augenblick habe ich nicht einmal ein eigenes Handtuch."

Katharina konnte sich in seine Situation sehr gut hineindenken. Sie wusste, wie furchtbar zart besaitet Künstler sein können. Man sollte sie wie ein rohes Ei behandeln. Vergessen waren ihre Meinung über „pingelige Deutsche" und die Absicht, nur mit einem weiblichen Wesen Tür and Tür leben zu wollen.

Beim Blick in seine eisblauen Augen zerschmolzen sämtliche negativen Darlegungen und aufkeimenden Gewissensfragen.

„Also, wollen wir bei einem kleinen Mittagessen zum Geschäftlichen übergehen? Ich habe Rindsbraten mit Bandnudeln im Eisschrank, den können wir zusammen verspeisen. Macht es Ihnen was aus, wenn wir es uns in der Küche bequem machen? Da werden Sie gleich ein wenig mit den Gepflogenheiten vertraut. Schließlich müssen wir uns auch besprechen, wer **wann** und **was** benötigt." Sie zwinkerte ihm dabei lustig zu und lächelte schelmisch.

Im Laufe der nächsten Stunden entwickelte sich Stefan Thorsten zu einer richtigen Plaudertasche und er berichtete alles Mögliche aus seinem Leben.

So erfuhr Katharina, dass er aus Frankfurt stammte und die Erfolgssprossen seiner Karriereleiter als Darsteller bei verschiedensten Show- und Musicalproduktionen in Deutschlands Städten erklomm. Daneben arbeitete er kontinuierlich mit seiner Soloperformance als Sänger und Pianist. Seit einigen Monaten lief das Erfolgsmusical „Zwischen den Wolken" in der „Scala", Wiens renommiertestem Theater für Musicals, in dem er als Hauptdarsteller mitwirkte.

„Kommen Sie doch heute Abend zur Vorstellung in die ‚Scala', damit Sie mich als Künstler kennen lernen. Sie sind mein Ehrengast", schlug er begeistert vor und zeigte beim Lachen seine strahlend weißen Zähne.

„Ist es Ihnen recht, wenn ich bereits morgen hier einziehe?", fragte er schließlich intuitiv. „Morgen ist spielfrei im Theater, und da kann ich in Ruhe mit meinen Klamotten übersiedeln."

„Mm, wenn Sie glauben, es muss so schnell sein …" Katharina war etwas überrumpelt durch dieses spontane Resultat. „Morgen arbeite ich den ganzen Tag und bin erst gegen 19 Uhr zuhause." Sie überlegte und sagte zögernd: „O. k., ich bin einverstanden. Meine Bedienerin ist sowieso anwesend, sie hat ihren Putztag. Ich werde ihr den Auftrag geben, behilflich zu sein, wenn Sie Rat brauchen. Machen Sie sich Platz in der Küchenkredenz für Ihre Lebensmittel, die Sie besorgen wollen. Kaffee, Zucker und so weiter. Geschirr haben wir genügend. Der Eisschrank ist meist ziemlich gefüllt mit verschiedenen Leckerbissen. Ich liebe es, Delikatessen auf Vorrat zu haben Und natürlich auch Wein. Für Ihren Eigenbedarf wird sich aber sicher noch eine freie Fläche finden. Ich denke, wir werden mit dem Agreement klarkommen. Und wenn der eine was vom anderen nimmt, kann er es am nächsten Tag wieder ersetzen. Wie in der Minibar im Hotel“, fügte sie diplomatisch hinzu.

Stefan nickte zustimmend und erwiderte: „Zuhause esse ich sowieso selten, höchstens Kleinigkeiten nach der Vorstellung. Meist frühstücke ich im Kaffeehaus. Es ist gleichzeitig mein Mittagessen, denn vor elf Uhr stehe ich nie auf und in der Theaterkantine gibt es günstige Menüs“, erklärte er.

„Ein Thema sollten wir noch besprechen“, fuhr Katharina in ihren Ausführungen fort. „Das Badezimmer habe ich Ihnen schon gezeigt. Mein Papa hat es vergangenes Jahr erneuert und viel Geld ausgegeben für die tollen Fliesen und die aufwändigen Armaturen. Die Waschmaschine samt Trockner steht im Arbeitsraum. Da können Sie auch bügeln, wenn Sie die Kosten für die Wäscherei sparen wollen. Staubsauger und diverse Haushaltsgeräte für Ihren Bedarf sind ebenfalls verfügbar. Aber auch hier wird Sie Luzzy, meine Bedienerin, instruieren. Sie ist übrigens Philippinin und spricht nur Englisch. Ein entzückendes Persönchen, flink, fleißig und immer fröhlich. Sie lächelt sogar, wenn ihr Herz traurig ist und ihr die Tränen nahe stehen.

Ich gebe Ihnen nun den Haustor- und Wohnungsschlüssel. Ihre Zimmer sind im Moment nicht zu versperren, aber keine Bange, ich werde Ihren privaten Bereich nicht betreten. Da können Sie sich darauf verlassen. Ich gehe davon aus, dass das Vertrauen beiderseitig respektiert wird. Sie haben Ihre persönlichen Räume und ich die meinen“, erläuterte sie sachlich. „Wie ich Ihnen erzählte, diente das zweite Zimmer als Arbeits- und Ruheort für meinen Vater. Selbstverständlich sollen **Sie** es in Zukunft als das Ihre betrachten, schon alleine wegen dem Klavier. Wir werden zu gegebener Zeit beraten, ob Sie Veränderungen im Interieur wünschen. Was den Schreibtisch betrifft, sind die einzelnen Fächer verschlossen, nachdem sich viel Persönliches meines Vaters darin befindet, das ich bis jetzt noch nicht durchgearbeitet habe."

Es war Nachmittag geworden. Bei der Verabschiedung erinnerte Stefan Katharina nochmals daran, dass er an der Abendkasse eine Karte für sie zurücklegen werde. Er bedankte sich für das getroffene Arrangement, küsste Katharina links und rechts auf die Wange und meinte zum Schluss: „Toi, toi, toi für unsere Wohngemeinschaft."

„Wird schon schief gehen", antwortete sie, ganz im Theaterjargon.

*****

Das Flugzeug landete ausnahmsweise ohne Verspätung in London-Gatwick.

Katharina trug nur das Handgepäck mit sich und ging raschen Schrittes zur Train-Station, um die Express-Verbindung London City-Paddington-Station zu nehmen. Von dort war es ein Katzensprung zum „Park Hotel".

Markus wartete vielleicht schon auf sie. Er konnte sie vom Flughafen nicht abholen, da er nicht wusste, wie lange seine geschäftliche Unterredung dauern würde. Aus diesem Grund arrangierten sie das Treffen direkt im Hotel.

Nach außen hin völlig gelassen wirkend fragte sie an der Rezeption, ob Mr. Steiner bereits eingetroffen sei.

Sie erhielt die Nachricht, Mr Steiner würde Madam in seiner Suite Nr. three, sixth floor, erwarten.

Katharina pochte an die Tür. Dabei spürte sie ein schon lange nicht mehr da gewesenes Herzklopfen, das sich um einige Takte verstärkte, sobald sie in Markus' Armen lag.

„Meine Liebe, endlich“, murmelte er zwischen Küssen, die aromatisch nach Rauch und Whisky schmeckten. „Wie habe ich diese Stunde herbeigesehnt. Lass dich ansehen. Toll schaust du aus.“ Katharina kam gar nicht dazu, viel zu sagen, ihr Mund wurde durch seine Küsse aufs Neue bedeckt.

Beide waren einverstanden, dass sie den ersten Abend in der Suite verbringen würden. Markus bestellte ein exzellentes Dinner, das sie voll Genuss zu sich nahmen.

Um die anfänglichen Schwierigkeiten der Problemdarstellung zu überspringen, erzählte Katharina Humorvolles aus der Wiener Gesellschaft und Geschehnisse vom „Hotel Paradiso“ Sie beschrieb ihren neu erworbenen Freundeskreis und erwähnte so nebenbei die Story mit Stefan Thorsten, ihrem Untermieter.

„Er ist ein sehr angenehmer Zeitgenosse, ordentlich und zurückhaltend. Es gibt auch kaum Gelegenheit, einander zu sehen. In der Früh schläft er, wenn ich weggehe, und in der Nacht kontrolliere ich nicht sein Kommen. Inzwischen sind wir uns erst einmal begegnet. Ich wusste nicht, dass er bereits zuhause war. Er beschäftigte sich in der Küche mit dem Zubereiten seines kleinen Nachtmahls. Es roch so lecker, dass sich mein Magen zukrampfte vor Appetit.

‚Möchtest du mitessen?‘, fragte er höflich und richtete ohne meine Antwort abzuwarten einen zweiten Teller an. Wir sind dann noch beisammen gesessen und ich musste mir endlos anhören, welche Intrigen hinter der Bühne laufen. Leider spielt sich überall dasselbe ab“, fügte sie seufzend hinzu. „Auch mein Papa konnte davon ein Lied singen. Das Publikum weiß während der Vorstellung Gott sei Dank nicht, welche Streitigkeiten manchmal hinter den Kulissen geschehen.“

Katharina hörte mit dem Erzählen abrupt auf. Sie berichtete nicht, dass sie mit Stefan über Markus gesprochen hatte. Sie war an jenem Abend in einer schlechten Verfassung gewesen. Gewissensbisse hatten sie gequält, ob ihre

Entscheidung nach London zu fliegen wirklich die richtige war. Stefan hatte sie getröstet und ihr den Rat gegeben, nicht zu viel zu grübeln. „Welche Verordnung man sich auch gibt: Ist es die richtige oder die falsche?", hatte er philosophiert „Sei verliebt! Tu es! Beschenke deinen Körper mit Freuden!"

Um sie auf andere Gedanken zu bringen, hatte er am Klavier einige seiner wunderbaren Songs gespielt. Fasziniert hatte sie Stefan beobachtet, wie er mit seinen schlanken Fingern voll Hingabe die Tasten berührte. Zum Schluss hatte er ihr einen ganz festen, freundschaftlichen Kuss gegeben und gesagt: „Schlaf gut, Prinzessin, ich träum' von dir."

Und sie war sich sicher, dass er es ernst gemeint hatte.

Die mehreren Gänge des delikaten Dinners, die dazu passend kredenzten Weine und der starke Brandy zum Dessert trugen dazu bei, dass beide recht bald träge und müde im Bett lagen.

„Du musst wissen, dass ich das letzte Mal vor Monaten mit dir geschlafen habe und seither in völliger Abstinenz lebte. Ich glaubte ziemlichen Nachholbedarf zu haben, aber wie es aussieht, gewöhnt sich mein ‚Kleiner' daran, still und unaufdringlich zu bleiben. Dabei vermisste er dich so sehr, dass er mich oftmals zwang, beim Gedanken an dich zur Selbstbefriedigung zu greifen."

Markus rutschte ermattet und etwas enttäuscht von Katharinas Körper und lag mit geschlossenen Augen auf dem Rücken.

„Es ging mir genauso", beruhigte ihn Katharina. „Ich werde so schnell nicht den Richtigen finden, weil meine Ansprüche sehr hoch sind." Ihre Hand streichelte seinen Brustkorb entlang bis zum Bauch, wobei sie bewusst sein Glied nicht berührte. Es lag amtsmüde danieder und seine völlige Passivität zeigte deutlich, dass es nichts anderes wollte als in Ruhe gelassen zu werden.

Markus entschlummerte von einem Moment zum anderen.

„Wir sind einfach beide zu überreizt", murmelte Katharina. Sie kuschelte sich an ihren Liebsten, schlang ihren Arm um seinen Körper, und zufrieden mit diesem Zustand befand sie sich selbst in kürzester Zeit in einem tiefen Schlaf.

Für den darauf folgenden Tag hatte Markus ein perfektes Sightseeing-Programm zusammengestellt, um alle möglichen Highlights von London, dieser fassettenreichen Metropole, zu erforschen

Am Abend lag Katharina etwas müde und dennoch aufgekratzt in der Badewanne und verfolgte nochmals im Geiste mit geschlossenen Augen die tagsüber bewältigten Routen, die zwischen Kensington und Paddington nach Southwalk und Westminster führten.

„Darf ich auch reinkommen?" Markus versuchte sich zu setzen und stöhnte: „Dass die Badewannen in den Hotels immer so klein sein müssen!"

„Du musst ja hier nicht schlafen", konterte sie belustigt und spritzte ihr Gegenüber an.

„Da hast du Recht Ich werde mir einen besseren Ort aussuchen."

Schnell reinigte er sich, ließ von der Brause warmes Wasser herabrieseln und befreite sich aus dieser unbequemen Lage.

Schließlich hob er Katharina heraus, verpackte sie in ein Tuch und trug sie behutsam zum Bett. „Komm, mein Wirbelwind, lass dich küssen", forderte er erregt.

Die Mattigkeit war verschwunden, die Leidenschaft entfacht. Sie liebten sich und lagen glücklich nebeneinander. Erst als sie hörten, dass im Salon der Zimmerkellner diskret das Dinner vorbereitete, beschlossen sie, leichten Hunger verspürend, doch ihre Räumlichkeit zu wechseln.

Sonntags besuchten die beiden das kleine mittelalterliche Städtchen Windsor am Südufer der Themse. Sie spazierten durch schmale Gassen aus Kopfsteinpflaster, entzückten sich an den hübschen Fachwerkhäusern und bestaunten das wohl berühmteste Schloss der Welt, Windsor Castle.

Später gelangten sie über eine kleine Brücke zum weltberühmten Eton-College.

„Weißt du, wann dieses College gegründet wurde?", prüfte Katharina.

Blitzschnell kam die Antwort: „Im Jahre 1140 von Heinrich VI."

„Beachtlich, wie gescheit du bist."

„Kein Wunder, ich habe diese Information gerade in der Broschüre gelesen", antwortete Markus und küsste Katharina auf die Nasenspitze. Beide lachten fröhlich auf.

In einem kleinen Pub bei Bier und Snacks berichtete Markus: „Als ich das letzte Mal von Los Angeles nach London zur Messe reiste, machte ich im Flugzeug die Bekanntschaft einer sehr bemerkenswerten Dame.

Sobald die Maschine die nötige Flughöhe erreicht hatte, setzte die gewohnte Betriebsamkeit der Stewardessen ein, die Passagiere begannen sich von ihren Sitzen zu erheben, um die Toiletten aufzusuchen oder ihre üblichen Spaziergänge entlang der Maschine zu unternehmen. Ich blätterte teilnahmslos in der Harold Tribune und registrierte, dass meine Sitznachbarin ebenfalls ihren Blick auf das Innere des Blattes richtete. Höflichkeitshalber offerierte ich ihr die Zeitung, die sie aber dankend ablehnte und meinte, in London würde sie genügend Möglichkeiten haben, Neuigkeiten zu hören und lesen. Schon kurz darauf stellten wir einander vor und das gegenseitige Frage- und Antwortspiel führte zu einer abwechslungsreichen Unterhaltung.

Ich erfuhr, dass sie Archäologin ist und zusammen mit ihrem inzwischen verstorbenen Mann an vielen Forschungsaufträgen und Ausgrabungen in Ägypten beteiligt war. Ihr Leben schien ein einziges Abenteuer zu sein, was ich aus ihren kurzen, aber aufschlussreichen Erzählungen vernahm.

Es ist schon lange her, da beschäftigte ich mich selbst sehr mit der Geschichte des alten Ägypten und seinen Dynastien bis zu dreitausend vor Christus und ich habe dabei viel Lehrreiches über Politik, Handel und Kultur erarbeitet. Während meiner Zeit in Afrika nützte ich selbstverständlich die Gelegenheit, einige Reisen nach Unter- und Oberägypten durchzuführen.

Natürlich erzählte ich ihr davon und meine noch immer existente Wissbegierde für dieses Gebiet schien der Grund gewesen zu sein, dass sie mich spontan einlud, mit ihr den ehrwürdigen Londoner Club ‚Tut-Ench-Amons' zu besuchen, wo sie als Ehrenmitglied Zugang hatte.

Es gibt hier eine internationale Gesellschaft, die aus Wissenschaftlern, Ägyptologen, Geologen und Ahnenforschern besteht. Sie wurde seinerzeit von einem britischen Archäologen gegründet und wird von mehreren altehrwürdigen englischen Lords, deren Leidenschaft das Erforschen des ägyptischen Altertums ist, mit Eifer gepflegt und gesponsert."

„Und warst du dort mit dieser Dame?", fragte Katharina neugierig ihren Freund.

„Ja natürlich, dies ließ ich mir nicht entgehen."

Markus fuhr fort: „Voll Erwartung fuhr ich zu der genannten Adresse. Der Club befand sich in einem der alten viktorianischen Gebäude. Der Türsteher, ein richtiger Snob, ließ mich erst eintreten, nachdem ich mich auf Frau Dr. Emma Hudson berief, die mich bereits erwartete.

Das Erste, das mir auffiel, war die emotionsgeladene Stimmung, die in den mit dichtem Zigarrenrauch behangenen Räumlichkeiten herrschte. Außerdem war ich sehr beeindruckt von der gediegenen Atmosphäre, die sich mir bot. Vor allem die ‚terrible comfortably looking leather armchairs', die schweren indischen Seidenteppiche, die riesigen Kronleuchter und die vornehme Bibliothek mit tausenden Büchern hatten es mir angetan.

Nach einer ausführlichen Vorstellung meinerseits wurde ich als Amerikaner mit Kenntnissen in der Ägyptologie euphorisch als einer der ihren aufgenommen.

Karaffen mit Sherry und Whisky sowie Gläser standen auf dem großen runden Tisch. Man bot mir Zigarren an und forderte mich höflich auf, mich nicht nur an den Getränken, sondern auch an der Diskussion zu beteiligen. Emma eröffnete das Statement."

„Du nennst sie mit Vornamen?", unterbrach Katharina leicht irritiert.

„Ja, wir sind ungefähr gleich alt und sie ist nicht daran interessiert, als ‚Frau Doktor' angesprochen zu werden. Sie ist so ein Kumpeltyp, musst du dir vorstellen."

Katharina seufzte, was Markus nicht entging. Er lächelte verzeihend und küsste sie spontan auf den Mund, bevor er weitererzählte.

„Emma erklärte, dass ihr Mann während seiner abenteuerlichen Expedition in Oberägypten inmitten leerer Steinwüsten etwas Geheimnisvolles gefunden hatte und später bei Grabarbeiten auf Spuren stieß, die beweisen, dass sich an dieser Stelle die Grabkammer der außergewöhnlichen Königin Dhoseusia befinden müsste.

Die Legende besagt, dass diese Herrscherin sehr alt wurde, so alt wie kein Pharao je zuvor. Durch göttliche Beihilfe verfügte sie über ein Elixier, das ewiges Leben beinhaltete und ihr die Herrschaft über Millionen von Jahren geben sollte. Aber sie verschwand auf mysteriöse Weise, ihr Körper schien sich in Luft aufgelöst zu haben. Niemand konnte jemals das Geheimnis lüften, was mit ihr geschehen war. Ihr Nachkomme ließ ein pompöses Grabmonument errichten. Ihre privaten Schätze, als Beweis ihrer königlichen Macht, fanden darin Platz, nur ihr Körper wurde nie beigelegt, weil er nicht vorhanden war.

Im Laufe der Jahrtausende versank der Mythos. Der Sand der Wüste hatte das Geheimnis vergraben, und so schien es auch für die moderne Wissenschaft in Vergessenheit geraten zu sein.

Emma zeigte ein altes, verwelktes Papyrus, und zur Überraschung der Zuhörer entschlüsselte sie die Hieroglyphen und Kartuschen. Ein Raunen ging durch den Raum, denn der Inhalt besagte, dass das Lebenselixier in der Grabkammer für die *Pharaonin Dhoseusia* beigelegt wurde.

Eine merkwürdige Stimmung breitete sich unter den Anwesenden aus. Es entstand der Eindruck, dass jeder Einzelne einer magischen Vorstellung nachging und sich in das antike Ägypten zurückversetzt fühlte. Ich selbst glaubte mich sekundenlang in Trance versetzt, denn als ich die Archäologin anblickte, erkannte ich an ihr ägyptische Gesichtszüge und glaubte plötzlich die sagenumwobene *Dhoseusia* zu erkennen."

„Ihr scheint alle zu viel Whisky getrunken zu haben", lachte Katharina, obwohl sie die ganze Geschichte beeindruckt verfolgte.

Markus ging nicht darauf ein, vielmehr erklärte er Katharina, dass der Präsident des Clubs und deren Mitglieder auf Grund der neuen Perspektiven davon überzeugt waren, dass es das verschwundene Grab tatsächlich geben müsste. Emma wurde aufgefordert alle Vorbereitungen zu treffen und ein Team zusammenzustellen, um die begonnenen Ausgrabungen an den infrage kommenden Plätzen fortzuführen.

„Im Hinblick darauf, welch eine revolutionäre Wende in der Geschichte der Fund bringen könnte, soll das Vorhaben unter der Patronanz der ehrenwerten ‚Tut-Ench-Amons-Society London' stehen", erklärte er zum Schluss.

„Das ist ja höchst interessant", antwortete Katharina.

„Und das Faszinierende ist, dass man mich eingeladen hat, an den Forschungsarbeiten vor Ort teilzunehmen."

„Du meinst, Emma hat dich aufgefordert, daran teilzunehmen."

„Es waren die Mitglieder", rechtfertigte sich Markus.

„Und das willst du machen?"

„Ja. Ich werde mich von Beruf und Familie freistellen. Ich habe mit Aline gesprochen. Sie zeigt keine Einwände. Bei ihr habe ich stets das Gefühl, sie ist froh, mich fern zu wissen. Das Wichtigste sind ihr die Babys und ihre Freundinnen, mit denen sie eine sehr innige Beziehung pflegt. Schön langsam glaube ich, dass ich nur als Mittel zum Zweck diente."

„Was meinst du damit?", fragte Katharina leicht betroffen.

Markus gab keine Antwort, machte eine wegwerfende Bewegung mit der Hand und wechselte sofort wieder das Thema.

„Als Archäologe im heißen Wüstensand, immer nahe dem Unmöglichen, mit dem Traum, das Ziel greifbar nahe zu wissen, ist eine Herausforderung, die ich annehmen möchte."

Seine Augen bekamen dabei einen eigenartigen Glanz.

„Ich könnte dich ja bitten mich ein paar Tage zu besuchen, und wir beide machen eine kleine private Rundreise zu den faszinierendsten Stätten in Ägypten. Das wäre doch großartig, meinst du nicht?" Er schaute Katharina bittend an.

„Das wäre ganz was Besonderes", beeilte sie sich zu antworten. „Wann sollte die Reise für dich stattfinden?"

„Schon bald. Ich halte mich auf Abruf. Es kommt darauf an, welche Zeit die Vorbereitungsarbeiten und die Behördenwege, die Emma und ihr Team durchzuführen haben, in Anspruch nehmen. Emma wird mich über alles informieren. Ich brauche mich vorab um nichts zu kümmern, sie würde für alles vorsorgen. Und wenn es so weit ist, kann ich mich ‚voll ins Abenteuer stürzen', versprach sie mir in ihrer seltsamen Redensform."

„Es fragt sich, in welche Art von Abenteuer du dich begeben sollst. Aber sie wird schon wissen, was sie an dir hat", gab Katharina leise und leicht pikiert von sich.

Erschrocken stellte Markus fest, wie spät es schon war. Die Zeit verging zu rasch. Der Weg zum Flughafen dauerte noch eine ziemliche Weile und deshalb mussten sie schnell aufbrechen.

Wieder einmal hieß es Abschied nehmen. Sie erreichten im letzten Augenblick den Airport und das war gut. Somit brauchte kein langer Abschied in Szene gesetzt zu werden.

Markus schaute wehmütig auf Katharina, küsste sie zärtlich und versprach, sie diesmal nicht so lange auf eine Nachricht warten zu lassen.

„Ich gebe dir früh genug meine Abreise nach Ägypten bekannt, sobald auch ich genaue Informationen seitens der Gesellschaft erhalte. Ich möchte unbedingt, dass wir wenigstens einen Kurztrip durchs Land der Pharaonen gemeinsam unternehmen. Ich werde ein kleines, aber tolles Programm für uns beide zusammenstellen", redete er enthusiastisch auf sie ein.

Katharina hörte trotzdem nur halb hin. Sie war sehr niedergeschlagen und musste den Blick von Markus wenden, damit ihr nicht die Tränen kamen.

„Ciao, alles Gute für dich", gab sie hastig von sich, und ohne weitere Worte rannte sie zur Zollkontrolle.

Das eintönige Brummen in der Maschine veranlasste Katharina dazu, die Augen zu schließen.

Sie ließ das mit so viel Schönheit und Harmonie Erlebte nochmals an ihr vorbeiziehen, bis sie schlussendlich zu dem Ergebnis kam: „Non, je ne regrette rien. – Nein, ich bereue nichts."

Danach orderte sie unbeschwert und mit guten Vorsätzen für Wien bei der Stewardess ein Fläschchen Champagner.

Das Glück ist eine Diva

Im Lokal „Zum Stell dich ein" gab es ein brandheißes neues Thema, worüber die Freundesclique heftig rätselte und diskutierte. Dabei gingen die Meinungen sehr auseinander.

Sind sie oder sind sie nicht?

„Sie sind nicht", bekräftigten die einen. Jemanden in Untermiete zu haben ist eine koschere Angelegenheit und kein unbedingtes Motiv für eine Beziehung.

„Sie sind", mutmaßten die anderen. „Die Fakten passen haargenau aufeinander: Sie sind beide Single, sie wohnen zusammen, also ständig auf Tuchfühlung, da geht die Rechnung auf. Fazit: Einer Liaison kann nichts im Wege stehen", fügten sie wissend hinzu.

Anita meldete sich zu Wort.

„Natürlich sind sie ein Paar", konterte sie. „Ich kenne doch Katharina. Sie wirkt nur nach außen hin cool und unnahbar. Aber sobald einer, der ihr gefällt, an der Angel hängt, lässt sie ihn nicht los. Um ihre Ziele durchzusetzen sind ihr alle Mittel recht. Da kann sie ganz schön beharrlich sein. Wie eine Löwin bewacht sie ihre Beute. Ihr Lover ist ja auch nur sporadisch verfügbar, also wäre es ein Fauxpas par excellence, wenn sie sich diesen schönen Buben entgehen ließe. Wer von uns weiblichen Wesen hier hätte nicht den armen ‚Homeless' aufgenommen, wenn man uns die Chance gelassen hätte? Aber Katharina, das Glückskind, war halt wieder mal schneller."

Dabei schaute sie verschwörerisch auf die Anwesenden. Die Damen quittierten ihre Äußerungen mit zustimmendem Nicken, die Herren in der Runde lächelten.

„Stefan ist mein Untermieter, er wohnt bei mir, solange sein Engagement in Wien läuft, mehr nicht“, erklärte Katharina lakonisch, nachdem sie ihre Freunde eine Woche nach dem Englandtrip wieder traf. Auf alle Fragen, um welche Zeit er aufsteht, welches Frühstück er zu sich nimmt, wer ihm die Wäsche sauber hält und welche Marotten er habe, gab sie keine Antwort. Wie immer Stefan sich verhielt, es wäre für sie kein Gesprächsgegenstand und es würde ihr nicht im Traum einfallen, etwas auszuplaudern. „Seine Privatsphäre ist für mich tabu“, bemerkte sie verhalten und betrachtete ein weiteres Statement als überflüssig.

*****

Der bewusste Tag, an dem Katharinas Gefühlswelt ordentlich ins Schwanken geriet, begann ganz normal ohne vorangekündigte Hinweise.

Sie hatte dienstfrei und nützte die Vormittagsstunden, um ihrer Leidenschaft – dem Kauf von Schuhen – nachzugehen.

Frei von jeder Selbstdisziplin, die Visacard wieder einmal schamlos ausgenützt, aber mit einem kleinen befriedigenden Glücksgefühl kehrte sie von ihrem Shoppingtrip zurück. Drei Paar, dem neuesten Trend entsprechend, bereicherten ihren ohnedies vielfältigen Bestand.

Liebevoll betrachtete sie die neuen, bevor sie neben den alten Schuhen ihren Platz im Vorzimmerschrank einnahmen.

„Katharina, bist du schon zurück?“, hörte sie Stefan.

„Ja, bin ich“, antwortete sie am Boden kniend, ihre Schuhe ordnend.

Er kam, mit Shorts bekleidet, aus dem Badezimmer.

Die Duftnote, die ihn umgab, war betörend und besaß genau das richtige Aroma, bei dem Frauen schwach werden können. Sein stark behaarter nackter Oberkörper, seine durchtrainierte, schlanke Figur und sein unrasiertes Gesicht wirkten ausgesprochen sexy. So hatte Katharina ihn noch nie gesehen, und obwohl sie ein kleines verlegenes Lächeln wagte, spürte sie die leichte Röte, die ihr Gesicht überzog.

Belustigt blickte Stefan auf das Chaos von Schuhen, Schachteln und Nylonsäcken. „Aha, du warst schon fleißig unterwegs, wie ich sehe. Möchtest du nach dieser Anstrengung mit mir Kaffee trinken?"

Und ob sie wollte! Rasch deckte sie in der Küche für zwei Personen und stellte das Körbchen mit dem frischen Gebäck, das sie fürsorglich unterwegs besorgt hatte, auf den Tisch.

Diese zusätzliche kleine Aufmerksamkeit wurde von Stefan freudig aufgenommen, und herzhaft biss er in die Buttersemmel.

„Ich freue mich, dich wieder mal zu sehen. Wie war London?"

„Sehr schön und interessant", antwortete Katharina mit vollem Mund.

„Und wie geht es dir mit deinem Freund?"

„Es war ein sehr harmonisches Wochenende."

Sie sah ihn an und überlegte, ob er höflichkeitshalber oder aus Neugierde diese Frage stellte.

Der halb nackte Mann ihr gegenüber war wohl der Anlass, dass sie weitersprach und etwas sagte, was vielleicht gar nicht so richtig vom Herzen kam.

„Es ist keine einfache Situation, in der ich mich befinde. Markus ist zu weit weg von mir, als dass ich mir Illusionen machen könnte. Für eine gemeinsame Zukunft ist er unerreichbar: verheiratet und verantwortungsbewusst seiner Familie gegenüber. Ich will nicht als Geliebte ein Leben lang vor mich hindösen und warten, bis er irgendwann einmal wieder ein paar Tage für mich Zeit hat." Sie verschwieg, dass ein Treffen in Kürze in Ägypten stattfinden könnte.

„Das verstehe ich vollkommen." Stefan nickte einsichtsvoll. „Übrigens, heute habe ich frei. Ich brauche dringend Frischluft. Wir könnten gemeinsam etwas unternehmen! Zum Beispiel eine kleine Wanderung im Wienerwald. Es gibt viele schöne Touren, hat man mir erzählt. Aber alleine freut es mich nicht, und ich merke es dir an, dass du Tapetenwechsel brauchst."

Das klang wirklich verlockend. Katharina war sofort Feuer und Flamme und freudestrahlend nahm sie den Vorschlag an.

„Es stört dich doch nicht, wenn ich unrasiert bleibe? Ich sehe zwar etwas verwildert aus, aber wegen meinem starken Bartwuchs muss ich an Spieltagen zweimal die Klinge benützen. Da tut es gut, wenn ich manchmal die Haut schone."

„Nein, es macht mir nichts aus, du bist trotzdem schön", beeilte sie sich zu sagen. Wie Papa, erinnerte sie sich. Er lief auch den ganzen Tag mit Bartstoppeln herum und ließ sich erst am Abend vor der Vorstellung in der Garderobe rasieren.

„Wien ist die einzige Weltstadt, in der man mit der U-Bahn ein cirka 2500 Hektar großes ummauertes Naturschutzgebiet mit Wildschweinen, Rotwild, Mufflons und anderen Tieren erreichen kann", erklärte Katharina stolz ihrem Schützling, sobald sie mit dem Ausflug im Lainzer Tiergarten starteten.

„1770 begann man mit der Errichtung eines Saugartens und das Areal diente, streng abgeschirmt, als privates Jagdgebiet der Habsburger. Hier konnten Kaiser und Kronprinzen ungehindert von der Bevölkerung ihrer Jagdlust frönen. Später kamen politische Jagdeinladungen hinzu. Die wohl berühmteste Sperrjagd im kaiserlich-königlichen

Tiergarten fand anlässlich des Wiener Kongresses 1814 statt, an dem 21 gekrönte Herrscher Europas teilnahmen. Unter anderem wurden damals 123 Wildschweine geschossen."

Zwischen uralten Eichen und hochstämmigen Buchen hindurch ging es auf den steilen Berghang zum Jägerhaus. Katharina beglückwünschte sich heimlich zur Auswahl dieser Tour. Obwohl der Weg anstrengend war, zeigten beide keine Erschöpfung und erfreuten sich an der landschaftlichen Schönheit, die sich ihnen bot.

„Bevor wir den Abstieg machen, lade ich dich auf eine Jause ein, denn wir haben noch ein ganz schön weites Stück zu marschieren", erklärte Katharina. „Und ein, zwei ‚G'spritzte' sollen helfen, unseren Durst zu löschen", fügte sie lachend hinzu.

Durch prächtige Buchenforste über Wiesen hinaus erreichten sie anschließend die Hermesvilla.

Sie besichtigten das ehemalige kaiserliche Jagdhaus und staunten über die hervorragenden Wandbemalungen und die aufwändigen Gobelins in den einzelnen Räumen. Katharina hatte während ihrer Schulzeit in „Tourismuskunde" viel über das historische Österreich gelernt, und heute fand sich die Gelegenheit, einiges von ihrem Wissen an Stefan weiterzugeben. Dementsprechend interessiert hörte er ihr zu.

„Unser Kaiser Franz Josef hatte keinen Aufwand gescheut, um seiner rast- und ruhelosen Gemahlin Elisabeth eine Möglichkeit zu bieten, in Wien heimisch zu werden. Sie verbrachte ihre Zeit in zunehmendem Maße auf Reisen, daheim in Bayern, in Gödöllö und auf Korfu. Er bemühte sich rührend, hier einen Aufenthalt attraktiv für sie zu machen. Er nahm Rücksicht auf ihre Reitleidenschaft und ließ neben dem Stallgebäude auch eine Reitschule errichten. Es wurden Reithindernisse und Sprunggräben angelegt. Die Straße zur

Hermesvilla war elektrisch bestrahlt, und die Terrassen des Hauses erglühten bei eintretender Dunkelheit im Licht von über hundert eigens entworfenen Beleuchtungskörpern."

„Und war sie glücklich hier?"

„Anfangs schon. Aber wie wir aus der Geschichte wissen, fühlte Elisabeth sich in späteren Jahren auch hier nicht mehr wohl und ließ den Kaiser mit wehmütigen Gedanken an ihre gemeinsam verbrachte Zeit alleine."

Sie spazierten nochmals rund um das ganze Areal und bemerkten die dunklen Wolken am Himmel.

„Das schaut ganz nach Regen aus", meinte Stefan. „Hoffentlich schaffen wir es bis zum Ausgang zu kommen!"

„Hoffentlich", antwortete Katharina, „es ist noch ein ganz schön langes Stück Weg, das wir vor uns haben."

Mit raschen Schritten entfernten sie sich von dem romantischen Platz. Sie mussten nochmals durch einen kleinen Eichenwald und gelangten auf eine große Wiese, durch die sie Hand in Hand liefen. Es donnerte gewaltig, der Himmel zeigte sich grau-schwarz, ein Gewitter schien in der nächsten Sekunde auszubrechen.

„Schnell, dahin, sonst werden wir nass", rief Katharina. Die ersten großen Tropfen fielen herab. Sie erreichten das kleine Quellenhäuschen gerade noch im richtigen Augenblick.

„Hier sind wir gut aufgehoben." Es war sehr eng, aber groß genug, um Unterschlupf zu finden. Sie standen dicht aneinandergepresst. Ein aufmunterndes Lächeln von Katharina musste wohl der Beweggrund für Stefan gewesen sein, dass er ihren Kopf in seine Hände nahm und ihr einen zärtlichen Kuss auf den Mund drückte.

Damit war die erste Hemmschwelle überschritten. Auch wenn beide zu diesem Augenblick noch nicht wussten, was daraus werden würde, standen sie glücklich aneinandergeschmiegt und beobachteten das Unwetter-Szenario, das sich draußen abspielte.

*****

Ob es ein Rezept geben könnte, ihre neu erkannte Liebe so lange als möglich zu bewahren, konnte Katharina nicht beantworten. Eines war sicher, es gab noch eine Hemmschwelle, die zu bewältigen war. Und diese Blockade musste aufgelöst werden. Sie überdachte nochmals alles genau und kam zum endgültigen Ergebnis, Markus mitzuteilen, dass auf Grund der eingetretenen Situation ein Rendezvous in Ägypten nicht zu Stande kommen würde.

Katharina bereitete sich auf das Gespräch gut vor und war sich sicher, den richtigen Schritt zu machen. Sie wollte ihren amerikanischen Freund ohne Umschweife auf den neuen Umstand hinweisen.

Markus hatte ihr eine mobile Telefonnummer hinterlassen, die sie benutzen konnte. Sie wählte Tag und Stunde so, dass sie annahm, ihn erreichen zu können. Erfreulicherweise meldete er sich nach dem vierten Klingelton.

„Hallo, Darling, wie schön dich zu hören“, sprach Markus voll freudiger Überraschung in den Apparat, als er ihre Stimme vernahm. „Du wirst es nicht glauben, aber ich habe gerade an dich gedacht. Das ist wirklich Telepathie.“

„Wieso dachtest du an mich?“ Sie kam sich dumm vor mit dieser Frage, aber im Augenblick fiel ihr keine bessere Antwort ein.

„Abgesehen davon, dass ich mich mindestens einmal pro Tag imaginär mit einer bezaubernden jungen Frau aus Wien beschäftige, und damit meine ich dich, wollte ich dir heute mitteilen, dass ich bereits die Reisetermine von Emma übermittelt bekam. Ich wollte mit dir darüber sprechen, zu welchem Zeitpunkt es dir am besten passt, ein paar Tage für Ägypten einzuplanen. Ich richte mich ganz nach dir, meine Süße. Das Wichtigste ist mir, dich bald wieder zu sehen. Ich habe, verdammt noch mal, wahnsinnige Sehnsucht nach dir. Dich zu spüren, dich zu lieben und dir wenigstens ein paar Tage ein außergewöhnliches Leben zu bieten ist mein ganzes Bestreben."

Katharina lauschte voll Andacht seiner scharmanten männlichen Stimme. Es überkam sie dann doch eine gehörige Portion Sentimentalität. Zu viele schöne Stunden hatte sie mit ihm verbracht. Er war ihre große Liebe, die sich wunderschön und unkompliziert gestaltete in der Zeit, wo sie beisammen waren.

Sie räusperte sich zweimal, damit er ihren Weltschmerz nicht an der Stimme erkannte.

„Wo bist du denn im Moment?", fragte sie ihn, dem eigentlichen Thema ausweichend.

„Ich bin gerade in die Galerie gekommen und erwarte eine potente Klientin, die das komplette antiquarische Speisezimmermobiliar aus dem Nachlass, den meine Frau von Wien nach Los Angeles transportieren ließ, kauft. Die Zahlungs- und Liefermodalitäten werden jetzt fixiert."

Katharina sah augenblicklich Markus hautnah vor sich: Seine überdurchschnittliche Körpergröße und die kraftvolle Statur, die in hellen Jeans und einem modischen Polohemd verpackt eine äußerst anziehende Erscheinung darstellte. Ein verschmitztes Lächeln in seinem durch die kalifornische Sonne gebräunten Gesicht, die umwerfend smaragdgrünen Augen und den blonden, stets widerspenstigen Haarschopf, den sie so oft liebevoll gestreichelt hatte.

Sie stellte sich vor, wie er in seinen Ausstellungsräumen mit dem mobilen Telefon auf und ab schlenderte, freudig gestimmt einen guten Geschäftsabschluss erwartend.

Katharina fühlte sich nicht sehr wohl in ihrer Haut. „Warum kann ich denn nicht mit beiden Liebhabern gleich glücklich sein, ohne Bedenken und Schuldbewusstsein dem einen oder anderen gegenüber?", dachte sie. Unschlüssig geworden überlegte sie, was sie mit ihrem Freund an der anderen Leitung Belangloses weiterplaudern könnte.

Stefan spielte in seinem Zimmer am Klavier. Katharina hörte es. Es war ein neuer Song, ein Liebeslied, das er für sie schrieb. Einen kurzen Moment lauschte sie den Worten, die er voll Leidenschaft sang.

„Geht es dir nicht gut, Liebes, kann ich dir helfen?“ Die Stimme am Telefon klang so fürsorglich, dass sie am liebsten losweinen wollte. Sie fasste allen Mut zusammen und berichtete:

„Markus, ich habe eine Entscheidung getroffen. Ich kann nicht nach Ägypten reisen, um dich zu sehen.“ Jetzt war der erste entscheidende Satz gesprochen. Sie hielt den Atem an in der Erwartung seiner Reaktion.

Es herrschte Funkstille.

„Bist du noch am Telefon?“, fragte Katharina überflüssigerweise.

„Ja, mein Schatz, ich warte nur darauf, dass du mir den Grund erklärst.“

„Um ganz ehrlich zu sein, es ist eine Änderung in meinem Leben eingetreten. Ich habe eine neue Beziehung und es würde nicht gut tun, dich wieder zu sehen. Selbst wenn wir uns vornehmen, die Reise rein freundschaftlich anzutreten.“

Es kam wieder keine Antwort.

„Willst du wissen, wer es ist? Es ist Stefan, der Musicalstar, der seit einiger Zeit bei mir wohnt. Es hat sich so ergeben, weißt du?“ Sie sprudelte die nächsten Sätze entschuldigend und rechtfertigend heraus und beendete ihre Erklärungen mit einem kleinen Seufzer der Erleichterung.

Markus entgegnete ernst:

„Das ist schön für dich und ich muss wohl deine Meinung akzeptieren, auch wenn es mir schwer fallen wird. Ich wünsche dir alles erdenklich Gute für deine Verbindung. Ich hoffe aber, dass wir unsere Freundschaft aufrechterhalten. Natürlich in Zukunft rein platonisch, ohne Sex, versteht sich.“ Er lachte verhalten.

„Ja, Markus, das liegt auch in meinem Interesse. Du weißt, wie lieb ich dich habe, aber ich glaube, es ist für uns die beste Lösung. Wir müssen beide wissen, wo wir hingehören.

Leb wohl, mein Freund, viel Glück und Gesundheit weiterhin. Und vergiss bitte nicht, mir über die Ägyptenexpedition zu berichten, wenn du alles hinter dir hast.“

Dann hängte sie auf.

*****

Der Schnee legte sich wie ein weißer Mantel über die Natur und die Strahlen der Wintersonne zauberten glitzernde Lichter darauf.

Wann immer sich eine Möglichkeit ergab, spazierten Stefan und Katharina dick vermummt und glücklich durch den knirschenden Schnee.

Sie küssten sich gegenseitig ihre kalten roten Nasen, wetteiferten beim Maroniessen und überzeugten sich davon, dass ein zweiter Becher Punsch zum Schutz vor der klirrenden Kälte kein Grund sein würde, in ein „blaues Wunder“ zu geraten.

Zuhause angekommen roch es nach Bratäpfeln, Vanillekipferln, Schokoladenkeksen und Lebkuchengebäck, die Katharina in ihrer Freizeit nach den Rezepten ihrer Großmutter voll Eifer herstellte. Das Backen von kleinen süßen Sünden zu dieser Jahreszeit war ein alter Brauch in ihrer Familie, und diese Tradition wollte sie fortsetzen

„Sie sind ein perfektes Liebespaar“, stellten Freunde und Neider, aber auch die Medien objektiv fest. Wo immer sie zusammen angetroffen wurden, zeigten sie sich voll Harmonie und Glück. Das berühmte Herzflattern hatte beide voll erwischt. Ihre Liebesbeziehung entwickelte sich langsam, ohne Druck. Sie ließen einander Zeit, zu erkennen, dass alles zusammenpasste, die Chemie, die Wellenlänge.

Stefan überzeugte als Musicaldarsteller und steigerte sich zu Höchstleistungen, vielleicht auch durch die Tatsache, dass er in Katharina eine tolerante und liebevolle Gefährtin fand.

Katharina sonnte sich in dem Zustand, in dem sie sich befand. Sie tat alles, um auf die Bedürfnisse ihres Partners einzugehen und übersah bewusst den Wandel seiner Launen, die – wie bei den meisten sensiblen Künstlern – sehr stark hervortraten. Eben noch strahlend und unbeschwert, gab er sich bei nächster Gelegenheit melancholisch und nachdenklich. Sie zeigte Verständnis, dass er manchmal nach der Vorstellung verspätet nachhause kam. Sie wusste, dass jeden Abend seine Fans geduldig ausharrten, um ihn kreischend zu umringen, sobald er bei der hinteren Bühnentür herauskam. Es war ihr auch bekannt, dass er zeitweise ganz gerne für sich alleine war, um durch die Stadt zu spazieren oder in einem unbekannten Lokal ein paar Biere zu sich zu nehmen.

Jeder gab dem anderen viel Zeit und Raum, und sie hielten sich an das Arrangement getrennter Schlafzimmer. Ihre Liebe sollte nicht zur Gewohnheit ausarten, sondern immer wieder aufs Neue voll Ungeduld und Zärtlichkeit entdeckt werden, wenn sie die Nächte gemeinsam verbrachten.

*****

Katharina informierte den Nachtportier Leopold über alle Vorkommnisse, die im Laufe des Tages im Hotel geschehen waren. Heilfroh, den Dienst beendet zu sehen, ging sie ins Büro, um ihre Tasche zu holen.

Aurelia Notnagl saß am Schreibtisch und telefonierte. An dem entzückten Gesichtsausdruck konnte man ersehen, dass sie ein Gespräch mit ihrer neuesten Flamme führte.

Katharina hatte den Typen schon einige Male im Hotel gesichtet. Meist an einem späten Vormittag, wenn er über die Treppen vom oberen Stockwerk, dort, wo sich die privaten Räumlichkeiten ihrer Chefin befanden, herunterschlenderte. Selbstsicher und wichtigtuerisch spazierte er freundlich grüßend an der Rezeption vorbei in Richtung Frühstückszimmer. Mit erhabener Manier begrüßte er die anwesenden Gäste, kontrollierte das Büfett und ging anschließend in die Küche, um auch dort nach dem Rechten zu sehen.

„Kurti" nannte ihn ihre Chefin. Die Liebesfunken, die aus ihrem Herzen loderten, waren für jedermann bemerkbar, sobald sie den Namen nannte.

Katharina wollte rasch ihre Tasche nehmen, um zu entfliehen, aber Frau Notnagl winkte ihr zu bleiben. Sie beendete das Telefonat, indem sie noch schnell einen Kuss in den Apparat schmatzte, und bat ihre Assistentin Platz zu nehmen.

Aurelia holte tief Atem und nahm anschließend einen Schluck Whisky, ihr bevorzugtes Getränk zu dieser Uhrzeit.

„Weißt du, früher war es einfach. Sobald eine Romanze zu Ende ging, sagte ich mir: ‚Warum soll ich mir was daraus machen, wenn an der nächsten Ecke bereits ein anderer steht?' Für einen heißen Flirt war ich immer offen, ich nahm ihn nicht zu ernst, hatte Spaß für den Körper und Balsam für die Seele.

Aber in meinem Alter werden die Strecken zu einem neuen Liebesabenteuer immer länger und auch beschwerlicher. Und allen Vorurteilen zum Trotz kommt mir das Glück ins Haus geflogen. Bei Kurti erkenne ich den potenziellen Beginn einer tollen Liebesbeziehung und ich schwebe im siebenten Himmel. Es spielt für mich keine Rolle, dass er über zwanzig Jahre jünger ist als ich. Er ist ein Galan, höflich und verwöhnt mich wie eine Prinzessin. Besonders im Bett. Ich habe seit Jahren nicht mehr so tollen Sex gehabt wie mit Kurti. Ich bin richtig versessen auf ihn und er auf mich. Er meint, ich sei ein sexuelles Wunderland. Manchmal nennt er mich seine ‚Sexgöttin'. Ist das nicht schön?"

Aurelia schaute erwartungsvoll auf Katharina. Diese nickte benommen.

„Großartig, gratuliere zu so einem Glück", stammelte sie, insgeheim hoffend, ihre Chefin würde das freizügige Bekenntnis bald beenden. Sie wollte eigentlich schon nachhause.

Kein Ende schien in Sicht. Whisky wurde nachgeschenkt und Katharina nahm aus Verzweiflung einen großen Schluck aus dem Glas.

„Nun, Kurti weiß auch, was er an mir hat. Ich habe ihn gut ausgestattet und verwandelte ihn in kürzester Zeit in einen richtigen Manager, mit elegantem Outfit und manikürten Fingernägeln. Er sitzt oft mit mir im Büro, wo wir gemeinsam die Buchhaltung bearbeiten. Ich möchte ihn langsam, aber sicher in mein Unternehmen einführen. Er hat gute Ideen, um das Hotel mehr in Schwung zu bringen, und will eine aussagekräftige Homepage installieren.

Um es kurz zu machen, meine Liebe: Du siehst ja schon, worauf ich hinaus will. Kurti hat durchblicken lassen, dass eine gewisse Disharmonie zwischen euch beiden besteht. Ich hoffe nicht, dass dies wirklich der Fall ist. Er soll die Gewissheit haben, dass ihm von den Angestellten eine gewisse Akzeptanz entgegengebracht wird. Deshalb wäre es wünschenswert, dass du dich ein wenig um ihn kümmerst. Nimm ihn bei den Arbeiten in der Rezeption unter deine Fittiche. Wie ich dich kenne, wirst du das diplomatisch über die Bühne bringen."

Aha, daher wehte der Wind! „Dieses Weichei hatte seiner Gönnerin gepetzt, dass ich unwirsch zu ihm bin und ihn links liegen lasse, wenn er im Hotel wie ein Pfau herumstolziert. Das arme Bubi fühlt sich benachteiligt, weil ich ihm nicht genügend Avancen mache", dachte Katharina voll Bosheit.

Zu Aurelia aber sprach sie liebenswürdig und verständnisvoll: „Meine Liebe, ich glaube, da reagiert dein Freund ein wenig sensibel. Ich hatte bis jetzt noch nicht das Vergnügen, dass er sich bei mir vorstellte und niemand klärte mich über die Situation auf. Jetzt sieht die Sache natürlich ganz anders aus. Ich bin selbstverständlich gerne bereit, ihm zur Hand zu gehen und ihm alle nötigen Informationen zukommen zu lassen. Da kannst du ganz unbesorgt sein. Ein Missklang in unserem perfekt aufeinander eingespielten Team wäre das Letzte, was wir uns alle wünschen. Das weißt du doch selbst."

Damit betrachtete sie das Gespräch als beendet. Sie trank den restlichen Whisky aus, wünschte freundlich ihrer Chefin noch einen schönen Abend und eilte aus dem Büro.

Während Katharina nachhause fuhr, beschäftigte sie sich mit dem vorhin stattgefundenen Gespräch.

Kurti würde über kurz oder lang alle zur Verfügung stehenden Möglichkeiten ergreifen, seine Potenz auch im geschäftlichen Bereich auszuspielen. Da könnte sich einiges zum Nachteil verändern und vielleicht auch Unruhe und Turbulenzen in den bisher beschaulichen Ablauf des Hotelgeschehens bringen. Sie hoffte, dass er ehrliche Absichten mit seiner „Sexgöttin" hatte und nicht nur nach dem dicken Bankkonto seines „sexuellen Wunderlandes" Ausschau hielt. Aurelia wäre nicht die erste Frau, die, liebestoll geworden, den Boden der Realität verlor. Andererseits, Aurelia, die gewiefte Geschäftsfrau, hatte es faustdick hinter den Ohren, was Männer betraf, und war erfahren genug, kein Liebesdebakel entstehen zu lassen.

„Was geht es mich an?", kam sie zum Resümee. „Ich mache meinen Job, solange es mich freut, und warte ab, wie sich die Lage in Zukunft entwickelt. Im Moment gibt es für mich keinen Grund zu irgendwelcher Besorgnis außer der subjektiven Feststellung, dass ich Kurt nicht ausstehen kann."

In ihrem Wohnhaus angelangt, befand sich im Postkasten ein Brief von Markus. Katharina kam zum Bewusstsein, wie lange sie von ihm nichts mehr gehört hatte und wie schnell die letzten Monate verflogen waren.

Sie hatte es eilig, in die Wohnung zu gelangen. Der vorige Genuss von Whisky und Wasser veranlasste sie, rasch die Toilette aufzusuchen.

Erleichtert, vom unangenehmen Drang befreit zu sein, platzierte sie sich auf ihr bequemes Bett und las den Brief ihres Freundes.

Liebe Katharina,

seit unserem ausführlichen Telefongespräch ist eine Ewigkeit vergangen. Deine Aussage, dass du dich verliebt hast und, um diese neue Beziehung nicht zu zerstören, es ablehnst nach Ägypten zu kommen, stimmte mich damals sehr traurig. Ich war enttäuscht und vielleicht war auch ein wenig mein Ego gekränkt. Aber du sollst wissen, dass ich dich verstehe, und ich muss gegen meinen Willen sagen, dass du die richtige Entscheidung getroffen hattest. Der Umstand, mich nur alle paar Monate irgendwo kurzfristig zu sehen, wäre auf die Dauer sicher kein sinnvolles Arrangement für dich. Du bist jung und brauchst einen Menschen, der in deiner Nähe ist und dir jeden Tag sagen kann, dass er dich liebt.

Ich versprach dir, über den Ausgang meiner Ägyptenreise zu schreiben. Natürlich war ich viel länger dort, als ich vorhat-

te, und es artete wahrhaftig zu einem rätselhaften Erlebnis aus. Im Nachhinein fragte ich mich, welch ein Teufel mich geritten hatte, dass ich zustimmte, dabei zu sein.
Wir begaben uns vom Basislager aus südwestlich ungefähr auf die Höhe des Nördlichen Wendekreises. Endlose Sandwüsten mit eigenwilligen Dünenformationen und massive, dunkelgelb bis rötlich schimmernde, zerrissene Felslandschaften prägten das Bild. Eine gespenstische Stille umgab uns, nirgends erkannte man eine Spur von Leben. Unwillkürlich musste ich an Lawrence von Arabien denken. Ihn fragte man einmal, warum er die Wüste so liebe, und seine Antwort lautete, weil sie so sauber sei!
Die englische Mannschaft stöhnte unter der fast unerträglichen Hitze und hätte fast alles getan, um ein paar Tropfen kühlen englischen Sprühregen zu verspüren. Ich dachte eher an den Salzburger Schnürlregen, der mein Gemüt hätte aufheitern können.
Es war zu bemerken, dass die Stimmung des Teams täglich träger und gereizter wurde, und einige der Expeditionsmitglieder bestanden sogar darauf, die Suche aufzugeben. Aber Emma war wie besessen von dem Gedanken auf der richtigen Spur zu sein, um die Pyramide zu finden.
Drei Männer aus der Mannschaft erkrankten an einem eigenartigen Fieber.
Frau Doktor Pascal, eine französische Archäologin, die auch als Ärztin ihr Amt ausübte und uns bei dieser Expedition begleitete, war völlig überfordert und ratlos. Kein Medikament schien zu helfen. Sie mussten raschest zum Basislager überführt werden und wurden schließlich in ein Krankenhaus nach London transportiert. Abgesehen von den einheimischen Helfern war unser Forschungsteam nunmehr auf ein Minimum reduziert. Das ganze Vorhaben wurde für mich immer mystischer, auch Emmas Verhalten kam mir sehr suspekt vor. Sie schien wie vom Wahn besessen, das Rätsel der sagenhaften Pharaonin zu lösen. Aber ihre felsenfeste Überzeugung bald

am Ziel zu sein übertrug sich auf mich als Gebot, um weiterzumachen. Ob ich verrückt war oder unter Hypnose stand, kann ich heute nicht mehr sagen.
Ein glücklicher Zufall wollte es, dass einer der Guides über einen eigenartigen Stein stolperte. Zuerst maßen wir diesem Fund keine Bedeutung bei. Instinktiv forderte Emma, diesen Stein auszugraben, der zu unserer Überraschung länger und länger wurde. Und dann bemerkten wir, dass es eine gebrochene Spitze von einer kleinen Pyramide war, welche anscheinend, über die Jahrtausende von Wüstensand bedeckt, von der Oberfläche verschwand. Neuer Enthusiasmus entfachte, die Erregung und Spannung stiegen Wir arbeiteten wie besessen, legten einen Teil der Pyramide frei und trieben einen Stollen zur Grabkammer. Irgendwann stand sie vor uns, jedoch mit großen Steinplatten verschlossen, die es scheinbar unmöglich machen sollten das Geheimnis frei zu bekommen. Auch die darauf vermerkten Hieroglyphen schienen uns nachdenklich machen zu wollen:

Wer die letzte Ruhestätte der Pharaonin Dhoseusia betritt,
soll unter einem Fluch stehen.

Die Warnung ließ Emma völlig kalt. Wie eine Herrscherin, abgehoben von allem Irdischen, stand sie da und befahl den Männern, die Platten zu entfernen. Als dies geschehen war, bestand sie darauf, als Erste und ohne Hilfe der anderen das Innere zu betreten. Und in dem Augenblick, als sie sich in dem Haus der Ewigkeit befand, passierte das Unmögliche: Plötzlich erschienen wie aus dem Nichts einige Jeeps, in denen bewaffnete, vermummte Männer saßen. Sie sprangen von den Fahrzeugen, stürmten auf uns zu, und so schnell konnten wir gar nicht denken, waren wir gefesselt und in einen Jeep verfrachtet. Hilfe von den einheimischen Arbeitern unseres Teams war nicht zu erwarten. Völlig hilflos und verschreckt versteckten sie sich hinter der Pyramide.

Was weiter geschah, konnte ich nicht mehr mitverfolgen, durch eine Betäubung verlor ich das Bewusstsein.
Als ich wieder zu mir kam, befand ich mich im Bett einer Suite im noblen orientalisch-altenglischen Old Katarakt in Assuan. Ich erkannte das Zimmer, da ich vor Antritt meiner Expedition hier logierte. Wie du dich vielleicht erinnerst, wollte ich an diesem romantischen Ort mit dir ein Treffen arrangieren. Noch ganz benommen glaubte ich im ersten Moment, du würdest bei mir sein. Ich versuchte nachzudenken, was überhaupt passiert war, aber mein Gedächtnis gab mir nur dunkle Erinnerungsmomente. Es war wie ein Spuk. Ich rief den Manager des Hotels zu mir und bat ihn um Aufklärung. Der Mann erzählte mir ehrerbietig, aber in knappen Worten, dass ich mit einem Sanitätswagen angekommen war. Der mich begleitende Arzt hatte erklärt, ich wäre ein amerikanischer Diplomat und man müsste mich als Gast mit äußerster Diskretion und aller Zuvorkommenheit behandeln. Ich wäre bei einer Wüstenexkursion erkrankt und sollte mich hier noch kurzfristig erholen, bis ich in die Staaten zurückginge. Mehr Informationen konnte ich aus ihm nicht herausholen. Zum Schluss beglückwünschte er mich zu meiner wiedererlangten Genesung und übergab mir ein kleines versiegeltes Paket.
Voll Neugier öffnete ich es. Ein handgeschriebener Brief von Emma befand sich darin, ein Bündel amerikanischer Dollarnoten und ein Flugticket nach Los Angeles.
Emma schrieb mir einige sehr merkwürdige Zeilen. Sie bedankte sich für meine Mithilfe, ohne im Geringsten auf das dramatische Ende der Expedition einzugehen. Sie berichtete, dass sie ihr Ziel erreicht und zufrieden ihre Reise nach England angetreten hatte.
„Es ist alles nach bestem Gewissen geschehen. Wir sind glücklich, des Rätsels Lösung gefunden zu haben“, schrieb sie. (Was immer sie damit ansprach, war mir nicht klar, vielleicht das infrage gestellte Elixier?)

„Dich als Nichtmitglied unserer exklusiven Gesellschaft bitte ich, keine weiteren Ermittlungen anzustellen. Es ging alles nach Wunsch und niemand kam zu Schaden. Hake mich und das Vorhaben Dhoseusia als erfolgreich beendet ab“, bat sie mich in ihrer seltsamen Art. „Ich denke nicht, dass wir uns jemals im Leben wieder sehen, also wäre es sinnlos, noch weitere Gedanken zu verschwenden. Es sollte eine kleine Herausforderung für dich sein, dieses Wüstenabenteuer, mehr nicht. Und es hat dir doch Spaß gemacht, hoffe ich. Du warst ein annehmbarer Partner, aber mir nicht ebenbürtig. Ich habe dich eingehend geprüft und nach genauer Analysierung erkannte ich, dass du über Grenzwerte nicht weitergehst, weil du nicht in meiner Dimension erscheinst. Folglich musste ich, mit meinem Gewissen übereinstimmend, dich aufgeben“, stand am Ende ihres Briefes.
Mir lag wirklich nichts daran Nachforschungen anzustellen, und ich sah keinen Grund, diese verrückte Gesellschaft nochmals aufzusuchen. Als Aufwands- und Zeitentschädigung hatte ich das Vielfache von dem ausgehandelten Betrag bekommen. Ich war zufrieden und flog schnellstmöglich nachhause.
Die Vermutung, die ich habe, bringe ich sicher nicht an die Öffentlichkeit. Zu viele verschlungene Fakten laufen hier zusammen, mit denen ich mich nicht befassen möchte.
Du musst wissen, Emma ist in Ägypten eine Berühmtheit. Ihr verstorbener Mann war aus Kairo, ein sehr vermögender, anerkannter Wissenschaftler und hochrangiger Politiker. Sie selbst war jahrelang im ganzen Land sozial engagiert und wurde von den einfachen Menschen wie eine Königin verehrt. Demnach stehen ihr alle Türen offen. Dass sie den Überfall geplant hatte und diejenigen, die nicht in ihrer „Dimension“ standen, nach vollbrachter Arbeit wegschaffte, kam mir dann im Nachhinein zum Bewusstsein. Und ich möchte keine Äußerungen abgeben, welche Schätze sich in der Grabkammer befanden und wo diese hintransportiert wurden. Denn das bleibt ipcress – streng geheim.

Meine liebe Freundin, aus dem Bericht ersiehst du, dass ich wieder mal ein Abenteuer pur – mit glücklichem Ausgang – hinter mich brachte. Aber so intensiv wie diesmal habe ich noch nie das Bedürfnis verspürt, ins bürgerliche Leben zurückzukehren.
Ich kann nur hoffen, dass du mich trotz meines langen Stillschweigens nicht ganz vergessen hast und daran denkst, dass ich dein Freund bleiben will, der für dich da ist, wenn du ihn brauchst.
Ich wünsche dir alles Glück der Welt.

Dein Markus

Katharina seufzte tief. Sie war nahe daran zum Telefon zu greifen, um ihren Freund anzurufen.

Sie wollte ihm erzählen, dass Stefans Engagement in Wien bald endete. Für die kommende Saison wählte die „Scala“ ein zuckersüßes Pop-Musical mit neuen jungen Künstlern aus verschiedenen europäischen Ländern. Die Hauptrolle ging diesmal nicht an ihn, sondern an einen jungen Österreicher, der als Sieger eines internationalen Songcontests für Begeisterung sorgte. Für Stefan standen einige Musikproduktionen in Deutschland in Verhandlung, die bedeuteten, dass er Wien verlassen müsste.

Es gäbe Verschiedenes, aber doch nichts Gravierendes, das sie mit Markus besprechen könnte. Ihn zu fragen, was er davon hielt, wenn sie Stefan während der Zeit eines Engagements nach Deutschland begleiten würde, hielt sie für grotesk. Diese Entscheidung musste sie wohl selbst treffen.

Damit unterdrückte sie ihren Wunsch, seine Stimme hören zu wollen, und machte sich stattdessen auf den Weg zum Fitnessstudio. Eine Stunde Aerobic mit Sauna und Massage sollte ihre desolate Stimmung wieder aufbessern.

*****

Katharina befand sich am Flughafen Schwechat. Sie erwartete Stefan, der mit der Abendmaschine aus Hamburg ankam. Er nahm dort an einem Casting für ein neues Musical teil. Es sollte eine aufwändige Welt-Uraufführung werden, die mit Spannung von jedermann erwartet wurde.

Er küsste sie flüchtig zur Begrüßung, und aus seiner ernsten Miene erkannte Katharina, dass ihr Freund in keiner guten Laune war.

„Möchtest du nachhause oder noch irgendwohin?", fragte sie ihn leichthin.

„Lieber in die eigenen vier Wände. Die letzten Tage waren sehr anstrengend. Ich nützte meinen kleinen Urlaub, auch nach Frankfurt zu fliegen, um meine Eltern und Freunde zu besuchen. Du kannst dir vorstellen, dass ich abends nie ins Bett kam, weil eine Fete nach der anderen stieg. Und in Hamburg erging es mir ähnlich. Ich habe etliche Kollegen, die zurzeit dort spielen, aufgesucht und die alten Verbindungen aufgefrischt. Gleichzeitig klapperte ich verschiedene Theaterdirektionen ab, um mich auf dem Laufenden zu halten."

Bei Katharina stieg ein klein wenig Eifersucht auf.

„Es hört sich ja fast so an, als würde es dir Leid tun, nicht in Deutschland zu sein." Stefan gab dazu keine Antwort.

Sie unterdrückte ihre leichte Verstimmung und berichtete, wie zum Trotz, dass sie jeden Abend im Fitnessclub verbracht hatte.

„Immer mit vollem Programm: Aerobic, Schwimmen, Sauna, Massage. Kein Alkohol, keine Bekannten, die mich anschließend irgendwohin verführen wollten. Ich bereite mich auf den Sommer vor. Figurbewusstsein ist angesagt. Das wird meinem Körper ganz gut tun, nach all den Vanillekipferln, dem Glühwein und anderen Wintersünden. Einem gesunden Leben wird Priorität gesetzt."

„Aber den Sex erhältst du schon noch aufrecht?", entgegnete Stefan. Es sollte witzig klingen, aber Katharina fand es sarkastisch und ärgerte sich darüber.

„Komm, wir setzen uns in den Salon." Aus ihr selbst nicht erklärbaren Gründen wählte Katharina diesen neutralen Raum. Sie stellte Rotwein, Wasser und kleine pikante Häppchen auf den Tisch. Sie hatte Stefans Lieblingswein gewählt und nahm sich selbst ein Glas davon, die Fortsetzung ihrer Frühjahrskur auf den nächsten Tag verschiebend.

„Und, wie ist das Casting gelaufen?"

„Schlecht", antwortete Stefan einsilbig. „Diesmal ist keine Hauptrolle für mich dabei, nur eine der Nebenrollen. Und auch die bekomme ich nur auf Grund meines Bekanntheitsgrades. Hunderte Bewerber aus allen Ländern nahmen daran teil, alle in der Erwartung, das große Los zu ziehen."

„Und wer bekam die Chance?"

„Der Engländer John James. Jahrelang agierte er als Nebendarsteller in verschiedensten Produktionen. Wir waren einmal in Stuttgart Partner in ‚Amour fou'. Er beneidete mich damals um meinen Erfolg und die Tatsache, dass ich das Engagement in Wien als Hauptdarsteller zugeteilt bekam. Inzwischen hat er sich in Deutschland ganz schön hochgearbeitet."

„Aber du bist doch auch ein Star geworden. Sieh doch, wie man dich täglich bejubelt!"

„Ein Star geworden, aber bald wieder vergessen, wenn man nicht die Möglichkeit hat an der Spitze zu bleiben. Leider leben wir in einer Wegwerfgesellschaft, schnelllebig und oberflächlich, gefeiert und wieder fallen gelassen. Es geht nicht mehr um den Menschen, sondern um Produkte. Künstler werden auf die Bühne gestellt, um Geld einzuspielen. Und wenn man ihrer überdrüssig wird, kreiert man neue Stars."

Stefan schien echt verbittert. So hatte Katharina ihn noch nie erlebt.

„Und wirst du Hamburg annehmen?"

„Ich habe mir Bedenkzeit erbeten." Er schaute sie wehmütig an.

„Da ist noch etwas. Beim Casting traf ich eine Bekannte, die seinerzeit in Deutschland in einer Künstleragentur arbeitete. Damals war sie sehr verliebt in mich. Ich selbst betrachtete unsere Freundschaft als eher oberflächlich. Zu sehr war ich damit beschäftigt meine allgemeine Beliebtheit überall voll auszukosten. Wir hatten uns aus den Augen verloren, nachdem sie ins Ausland gegangen war. Inzwischen managt sie in Amerika einige Schauspieler. Wir unterhielten uns sehr ausführlich und sie war echt begeistert von meinem beruflichen Werdegang. Dass ich auch Liedersänger und Komponist eigener Musikstücke bin, fand sie äußerst Erfolg versprechend. Im Laufe des Abends erklärte sie mir, dass sie für ein Broadway-Musical auf der Suche nach einem neuen Hauptdarsteller sei. Sie würde sich für mich einsetzen, wenn ich interessiert wäre, mit ihr einen Vertrag zu unterschreiben.

Würdest du mich in die Vereinigten Staaten begleiten, wenn ich meine Zelte hier abbreche, um nach New York zu gehen?"

Auf diese Frage war Katharina nicht vorbereitet. Sie erinnerte sich daran, dass sie beide über das Problem sprachen, was geschehen sollte, wenn Stefan für Monate in Deutschland gastiert. Deutschland war nicht so weit weg und die Möglichkeit zwischen Hamburg und Wien zu pendeln schien realisierbar. Aber New York?

„Ich glaube, dieses heikle Thema sollten wir dann besprechen, wenn du dir im Klaren bist, wie deine berufliche Zukunft aussehen soll. Das ist eine Entscheidung, die gut zu überlegen ist. Vor allem musst du einmal abwarten, ob diese Dame es wirklich ernst meint und dir einen profitablen Vertrag vorlegen kann. New York klingt großartig, aber da müssen alle anderen Punkte auch Gewinn bringend angeführt sein, sonst ist es besser, du wartest in Europa auf eine nächste Chance."

Sie unterbrach die Darlegung ihres Standpunkts und sagte: „Ich muss morgen früh aufstehen", und fügte entschuldigend hinzu: „Tagdienst!"

In der Annahme, dass Stefan nicht in der Stimmung sein würde, die Nacht mit ihr zu verbringen, ließ Katharina sich im Badezimmer Zeit mit der Abendtoilette.

Sie ging in ihr Zimmer und lächelte. Stefan lag ausgestreckt im Bett und wartete voll Sehnsucht auf sie.

In dieser Nacht liebten sie sich so leidenschaftlich und innig, als ob beide fürchteten, dass der Abschied ihrer Liebe vorprogrammiert war.

Wochen später

Stefan hatte sein Wiener Engagement beendet und nach reiflicher Überlegung den Entschluss gefasst, in den Staaten sein Glück anzustreben. Die Vertragsbedingungen, die er von einem Wiener Anwalt überprüfen ließ, zeigten keine Unrechtmäßigkeiten oder Nachteile für ihn. Im Gegenteil, der Kontrakt beinhaltete einige bedeutende Vorteile in den einzelnen Paragrafen, sodass es absurd gewesen wäre, diesen Schritt nicht zu wagen.

Für das nächste Musical „American Dream" im „Global Theatre" am Broadway waren sich Theaterproduzent, Regisseur und alle Verantwortlichen des Stückes einig und gaben Stefan die Hauptrolle. Sie erkannten in ihm das außergewöhnliche Charisma sowie seine Fähigkeiten in Schauspiel, Tanz und Gesang.

Stefans Managerin Bettina wusste sehr wohl, wie sie ihren Schützling bestens vermarkten konnte. Wo immer es möglich war, wurde er mit berühmten Darstellerinnen aus der Filmwelt gesichtet, die für Zeitungsmeldungen sorgten. Um die Zeit bis zu den Proben für das neue Stück zu überbrücken, organisierte sie kurzfristig mit ihm und anderen bedeutenden Künstlern aus der Musikszene Konzertgastspiele im Osten der USA. Sein Bekanntheitsgrad stieg damit schlagartig, denn die aus seiner Feder stammenden Songs und Kompositionen, die er an solchen Abenden hervorbrachte, waren Besonderheiten und wurden von Publikum und Kritik enthusiastisch aufgenommen.

Katharina erhielt von ihrem Freund ausführliche Nachrichten. Er schrieb sehr offen und berichtete ehrlich über seine kleinen Flirts da und dort, die harmlos seien und nur dem Showbiz dienen sollten. Überschwänglich schrieb er über Bettina, die es bestens verstand ihn zu betreuen und es ermöglichte, ihn in raschem Tempo die Sprossen der Erfolgsleiter hochklettern zu lassen.

„Wir haben eine großartige geschäftliche Zusammenarbeit aufgebaut. Aber unsere Beziehung bleibt rein freundschaftlich“, berichtete er. „Wann kommst du zu mir?“, stand manchmal als Abschiedssatz in den Briefen. Eine Antwort zu dieser Frage konnte Katharina nicht geben. Sie zweifelte plötzlich an dem Weiterbestehen dieser schönen Liebesbeziehung. In den letzten Wochen in Wien hatte ein ständiges Spiel von Gereiztheit zwischen den beiden geherrscht. Stefan war angesichts seiner beruflichen Laufbahn launisch und egozentrischer denn je gewesen, hatte jedoch keinerlei Verständnis für ihre strapazierten Nerven gezeigt.

Wie sagte doch einmal eine gute Freundin? *Männer von dieser Sorte sind wie Delikatessen, die man zwischendurch genießt, aber nicht heiratet.*

Und an diesen Satz musste Katharina immer öfters denken.

*****

Aurelia Notnagl überreichte Katharina das Kuvert, in dem sich ihr Zeugnis befand.

„Und willst du es dir nicht doch anders überlegen?“

„Nein, Aurelia, mein Entschluss steht fest, obwohl mir der Job in deinem Hotel viel Freude machte. Ich habe so manches dazugelernt, vor allem die Gewandtheit mit Menschen zu kommunizieren, auf ihre Eigenheiten einzugehen und sie zu akzeptieren, wie sie sind.“

Katharina dachte kurz an Kurti.

Ihrer Chefin zuliebe hatte sie Waffenstillstand mit ihm geschlossen. Sie behielt es für sich, dass sich die lahme Ente Kurti als Möchtegerncasanova entpuppte, der mit kessem Blick nach ihr schielte und mit lockeren Sprüchen Flirtversuche unternahm. Sie hielt auch den Mund darüber, dass er ihr einmal in der Garderobe auflauerte und sie küssen wollte.

Kurti – besser gesagt: Direktor Kurt Adler, wie er sich gerne bei den Gästen vorstellte – hatte sich rasch emporgearbeitet, aber für Katharina kam der Gedanke, ihn als Vorgesetzten annehmen zu müssen, überhaupt nicht infrage.

Dass er vielleicht auch einen der Gründe darstellte, weswegen sie das „Paradiso“ verließ, wollte sie nicht preisgeben.

„Die Überlegung, nach New York zu gehen, um mit Stefan beisammen zu sein, steht im Vordergrund“, erklärte sie. „Es sind viele Dinge zu ordnen, wofür ich eine Zeit lang Ruhe und Entspannung benötige. Vorerst ist einmal Urlaub angesagt. Den habe ich dringend notwendig. Und dann entscheide ich über meine Zukunft.

Wir bleiben natürlich in Verbindung. Du kannst sicher sein, dass ich deinem Unternehmen die beste Referenz ausstelle und auf das mit Scharm und Flair ausgestattete Hotel gerne verweise, wenn mich jemand danach fragt. Noch dazu, wo du jetzt mit der tollen Homepage international erscheinst! Da kann ich dann auch in New York für dich Reklame machen."

„Ja, mach das, meine Liebe. Behalte uns und die schöne gemeinsame Zeit in lieber Erinnerung und vergiss nicht, dass du hier immer wieder einen Ort hast, wo man dich gerne sieht."

Tränenreich verabschiedeten sich die beiden voneinander, und Katharina dachte beim Hinausgehen aus dem Hotel, warum es wohl immer so schwer fällt, von etwas Abschied nehmen zu müssen.

Liebe ist ein seltsames Spiel

Die Verabredung im Café „Museum" fand um 17 Uhr statt. Astrid eilte völlig aufgelöst auf den hinteren Ecktisch zu und begrüßte Katharina mit Küsschen links, Küsschen rechts.

„Entschuldige meine Verspätung, aber das Autofahren in Wien bringt mich jedes Mal an den Rand des Wahnsinns", entschuldigte sie sich mit einem Blick auf die Uhr.

„Zu guter Letzt musste ich noch die Schimpftirade eines Autobesitzers über mich ergehen lassen, der behauptete, ich hätte seinen Wagen beim Einparken angefahren! Dieses alte Schlachtross beobachtete voll Bosheit meine Bemühung, in die kleine Lücke zu kommen."

„Und, hast du ihn gerammt?"

„Keine Spur. Nicht einmal den geringsten Kratzer konnte man auf seiner polierten Stoßstange erkennen."

Katharina sah lächelnd ihre Freundin an, die sie aus der Zeit in der Hotelfachschule kannte. Aus der verträumten, pummeligen Göre mit Rossschwanz und Sommersprossen war eine resolute junge Dame geworden, die im sandfarbenen Kostüm mit entsprechenden Accessoires, mit modischem Pagenkopf und perfektem Make-up ihr gegenübersaß.

„Du siehst toll aus."

„Business verpflichtet. Als Hoteldirektorin muss man eine gewisse Feinheit und Contenance vorbringen", konterte Astrid mit derselben Stimme und Gebärde, die an Professorin Specht aus dem College erinnerten. Die beiden jungen Frauen lachten spitzbübisch.

„Bevor ich über mich spreche, möchte ich gerne hören, wie es dir in den vergangenen Jahren ergangen ist. Der tragische Tod deines Vaters am letzten Schultag hat uns alle sehr geschockt. Du hast uns furchtbar Leid getan und niemand konnte dir helfen."

Katharina winkte ab, als wollte sie mit diesem Trauma nicht mehr belastet werden. Rasch begann sie über ihre Arbeit im „Hotel Paradiso" zu erzählen und über die in Aussicht stehende Entscheidung, der Liebe wegen nach New York zu gehen.

Astrid nahm mit Interesse die weiteren Ausführungen ihrer Freundin auf und unterbrach das Gespräch nach einer Weile spontan: „Wenn ich recht verstehe, bist du momentan ohne Job und suchst kurzfristig eine wohltuende Umgebung zur Ruhe und Entspannung. Dein Zeitlimit sind drei Monate. Dann fliegst du zur Premiere nach New York. Bis dahin musst du dir im Klaren sein, ob die Liebe zwischen dir und diesem Musicalstar noch so felsenfest ist oder die Steine bereits am Abbröckeln sind?"

„Ja, so ist es", antwortete Katharina lakonisch.

Astrid überlegte kurz, bevor sie weitersprach.

„Du würdest bei uns gut aufgehoben sein. Unser Schloss, das wir zu einem Hotel umbauen ließen, bietet sich in erster Linie für Gesundheit, Schönheit, Fitness und Wohlbefinden an. Es liegt an der nördlichsten Grenze von Österreich, in einer wildromantischen Gegend mit hohen Wäldern, großen Seen, dunklen Mooren und einsamen Dörfern. Mystisch, meditativ und kraftvoll. Ein geeigneter Ort für gutbetuchte Wirtschaftskapitäne und hyperaktive Managerinnen, die umweltgeschädigt durch Stress und schlechte Ernährung Gefahr laufen, mit dem so genannten Burn-out-Syndrom konfrontiert zu werden."

Bei der Gelegenheit holte Astrid eine aufwändig gestaltete Broschüre aus ihrer Tasche und überreichte sie der ehemaligen Klassenkameradin.

Das Cover zeigte ein hübsches Schloss, welches von einem märchenhaften Park umsäumt war.

„Großartig, was alles angeboten wird“, staunte Katharina, während sie die einzelnen Seiten durchblätterte und die aussagekräftigen Überschriften überflog:

Entspannen heißt, Zeit und Raum für sich zu haben …
Iss dich schlank und gesund …
Sportliche Aktivitäten …
Schönheitsbehandlungen auf natürlicher Basis …

„Es wäre zu schön, hier zu verweilen und die Seele baumeln zu lassen, aber ich fürchte, ich kann mir einen derartigen Urlaub im Moment nicht leisten.“ Sie kannte die Preisgestaltung solcher Wellnesstempel.

„Dann mache ich dir einen anderen Vorschlag: Du arbeitest vorübergehend bei mir als meine Assistentin. Damit wären zwei Fliegen mit einem Schlag erlegt. Ich erspare mir die Mühe, nach einem entsprechenden Ersatz für meine erste Kraft, die für einige Zeit krankheitsbedingt außer Gefecht gesetzt ist, zu suchen, und du verdienst dir Geld und kannst gleichzeitig alle Annehmlichkeiten des Hauses zwischendurch genießen.“

„Das hört sich super an!“ Katharina war ganz außer sich vor Freude. „Ich werde baldmöglichst mit dem Job beginnen, denn zuhause herumsitzen und nichts tun bringt mich sowieso nur auf schlechte Gedanken und nutzlos aufgefutterte Kilos.“ Insgeheim dachte sie an die häufigen Barbesuche der letzten Wochen, den unbändigen Drang, den Eisschrank zu plündern, die verrückten Fressattacken mitten in der Nacht und den absoluten Dadaismus, den sie während der Tage verspürte.

„Sag mal, wie bist du denn an dieses großartige Haus gekommen?“

„Ich habe einfach den Besitzer geheiratet", lautete die spontane Antwort von Astrid.

„Unglaublich", entfuhr es Katharina. „Gratuliere dir zu so einem Glück. Aber das musst du mir genauer erzählen!"

„Es ist eine einfache Geschichte", begann Astrid. „Ich stamme aus dieser Gegend und hegte bereits im zarten Mädchenalter den Wunsch, das Schloss zu besitzen. Im Dorfmuseum schmökerte ich in alten Chroniken und erwarb mir Kenntnisse von dem Besitz und seinem Inhaber. Einmal badete ich unerlaubt in dem Teich, der zwischen dem Schloss und dem angrenzenden Waldgebiet liegt. Als ich aus dem Wasser kam, stand der Besitzer Franz von Anderfeld vor mir und erklärte mit grimmiger Miene, dass unbefugtes Schwimmen nicht gestattet sei. Ich solle schnellstens von seinem Grund verschwinden. Er jagte mir gehörige Furcht ein. Ich war damals noch ein verschrecktes Kind. Dementsprechend hinterließ er bei mir den Eindruck eines abscheulichen alten, bösen Menschen.

Später, nach Beendigung meiner Schulzeit, machte ich meiner Mutter zuliebe die Frisörlehre. Ich sollte einmal ihr Geschäft übernehmen. Das war aber nicht mein Ziel. Also sparte ich mir das Geld zusammen und ging anschließend auf die Hotelfachschule.

Ich traf Franz von Anderfeld auf einem Erntedankfest in unserer Dorfgemeinde. Er saß inmitten der Bürger und unterhielt sich angeregt. Ich fasste allen Mut zusammen und forderte ihn zum Tanzen auf. Etwas schüchtern, altmodisch und gar nicht so bösartig kam er mir auf einmal vor. Da erzählte ich ihm von unserer ersten Begegnung vor beinahe zwanzig Jahren und welche Ängste mich damals befielen.

Wir blieben den ganzen Abend beisammen, tanzten, tranken und redeten, und zum Schluss lud er mich ein, ihn baldigst im Schloss zu besuchen. Das tat ich auch. Aus unserer Freundschaft entstand Liebe, die nicht ohne Folgen blieb. Wir heirateten eilig, weil ein Kind unterwegs war.

Das Schloss wurde von Grund auf renoviert und zu dieser stattlichen Herberge umgestaltet. Für private Zwecke haben wir uns einen kleinen Trakt behalten. Somit sind wir abgeschottet von den Gästen. Ich führe das Hotel, das bereits im ersten Jahr nach der Fertigstellung ein schönes Umsatzplus erzielte. Trotzdem sind wir ständig an Expansion interessiert und treffen Überlegungen, wie wir den Markt erweitern können.

Mein Mann hatte zur richtigen Zeit einen beachtlichen Anteil seines Wald- und Grundbesitzes profitabel an eine Investorengruppe aus der Region veräußert. Er traf damit eine glückliche Entscheidung. Das Konsortium bestand auf die Belebung der Infrastruktur, und so errichtete man in kürzester Zeit nahe dem Schloss einen Achtzehn-Loch-Golfplatz. Es ist eine schöne, in die Natur eingebettete Anlage. Das Moor, die sanften Hügel und die prächtigen Wiesen mit den idyllischen Biotopen stellen für jeden Spieler eine interessante Herausforderung dar. Franz ist Präsident und Mitaktionär, und dank einem ausgezeichneten Management kann der Club eine beachtliche elitäre Mitgliederanzahl vorweisen."

„Spielst du auch Golf?", interessierte sich Katharina.

„Noch nicht. Aber ich zähle manchmal zu den Gästen bei der Siegesfeier nach einem interessanten Turnier.

Wir haben ein wunderschönes Clubhaus, das Stil, Harmonie und Geschmack ausstrahlt und natürlich mit einem Restaurant der Spitzenklasse ausgestattet ist.

Ja, und noch etwas. Die hübscheste Sport- und Golfmode findest du dort im Pro-Shop. Er ist gut sortiert und dem neuesten Trend entsprechend. Aber das alles wirst du ja hoffentlich bald persönlich kennen lernen."

Astrid beendete das Gespräch mit einem Blick auf die Uhr.

„Es wird Zeit, dass ich nachhause fahre. Familie und Gäste warten aufs Gutenachtsagen Es bleibt dabei, du kommst doch?"

„Unter solchen Bedingungen wäre ich schön blöd, Nein zu sagen“, erwiderte Katharina herzlich. Sie war voller Begeisterung von den Erzählungen und den herrlichen Erwartungen, die ihre ehemalige Klassenkameradin in Aussicht stellte.

„Ich packe meine Sachen, erledige das Wichtigste und treffe so schnell als möglich ein. Ich freue mich wahnsinnig darauf und danke dir für dein Wohlwollen.“

„Keine Ursache, uns ist beiden damit geholfen“, antwortete Astrid bescheiden und schwirrte aus dem Kaffeehaus.

Katharina rief den Ober zum Bezahlen der Zeche und ging voll Freude nachhause. In Gedanken auf das Kommende vergaß sie, Stefan und auch Markus zu benachrichtigen, dass sie für die nächsten Wochen in ein anderes Domizil übersiedelte.

*****

Katharina verließ am Nachmittag Wien in der Absicht, gegen Abend im „Schlosshotel Waldesruhe“ einzutreffen. Sobald sie die Autobahn verließ schien es, als ob sie auch das gute Wetter hinter sich gelassen hatte. Schwarze Wolken umhüllten den Himmel. Sich ihrer Orientierungslosigkeit bewusst, erkundigte sie sich an einer Tankstelle nochmals nach dem Weg. „Immer geradeaus, da kommen Sie direkt hin“, erklärte der Bursche. Sein gebrochenes Deutsch ließ vermuten, dass es sich um einen Tschechen handelte, der im österreichischen Gebiet seinen Dienst machte.

Dann und wann passierte sie kleine menschenleere Dörfer, bis die Straße sich durch ein dunkles Waldgebiet schlängelte. Ein plötzlich aufkommender Nebel umhüllte gespenstisch die Gegend und ein starker Wind rüttelte an den hohen Baumkronen. Warum musste ihr gerade jetzt dieses groteske österreichische Volksmärchen einfallen? Es hatte etwas mit einem Geist zu tun, der, unsichtbar für menschliche Augen, oberhalb dicker Wolken lebte. Wenn es sehr stürmte und starker Nebel einbrach, zeigte er manchmal seine hässliche Fratze und stieß ein Furcht erregendes Grollen aus. Kein Mensch wagte bei einem solchen Unwetter auf den Himmel zu sehen. Aber wehe dem, der es doch riskierte, dem Geist mit seinen Blicken zu nahe zu kommen. Der war zum Tode verurteilt und musste sterben.

„Es kann ja nicht mehr weit zum Hotel sein", beruhigte sie sich. Immer die Straße entlang, am Moor vorbei.

Auch das noch! Trotz schlechter Sicht erkannte sie am Wegrand neben einem Auto eine Gestalt, die ihr zuwinkte. Automatisch schaltete sie den Gang herunter und überlegte, ob sie stehen bleiben oder weiterfahren sollte. Katharina fühlte sich nicht sehr wohl in ihrer Haut.

Verrückte Wörter, angefangen von „Räuber" bis hin zu „Vergewaltiger" und „Mörder", jagten durch ihren Kopf. Langsam fuhr sie vorbei. Ein junger Bursche mit flehentlichem Blick sah ihr bittend entgegen.

Weniger das Mitgefühl als die Neugierde trieben sie dazu, letztlich doch stehen zu bleiben. Sie drehte das Seitenfenster ein wenig herunter und wartete auf eine Reaktion.

Schnellen Schrittes kam er auf ihren Wagen zu.

„Sie sind ein Engel! Ich muss zum ‚Schlosshotel Waldesruhe', das einige Kilometer entfernt liegt. Mein Dienst beginnt dort in Kürze. Ich fürchte zu spät zu kommen, weil mein Auto eine Panne hat. Darf ich mitfahren?", sprudelte es aus ihm heraus. Er schaute Katharina so treuherzig an, dass sich ihre Bedenken, er könnte sich zu einem Monster verwandeln, sofort in Luft auflösten.

Deshalb antwortete sie kurz: „Na gut, steigen Sie ein. Wir haben denselben Weg. Glücklicherweise muss ich auch dorthin."

„Gestatten, Jürgen mein Name. Ich bin in der Küche beschäftigt. Sie können ‚Du' zu mir sagen."

„Freut mich. Katharina Peters. Ich bin vorübergehend als Assistentin von Frau von Anderfeld im Hotel tätig." Ihm das Duwort anzubieten, hielt sie nicht für angebracht.

Jürgen plauderte munter drauflos: „Unsere Chefin führt ein sehr hartes Regiment. Unter uns gesagt, wir nennen sie manchmal ‚Frau Feldwebel', weil sie den ganzen Tag im Haus herumkommandiert und mit dem Personal sehr streng verfährt, wenn nicht alles bestens läuft. Trotzdem bin ich froh, in diesem vornehmen Schuppen arbeiten zu können. Es ist nicht leicht, in unserem Gebiet einen Job zu bekommen. Das haben unsere ‚Freunde' über der Grenze auch schon bemerkt, obwohl sie sich weit unter dem Marktpreis verkaufen, um ein bisschen Geld nachhause zu bringen. Aber Frau von Anderfeld stellt nur Österreicher ein. Da hat sie ihre Prinzipien."

Katharina gab keinen Kommentar. Sie hörte ihm zu und konzentrierte sich aufs Fahren.

Schon bald kamen sie aus dem dunklen Wald heraus, und schlagartig änderten sich die Wetterverhältnisse. Ein liebliches Abendrot breitete sich über das Hügelland, in dem sanft eingebettet, wie eine Insel der Seele, das „Schlosshotel Waldesruhe" lag.

Jürgens Stimme klang aufrichtig, als er sagte: „Wieder mal Glück gehabt, ich komme rechtzeitig zum Dienst, dank Ihrer Hilfe. Ich hoffe, ich habe die Möglichkeit mich zu revanchieren. Wann immer Sie Lust haben mich zu sehen, bitte in der Küche nach mir fragen. Ich stehe Ihnen jederzeit zur Verfügung. Sie brauchen keine Hemmungen zu haben." Schnell drückte er Katharinas Hand, wünschte ihr einen guten Arbeitsbeginn und schon war er fort.

„Ganz schön keck, der Junge, aber lieb", schmunzelte Katharina. Dann betrat sie die elegante Empfangshalle und meldete an der Rezeption ihr Eintreffen.

Am darauf folgenden Tag unternahm Astrid einen Rundgang mit Katharina und klärte sie ausführlich über die Gepflogenheiten des Hauses auf.

„Trotz aller Annehmlichkeiten herrschen strenge Regeln, die befolgt werden sollten. Nur so kann der Erfolg erzielt werden.

Um fünf Uhr morgens bekommt jeder Gast einen Nierentee aufs Nachtkästchen gestellt. Zur Muskelentspannung starten wir um sieben Uhr mit einem ausgedehnten Waldlauf oder ein paar Runden im Schwimmbad. Anschließend wird das wohlverdiente kräftige Frühstück konsumiert.

Die einzelnen Programmabläufe und Behandlungsmethoden während des Tages werden individuell auf jeden einzelnen Besucher nach dessen Eintreffen abgestimmt. Schließlich gibt es auch diejenigen, die hier ihre Auszeit – alleine, ohne Gruppentherapie – in Anspruch nehmen wollen. Ein beliebter Treff ist die Gesundheitsbar“, erläuterte Astrid am Ende der Führung. „Hier wird man den ganzen Tag mit verschiedensten Tees verwöhnt. Der Raum gilt für gesellschaftliches Kommunizieren und ist bei jedermann sehr beliebt. Hilfreich zur Seite steht dafür Manuel, ein fescher Jüngling mit durchtrainiertem Körper und sanfter Stimme. Er ist eine Bereicherung für Damen mit Cellulitiskomplexen und Singlewahn.

Auch Therese hat alle Vorzüge: Jung, fröhlich und sexy, kommt sie beim männlichen Geschlecht sehr gut an. Die Herren sitzen gerne abends an der Bar und nach dem dritten Glas Fencheltee beginnen sie ihr ganzes Leben zu erzählen. Und dafür ist Therese eine ideale Besetzung. Sie ist geduldig und kann gut zuhören.“

„Dass du bei diesem groß angelegten Managementprogramm und der Belastung, die du dir auferlegst, überhaupt noch Zeit hast, dich deiner Familie widmen zu können!“, staunte Katharina.

„Das funktioniert großartig. Franz ist sehr geduldig und unterstützt mich dahingehend, dass er sich sehr viel um unseren Buben kümmert, währenddem ich im Haus das Kommando über habe. Manchmal überrascht er mich mit einem schnellen Entschluss, abends nach Wien zu fahren, um die Oper oder ein Theater zu besuchen. Er ist ein idealer Gatte, auch wenn er um so viele Jahre älter ist als ich. In seiner besinnlichen und ruhigen Art stellt er für mich gleichzeitig einen Vaterersatz dar. Ich kann mich zu hundert Prozent auf ihn verlassen. Du weißt ja, meine Eltern ließen sich scheiden, als ich zehn Jahre alt war. Danach hatten sich jahrelang innere Konflikte in mir aufgestaut, die sich erst lösten, nachdem ich Franz kennen gelernt hatte.

Im Übrigen, ich bin wieder schwanger. Ist das nicht wunderbar?"

Katharina nahm die Mitteilung der Freundin freudig überrascht entgegen, obwohl gleichzeitig ein wenig Wehmut, vielleicht auch Neid aufkam.

„Ob ich jemals auch so richtig glücklich sein kann?", kam ihr in den Sinn. Bis jetzt verlief ihr Leben mehr oder weniger planlos, ohne dass sie richtige Prioritäten gesetzt hatte.

Katharina bemerkte erst einen Tag später, dass sie ihr Mobiltelefon in der allgemeinen Aufregung bei Antritt der Reise ins Waldviertel zuhause vergessen hatte.

Kurzerhand rief sie vom Büro aus Stefan an. Sie erreichte ihn. In New York war es elf Uhr Vormittag.

„Hi, Prinzessin", kam es verschlafen vom anderen Ende der Leitung. „Schön, dich wieder einmal zu hören." Dabei ließ er ein gut vernehmbares Gähnen von sich.

Rasch berichtete sie ihm den Grund des Anrufes, teilte kurz gefasst die Ursache ihres neuen Aufenthaltsortes mit und gab ihm die Anschrift und Telefonnummer bekannt. Stefan reagierte gelassen auf die Nachricht. Sein einziger

Kommentar war, dass er sehr damit rechnete, sie bei der Premiere wieder zu sehen.

„Ja natürlich, ich habe alles eingeplant und gebe dir rechtzeitig mein Eintreffen bekannt“, antwortete sie herzlich. „Ich freue mich schon sehr auf dich. Du fehlst mir“, fügte sie mehr oder weniger als übliche Floskel hinzu. Sie war sich bewusst, dass Stefan in Anbetracht seiner Tourneen und dem Druck der bevorstehenden Proben nicht allzu viele Gedanken an sie verschwendete.

„Du fehlst mir auch sehr. Es ist alles nicht so einfach hier. New York ist nicht Wien.“

Er jonglierte mit den Wörtern, um dem Gesagten einen wirkungsvollen theatralischen Hintergrund zu geben.

„Alles dreht sich nur um Business und Show. Dementsprechend oberflächlich sind die Menschen, mit denen ich zu tun habe. Es wird Zeit, dass ich endlich wieder ein liebes Lebewesen um mich verspüre. Ich brauche dich schon notwendig.“

Mit dem Versprechen, an ihn und seine Liebe zu glauben, und in der Zuversicht, dass sich alles zum Besten wenden musste, verabschiedete sich Katharina von Stefan. Als sie den Hörer auflegte, schossen ihr Tränen in die Augen und sie fühlte sich unglücklicher denn je.

Trotz etlicher Arbeitsstunden kam Katharina voll auf ihre Rechnung: Sie nützte die verschiedensten Vorzüge des Hotels, und Astrid war sehr froh, in ihr eine korrekte und fachkundige Leiterin zu haben. Somit konnte sie sich mehr um ihren kleinen, zweijährigen Buben kümmern, ein ausgesprochen aufgewecktes, liebes Kind, das Katharina sofort in ihr Herz schloss.

Franz von Anderfeld, einen gutmütigen, liebenswerten Menschen mittleren Alters, sah sie äußerst selten, aber manchmal wurde Katharina von dem Ehepaar am Abend in ihrem privaten Wohnsalon zu einem köstlichen Dinner, das keine Spur mit Vollwert- oder Trennkost gemein hatte, eingeladen.

„Franz meint, das sind seine Bausteine der Gesundheit", erklärte Astrid, während sie sich mit dem Tranchieren des Fleisches und Austeilen der Knödel beschäftigte. Dabei zwinkerte sie Katharina lächelnd zu. Und ganz gegen die Gepflogenheiten und strengen Regeln wurden beim anschließenden Kartenspiel statt Tee verschiedene Sorten köstlicher Weine aus der Region serviert.

Jürgen, der Küchenjunge, den Katharina am Tag ihrer Anreise zum Hotel auf der einsamen, von Nebel umhüllten Landstraße vorfand und ihn aus seiner misslichen Lage befreite, indem sie ihn in ihr Auto aufnahm, brachte sich sehr schnell bei ihr in Erinnerung. Bereits am zweiten Arbeitstag beobachtete sie ihn vom Bürofenster aus, wie er im Rosengarten herumschlich, nach links und rechts und nach rückwärts schaute und flink wie ein Wiesel mit einer Schere eine weiße Rose abschnitt, die er dann eilig in einem Plastiksack versteckte.

Es dauerte nicht lange, da klopfte es an der Bürotür. Jürgen trat ein und kam geradewegs auf sie zu. Mit einem unwiderstehlichen Lächeln schaute er sie an und sagte einfach: „Eine Rose für die Rose." Danach drehte er sich auf dem Absatz um und ging ohne weitere Worte wieder zur Tür hinaus.

Katharina begegnete ihm zumindest einmal am Tag während der Arbeitsstunden. Sie war sich sicher, dass Jürgen seine Pause verwendete, um beharrlich im Haus nach ihr Ausschau zu halten, damit er sie in ein kleines Gespräch verwickeln konnte. Die junge Frau musste sich eingestehen, dass sie Freude empfand, ihn zu sehen. Seine Natürlichkeit tat ihr wohl. Die Heiterkeit steckte sie an und sein lieber, herzlicher Blick, mit dem er sie ansah, löste einen spontanen Funkenflug aus.

Sie wollte sich keine neue Eroberung zulegen, bloß ein wenig Abwechslung. Aus diesem Grund verwarf sie alle Bedenken und willigte am siebenten Tag zum Rendezvous ein, um das Jürgen sie in seiner unbeschwerten Manier täglich bat.

*****

Eine perfekte Vollmondnacht ließ den ganzen Park in einem silbernen Licht strahlen. Jürgen saß wartend auf einer Bank. Er betrachtete den Blumenstrauß und überlegte kurz, ob sieben Stück Rosen, die er seiner Angebeteten übergeben wollte, nicht doch zu wenig Aufmerksamkeit darstellten. Aber sieben waren besser als nur eine einzige. Außerdem war es der siebente Tag des Monats, als er sie kennen lernte, und er musste sieben Tage auf ein erstes Rendezvous warten. Zufrieden mit dieser Schlussfolgerung, schaute er auf die Uhr und blickte nach vorne zum Hotel. Da kam sie schon des Weges und steuerte raschen Schrittes auf ihn zu.

Etwas schüchtern begrüßte er Katharina und überreichte ihr eilig den Strauß. In der Aufregung vergaß er zu sagen, wie sehr er sich freute, sie endlich ganz privat sehen zu können.

„Was für ein schönes dunkles Gelb die Rosen haben! Und du hast genau meine Lieblingsfarbe erwischt." Schelmisch überlegte sie, ob sie diese Farbe schon einmal im hoteleigenen Rosengarten gesehen hatte und sie von dort stammen könnten.

„Ich dachte an deine schönen rotblonden Haare, den herrlich gebräunten Teint und die schicke Kleidung, die du immer trägst. Daraus kombinierte ich, dass gelbe Rosen am besten zu dir passen", antwortete der junge Mann, glücklich, die richtige Wahl getroffen zu haben.

„Bleiben wir doch einfach hier und setzen uns. Um diese Zeit kommt kein ungebetener Gast mehr vorbei, um einen Nachtspaziergang zu unternehmen“, eröffnete Jürgen das Gespräch.

Katharina kicherte. Bevor sie ihren Dienst beendet hatte, holte sie je einen Krug leicht gekühlten Pfefferminz- und Malventee aus der Küche und brachte die Erfrischungen als Nachschub in die Gesundheitsbar. Die gute Stube war besetzt mit stimmungsgeladenen Damen und Herren wie schon lange nicht mehr. Manuel agierte als Discjockey und legte heiße Rhythmen auf. Es wurde getanzt, dass der Schweiß triefte Es ging hitzig her und es war nicht vorauszusehen, was diese schwüle, unberechenbare Vollmondnacht noch alles anstellen könnte.

„Ich habe Sekt mitgebracht“, fuhr Jürgen fort. Rasch holte er die Flasche und zwei Gläser aus seinem Baggy und schenkte das Getränk ein.

„In deiner Gesellschaft wird dieser herrliche Abend noch um vieles schöner“, schwärmte er und schaute Katharina verliebt an. Die beiden prosteten sich zu.

Ein bisschen wusste Katharina bereits über ihren neuen Freund. Er hatte ihr bei den bereits geführten kurzen Unterhaltungen erzählt, dass er aus dem Nachbarort stammte, in Wien eine Kochlehre machte und einige Jahre in einem Wiener Hotel arbeitete. Offen erzählte er, dass seine langjährige Freundin ihn vor drei Jahren verlassen hatte, er seitdem ein tristes Singledasein führte und auf der ständigen Suche nach einer neuen Freundin sei.

„Was ich dich fragen wollte …“ Jürgen machte eine kleine Pause, bevor er weitersprach: „Bist du eigentlich liiert? Ich sehe keinen Ring an deinen Fingern, kann mir aber kaum vorstellen, dass so eine tolle Frau wie du ohne Partner ist.

Vom ersten Moment unseres Kennenlernens an hast du einen großen Eindruck hinterlassen, der mir schlaflose Nächte bereitete. Es macht mich sehr glücklich, heute neben dir zu sitzen, dich anschauen und den Duft deiner Haut einatmen zu können." Er nahm ihre freie Hand, drückte sie und küsste anschließend jeden einzelnen Finger voll Hingabe.

Jürgens Anspielung deutete klar darauf hin, dass er mit Katharina gerne eine Romanze beginnen würde. Sie war nicht gerade darauf erpicht, in dieser herrlichen Vollmondnacht über Stefan zu sprechen. Andererseits sollte sie anstandshalber ihre Situation aufklären, damit sich ihr Rosenkavalier nicht allzu große Hoffnungen machte. Sie mochte Jürgen und es wäre unfair, wenn sie mit falschen Karten spielte. Deshalb antwortete sie:

„Ich bin mehr oder weniger gebunden. Mein Freund arbeitet als Musicaldarsteller seit Monaten in den Vereinigten Staaten und ich werde in einigen Wochen nach New York fliegen. Ob es ein Besuch ist oder ein längerer Verbleib wird, kann ich zum jetzigen Zeitpunkt nicht entscheiden.

Aber ich möchte nicht unbedingt ins Detail gehen, dazu ist der Abend zu schön. Und ich will auch nicht jetzt, neben dir, über meine Zukunft nachdenken, sondern den heutigen Abend in deiner Gesellschaft genießen. – Du bist ein lieber Mensch und du sollst wissen, dass auch ich Freude empfinde, sobald ich dich erblicke. Ich kann mir ohneweiters vorstellen, dass sich zwischen uns eine herzliche Freundschaft auf platonischer Ebene entwickelt. Mehr sollten wir aber nicht hineininterpretieren, damit keiner dem anderen wehtut."

Sie schaute ihn dabei eindringlich an und wartete auf eine Reaktion.

Jürgen antwortete nicht. Gedankenvoll schaute er auf das Glas Sekt, trank es aus und schenkte nach.

„Hast du was dazu zu sagen?", fragte ihn Katharina.

„Nein, nein, wie könnte ich? Du wirst schon Recht haben. Ich habe dich viel zu gerne und schätze dich sehr. Schon deshalb möchte ich keinen Blödsinn machen, der unsere Freundschaft zerstören könnte."

„Na komm, schau nicht so betreten", ermahnte ihn Katharina und drückte ihm einen Kuss auf die Wange. „Lass uns zum Teich spazieren. Vielleicht haben wir sogar Lust, ein wenig darin zu schwimmen. Heute ist eine tolle laue Nacht, nicht geeignet, um Trübsal zu blasen. Freuen wir uns, dass es uns gut geht, dass wir frank und frei sind, ohne Sorgen, ohne Kummer."

Die kleinen Liebesteufelchen postierten sich in Reih und Glied, bereit, ihre schelmische „Amour fou" um die beiden zu tanzen. Aber aller Anregung zum Trotz blieben die Bemühungen umsonst. Katharina und Jürgen hielten sich an den Vorsatz einer keuschen Beziehung. Sie spazierten Händchen haltend wie zwei fröhliche Kinder zum Teich. Am flachen Ufer setzten sie sich ganz nah aneinander und ließen die nächtliche Ruhe und das Strahlen des Mondes und der vielen Sterne am Firmament mit Andacht über sich ergehen.

„Möchtest du schwimmen gehen?", flüsterte Jürgen.

„Ich weiß nicht recht", antwortete Katharina leise.

„Wenn du nicht willst, verschieben wir es auf morgen", entgegnete Jürgen.

„Ja, das machen wir, dann können wir auch Badetücher mitnehmen zum Abtrocknen – und natürlich Badezeug, damit wir nicht wie nackte Geister herumhüpfen. Sonst kommt womöglich ein nächtlicher Hotelspaziergänger, der uns zufällig entdeckt, auf die Idee, er sei in einen ‚Sommernachtstraum' verwickelt", belustigte sich Katharina.

„Einverstanden", wisperte Jürgen. „Aber von mir aus kannst du ‚ohne' schwimmen. Ich habe kein Problem damit. Ich würde mir nicht erlauben auch nur einen Blick auf dich zu werfen oder dich zu berühren, wenn ich weiß, dass du es nicht willst.“ Er drückte ihr einen scheuen Kuss aufs Ohr.

„Das weiß ich, ich habe auch kein Problem damit“, erwiderte Katharina keck und retournierte ihm einen kleinen Kuss auf die Nase.

Still rauchten sie eine letzte Zigarette, dann machten sie sich auf den Heimweg.

„Es war wunderschön.“

„Ja, das war es.“

Dann trennten sich ihre Wege mit dem gegenseitigen Versprechen „See you tomorrow same time, same station“.

Der nächste Tag zeigte sich kühl und wolkenverhangen. Für abends einen Schwimmausflug einzuplanen schien aussichtslos.

„Was möchtest du ersatzweise machen?“ Jürgen meldete sich am Nachmittag bei Katharina. Er überbrachte ihr eine selbst gebackene Mini-Schokoladentorte mit herrlichem Orangen-Zuckerguss. „Damit du bei jedem Bissen an mich denkst“, stand auf einem kleinen Zettel.

„Wenn du mich mit solchen Köstlichkeiten fütterst, ist Bewegung Pflicht. Wir könnten nach dem Dienst ein paar Runden im Pool schwimmen und zur Entschlackung die Sauna aufsuchen. Was meinst du?“ Katharina schaute Jürgen direkt in die Augen. Ohne eine Spur von Verlegenheit hielt der Angesprochene dem Blick stand und antwortete rasch:

„Wenn du es willst, bin ich selbstverständlich dabei. Ich habe ein sehr gutes Saunaöl für die Aufgüsse. Da werden wir richtig ins Schwitzen kommen.“

„Gut so, und ich werde Bescheid geben, man soll die eine Kabine für mich noch länger eingeschaltet lassen, damit sie richtig heiß ist.“

Inzwischen hatte sich zwischen den beiden eine herzliche Kameradschaft entwickelt.

Jürgens sympathisches, heiteres Wesen brachte Katharina in ein stimmungsvolles Hoch. Neben ihm fühlte sie sich in die Teenagerzeit zurückversetzt – jung und unbeschwert.

„Ich habe morgen meinen freien Nachmittag und fahre nachhause“, informierte er sie.

„Nimmst du mich mit?“

„Ich weiß nicht, ob es dir Spaß macht“

„Wie kommst du darauf?“

„Na ja, meine Wohnräumlichkeiten sind nicht das, was man als ‚Luxusdomizil‘ bezeichnen kann.“

„Das macht doch nichts! Wichtig ist, du hast ein Dach über dem Kopf, eine Umgebung, in der du dich wohl fühlst und dich jederzeit zurückziehen kannst. Ich würde gerne mit dir kommen. Schon alleine, um deine Plattensammlung zu sehen.“ Aufmunternd sah Katharina ihren Freund an.

Jürgen stellte Katharina seinen Eltern vor, die im Dorf ein kleines Gasthaus betrieben. Nach der kurzen herzlichen Begrüßung begab sich das Pärchen in das obere Stockwerk, das für private Zwecke diente. Sein Zimmer war wohnlich eingerichtet und erinnerte an die Jugendjahre: Schallplatten, Westernromane und Fotoalben stapelten sich im Schrank. Dazwischen eine riesige Stereoanlage, die ihren Platz einforderte.

„Klo und Bad befinden sich hier“, erklärte Jürgen.

„Und wo schläfst du?“

„Hier über die Wendeltreppe hinauf ist mein Schlafraum.“

„Das ist ja toll“, entfuhr es Katharina. „Möchtest du mir diesen fantasievollen Platz nicht zeigen?“

Jürgen lächelte verschmitzt. Dann nahm er Katharina bei der Hand und führte sie über die steile schmale Stiege in eine winzige Mansarde, die in ihrer ganzen Fläche ein Bett darstellte.

„Das ist meine Liegewiese. Hier höre ich Musik, lese oder träume vor mich hin."

„Wow!", entfuhr es Katharina. „Das ist ja irre. So etwas habe ich noch nie gesehen. Das muss ja himmlisch sein, hier zu kuscheln."

„Kannst es ja mal probieren."

Jürgen öffnete das Fenster, um frische Luft hereinströmen zu lassen.

„Möchtest du hier oben bleiben?", fragte er bescheiden.

„Ja, das möchte ich", flüsterte Katharina, beschämt wie ein Teenager.

Zueinander gedreht lagen sie völlig losgelöst auf dem überdimensionalen Ruhekissen und schauten sich lächelnd an.

„Mein sehnlichster Wunsch ist zu lieben und geliebt zu werden. Ich war schon als Schuljunge immer wieder in ein neues Mädchen verknallt. Mit Burschen hatte ich nie allzu viel Kontakt, zumindest gab es keine wirkliche Freundschaft. Aber das störte mich nicht. Ich half, so gut es ging, meinen Eltern im Gasthaus und in ihrem Weinbaubetrieb, damit ich mir ein wenig Geld verdiente. Das brauchte ich auch, um neue Schallplatten zu kaufen und die Samstagabende in der Dorfdisco zu verbringen, wo meine Großzügigkeit in puncto Einladen häufig ausgenützt wurde. Ich weigerte mich einen Lehrberuf zu ergreifen und glaubte, dass meine Lebensphilosophie, frei- und sorglos zu sein, die einzig wahre wäre.

Dann lernte ich Kerstin kennen. Sie war drei Jahre älter als ich, ein liebes und zielstrebiges Mädchen, und sehr verliebt in mich. Von da an änderte ich mich schlagartig Sie formte mich in jeder Weise und wurde ein wichtiger Bestandteil in meinem Leben. Sie war es auch, die mich dazu brachte, eine Lehre zu machen. Kerstin hatte eine Ausbildung als Kindergärtnerin und arbeitete ebenfalls in Wien. Wir wohnten zusammen und ich schaffte es, treu und zärtlich zu sein, weil ich in einer zufriedenen Partnerschaft lebte. Aber wir waren wohl doch zu jung, um uns für immer zu binden. Und dann kam der Moment, wo mir Kerstin eröffnete, dass sie ihr Leben ändern wollte. Um die französische Sprache zu erlernen, beabsichtigte sie, als Au-pair-Mädchen nach Paris zu gehen. Ein Auslandsaufenthalt kam für mich selbst nicht infrage und ich wollte nicht einsehen, dass Kerstin für sich alleine derartige Zukunftsgedanken hegte. Es gab eine turbulente Zeit in unserer Beziehung zwischen Zwistigkeit und Versöhnung, aber irgendwann war das Fass voll und wir beschlossen, auseinander zu gehen.

Es folgte eine schlechte Zeit. Ich war versessen darauf, neue Frauen kennen zu lernen. Aber die, die mir gefielen, waren bereits vergeben, und bei anderen fand ich nicht die Zuneigung, die ich brauchte. Weißt du, dass ich schon Erektionsstörungen bekam?"

Jürgen hatte es sich während dieser Erzählung auf Katharinas Schoß bequem gemacht.

Seine Augen waren geschlossen und er genoss ihr Streicheln durch seine Haare.

„Das kommt immer wieder vor, weil Männer sensible Wesen sind", beschwichtigte sie.

Plötzlich richtete sich Jürgen auf, drückte Katharina einen Kuss aufs Ohr und flüsterte ihr zu: „Ich mache dir einen Vorschlag: Ich hole uns von der Gaststube Kaffee und Gugelhupf. Und nach der Jause könnten wir etwas unternehmen, was ich schon lange nicht mehr tat und was uns beiden sicher Spaß macht."

„Und das wäre?", forderte Katharina ihn heraus.

„Lass dich überraschen", bekam sie zur Antwort.

In den darauf folgenden Stunden wurde es ziemlich ruhig im ganzen Raum. Leise Musik erklang zur Untermalung, und nur selten fiel ein Wort zwischen den beiden. Sie konzentrierten sich auf das, was sie taten, denn sie spielten Monopoly.

*****

Bei der täglichen Post, die im Hotel eintraf, befanden sich dann und wann auch Briefe für Katharina, welche von der Wiener Adresse an ihr derzeitiges Domizil nachgesandt wurden.

An einem regnerischen, trüben Mittwochvormittag erhielt sie zwei Nachrichten, die sie veranlassten, ihren „arbeitenden Urlaubsaufenthalt" doch früher zu beenden, als sie ursprünglich vorgehabt hatte.

Beim Öffnen des Kuverts von Markus kam ein wenig schlechtes Gewissen auf.

Im Trubel der letzten Wochen hatte sie keinen einzigen Gedanken an ihn verschwendet.

Im Nachhinein fand sie ihr Verhalten nicht in Ordnung, trotz der kleinen Entschuldigung, dass sich ihr Handy noch immer in der Wiener Wohnung befand und sie schon deshalb gar nicht auf die Idee kam, einen telefonischen Kontakt herzustellen.

Der Inhalt seines Briefes war kurz gehalten, das Wesentliche in wenigen Sätzen formuliert:

Liebe Katharina,

ein paar schnelle Zeilen an dich in der Hoffnung, dass sie dich irgendwo und irgendwann erreichen.
Ich habe mehrmals versucht, dich telefonisch zu sprechen, sowohl auf deiner Festnetznummer als auch mobil. Dein Handy ist ausgeschaltet, was mich irgendwie beunruhigte. Darauf rief ich im Hotel Paradiso an. Hier gab man mir bekannt, dass du deine Stelle aufgegeben hast und nach New York übersiedelst, um zu heiraten. Das hat mich sehr überrascht und mich irgendwie traurig gestimmt, diese Neuigkeit nicht

von dir persönlich zu erfahren. Trotzdem herzlichen Glückwunsch!

Auch bei mir sind neue Umstände eingetreten, die mein Leben wieder mal in andere Bahnen lenken. Aline hat sich von mir getrennt. Wir sind in Freundschaft auseinander gegangen.
Meinen geschäftlichen Anteil hat sie mir großzügig ausbezahlt. Was die Kinder betrifft, haben wir ein gutes Arrangement getroffen.
Aline plant nach Europa zu gehen und möchte sich in Venedig einen Palazzo kaufen und eine internationale Galerie eröffnen. Um von meiner derzeitigen Situation etwas Abstand zu nehmen, stürze ich mich in ein neues Abenteuer. Ich habe neulich auf einer Party einen Amerikaner kennen gelernt, der mit seiner asiatischen Ehefrau ein Hotel in Sumatra betreibt. Darüber hinaus leitet er ein kontinentales Reisebüro und bietet Touristen Inselrundreisen sowie Abenteuer pur mit Expeditionen in den Urwald an. Er meinte, ich könnte als Manager in seinem Unternehmen tätig sein. Ich wollte zuerst mit dir darüber sprechen. Aber das hat sich jetzt erübrigt. Nachdem ich von deiner bevorstehenden Hochzeit erfuhr, habe ich meine Mitarbeit zugesagt.
Bevor ich nach Asien gehe, werde ich noch einen Besuch bei meinem Vater machen.

Ich verbleibe dein immer an dich denkender

Markus.

Katharina zündete sich eine Zigarette an. Sie war innerlich in einem erregten Zustand wie schon lange nicht mehr. Zu dumm von ihr, dass sie die Telefonnummer von Markus nur auf dem Handy gespeichert und nirgendwo anders notiert hatte! Die Wochen hindurch ging ihr das kleine mobile Etwas nicht ab. Nun war die Notwendigkeit eingetreten, es doch zu holen, damit sie Markus anrufen konnte.

Sie würde sich den Nachmittag frei nehmen und nach Wien fahren.

Egal, wo und wann sie ihn erreichte. Sie musste ihm sagen, dass sie noch nicht in den Staaten sei und so schnell gar nicht heiraten würde.

Katharina blickte auf die Uhr und überlegte. Wenn sie gegen Mittag losfuhr, konnte sie gegen Abend wieder hier sein. Sie verwarf aber sofort den Gedanken dieses überstürzten Vorhabens. Um Markus zu sprechen, würde es auf ein paar Tage später auch nicht mehr ankommen.

Sie dachte kurz daran, dass ihr Freund nie erwähnt hatte, in welchem Ort in Niederösterreich sein Vater lebte. Oder tat er es doch und sie vergaß den Namen vollkommen?

Wie bedauerlich so kleine Unzulänglichkeiten doch werden konnten, konstatierte sie leicht verärgert. Wenn sie den Ortsnamen wüsste, würde sie seinen Vater anrufen und sie könnte ... „WENN-WÜRDE-KÖNNTE"-Wörter, einfach und oft benützt im Sprachgebrauch, trotzdem brisant in mancher Bedeutsamkeit.

„Verdammt noch mal", schimpfte sie sich selbst. „Warum steht jetzt plötzlich Markus ganz groß im Bild vor mir und nicht Stefan?" Eigentlich sollte sie so verliebt sein, dass **niemand anderer** Platz in ihrem Herzen haben dürfte.

Um sich abzureagieren nahm sie den zweiten Brief zur Hand, der von einem bekannten Wiener Zeitungsverlag kam.

Sie erfuhr, dass dieser Verlag anlässlich eines besonderen Jubiläums des Burgtheaters einen mehrseitigen Kulturbeitrag bringt, wobei die wechselhafte Geschichte des berühmten Schauspielhauses dargestellt wird. In diesem Zusammenhang beabsichtigte man auch über Künstler zu schreiben, die durch große Leistungen das Renommee dieser traditionellen Spielstätte aufrechterhielten. Der zuständige Journalist, ein Kunstkenner und korrekter Theaterkritiker, wollte als Hommage einen biografischen Auszug über den leider zu früh verstorbenen Martin Peters bringen. Aus diesem Grund setzte man sich mit ihr – als Tochter des Schauspielers – in Verbindung mit der Bitte, für einige Fragen zur Verfügung zu stehen, um die Aufzeichnungen zu vervollständigen. Der Adressant ersuchte höflich um Rückruf zwecks Vereinbarung eines Treffens in den nächsten Tagen.

Auf dem vor ihr liegenden Hotelterminplan stand, wie an jedem Mittwoch,

Happy hour 16.30 Uhr bis 18 Uhr.

Die heutige „happy hour" mit Präsentation der verschiedensten Sorten grünen Tees wollte sie sich nicht entgehen lassen. Sie lachte kurz auf beim Gedanken, dass nicht unbedingt das Getränk ihre Anwesenheit erforderte. Ausschlaggebend war wohl das Versprechen, dabei zu sein, das sie einem äußerst scharmanten, gut aussehenden männlichen Gast gab.

Katharina hielt den Brief des Zeitungsverlages in der Hand. Sie müsste einen Anruf machen, um den Erhalt des Schreibens zu bestätigen und zuzusichern, dass sie für eine Befragung zur Verfügung stand. Aber welchen Termin sollte sie vorschlagen? Ohne Vorbereitung konnte sie kein Gespräch führen.

Inzwischen waren sechs Wochen vergangen, die sie in diesem wunderbaren Ambiente verbracht hatte. Sie war sehr glücklich, fühlte sich geborgen und zufrieden und es machte großen Spaß, hier ihre Qualifikationen unter Beweis zu stellen. Dementsprechend schaffte sie die Tätigkeiten mit Ungezwungenheit und Freude.

Astrid hatte Katharina am Vortag erzählt, dass ihre Assistentin beabsichtige, nächste Woche wieder ihre Arbeit aufzunehmen.

„Du bleibst einfach noch hier, solange es dich freut. Kost und Logis hast du frei, denn auf einen Esser mehr oder weniger kommt es mir wirklich nicht an", meinte sie in ihrer gutmütigen Art.

In Anbetracht dessen, dass das Interview Vorrang hatte und sie nach Wien zurück musste, entschied Katharina schweren Herzens, ihren Aufenthalt im „Schlosshotel Waldesruhe" abzubrechen. Mit ihrem zweiten Ich besprach sie diesen Vorsatz:

„In Wien werde ich meine ganzen Angelegenheiten in Ordnung bringen: Papas Grab besuchen, seine alten Unterlagen durcharbeiten, aussortieren und aufräumen, Bankangelegenheiten überprüfen und mir ernsthaft überlegen, ob ich früher zu Stefan nach New York reise oder …"

Ihr innerer Monolog brach ab. Astrid kam beschwingt zur Tür herein und Katharina fand es äußerst wichtig, ihre Freundin über die neu getroffene Entscheidung aufzuklären.

Jürgen erzählte sie wahrheitsgemäß den Umstand ihrer vorzeitigen Abreise. Trotz herzlicher Abschiedsworte mengte sich eine leichte Melancholie bei. Sie hatte ihn wirklich ins Herz geschlossen. In den Wochen ihres Beisammenseins hatte es naturgemäß einige verfängliche Situationen gegeben, in denen sie glaubte, sehr verliebt zu sein, *ihn* glücklich machen zu wollen und selbst den Reiz einer neuen Liebe auszukosten. Oder war es der Ehrgeiz einer *Eva,* ihn zu verführen? Jedenfalls war sie jetzt froh, dass sie ihren Vorsatz, keusch zu bleiben, doch nicht gebrochen hatte. So konnte sie ihn weiterhin als ihren lieben Freund anerkennen und musste keinerlei schlechtes Gewissen herumtragen.

Zurück in Wien, eine Woche später

Es lag Jahre zurück, dass Katharina ihren Vater gefragt hatte, welche Bedeutung jenes dicke Buch hätte, das er in der rechten unteren Lade seines Schreibtisches aufbewahrte. Geheimnisvoll lag es dort, in dunklem Leder gebunden, die Schnalle mit einem kleinen goldenen Schloss versperrt, das ein unbefugtes Öffnen nicht ermöglichte.

Er antwortete ihr damals: „Irgendwann begann ich, besondere Empfindungen, Passagen beeindruckender Szenen dem Papier mitzuteilen; poetische Verse, intime Gedanken, die mich bewegten, festzuhalten; Antworten auf Fragen, die ich mir selbst stellte, niederzuschreiben."

Dabei schaute ihr Vater sie mit jenem freundlichen undurchschaubaren Gesichtsausdruck an, den sie zu gut kannte und der besagte, eine Fortsetzung des Gesprächs schien nicht unbedingt erwünscht.

Sie erinnerte sich, dass sie damals barsch zur Antwort gab:

„Na ja, vielleicht ist es ein brauchbares Nachschlagwerk, wenn du alt bist und deine Memoiren schreiben willst." Dabei küsste sie ihn auf die Wangen und entfloh. Zurück ließ sie den in Gedanken versunkenen Martin Peters.

Katharina selbst schrieb leidenschaftlich gerne kleine Kurzgeschichten. Ab dem Zeitpunkt des Gespräches mit ihrem Vater fing sie mit einem Tagebuch an. Manche Eintragungen stellte sie gleich als Essays dar, damit sie diese bei Gebrauch für ihre Erzählungen mit verwenden konnte.

Zwei Tage vor dem geplanten Treffen mit dem Journalisten nahm sich Katharina endlich Zeit, den alten Schreibtisch durchzusehen, um brauchbare Unterlagen zu finden.

Vaters penible Ordnung hatte sie schon immer beeindruckt. Die chronologische Auflistung der Theaterstücke, in denen er Rollen verkörperte, fand sie großartig, genauso wie die Kritiken, die sich säuberlich nach Datum abgelegt in einem eigenen Ordner befanden.

Dominant, aber einsam geworden lag das dicke Buch in der untersten Lade, wartend, was mit ihm geschehen würde. Katharinas Neugierde entfachte. Hastig suchte sie überall nach dem Schlüssel für das versperrte Schloss, aber dieser blieb unauffindbar.

Im Bewusstsein, nichts Unrechtes zu tun, entschied sie, das goldene Siegel gewaltsam mit einer Zange zu öffnen. Die Verletzung der Intimsphäre war mit Vaters Tod gebrochen, es gab keine Geheimnisse mehr.

Sie las das Geschriebene auf der letzten Seite, datiert einige Wochen vor seinem Ableben.

NICHT VERSTELLUNG IST DIE AUFGABE DES SCHAUSPIELERS, SONDERN ENTHÜLLUNG

Max Reinhardt

Wien grüßt Hamburg mit Kunst und kulturellen Köstlichkeiten.

Die Direktion und das Ensemble des Wiener Burgtheaters geben sich die Ehre, im Hanssen-Theater mit Theaterstücken und Lesungen berühmter österreichischer Dichter vorstellig zu werden.

Als Bühnengigant und „König der Burg“, wie ich seit neuestem genannt werde, muss ich einen beachtlichen Beitrag leisten und spiele en suite die Hauptrollen. Auf dem Programm stehen Werke von Thomas Bernhard und der nie aus der Mode kommende Klassiker „Der Schwierige“ von Hugo von Hofmannsthal. In Schnitzlers „Weites Land“ übernehme ich den Part von Doktor Hofreiter. Schnitzler liebe ich und verkörpere gerne seine Rollen. Für mich ist er ein Medium. Er ist einer der wenigen Meister des Gespräches, des witzigen Dialoges, aber auch der zwanglosen Plauderei, in der die Reden sich unfreiwillig entblößen durch das, was sie sagen und was sie nicht sagen. Und die Reden verraten nicht nur unfreiwillig, was sie wissen, sondern auch, was sie selbst nicht wissen. Schnitzler bedeutet für mich Schöpfer der melancholischen Lebemänner und der süßen Mädels. Er ist Seelenzergliederer, Gesellschaftskritiker und Wahrheitsfanatiker, wobei auch Liebe und Tod in seinen Werken eine bestimmte zentrale Rolle spielen.

Nach so vielen Jahren sehe ich Hamburg wieder. Eine Fügung des Schicksals, dass ich jetzt im Hanssen-Theater spiele. Dort, wo ich als Kulissenschieber begann. Ich hoffe, dass ich alles gut überstehe, ohne Hänger. In letzter Zeit leide ich an Schwäche und Konzentrationsschwierigkeiten. Der Blick zu unserem von allen geliebten Poggosch im Souffleurkasten wird schon zur totalen Gewohnheit.

Trotzdem ist das Theater für mich noch immer die beste Therapie. Sobald ich auf der Bühne stehe, verdränge ich alle Sorgen und Ängste. Obwohl ich Katharina versprach, mich ärztlich durchzuchecken, verschiebe ich diese unleidige Prozedur und bleibe stattdessen ein paar Tage an der Ostsee, sobald ich die Tournee hinter mir habe.

Danach geht es wieder zurück nach Österreich. Ich hole meine Tochter vom Internat ab und wir fahren gemeinsam direkt nach Wien. Ich bin schon neugierig auf Katharinas Gesicht, wenn ich ihr die Überraschung vermittle, nämlich, dass ich einen flotten Franzosen als neuen Begleiter für sie habe und ihr anschließend die Papiere und den Autoschlüssel für den kessen silbernen Peugeot Cabriolet übergebe. Ich habe ihn mir als Geschenk zum erfolgreichen Schulabschluss ausgedacht.

Wie ich sie kenne, wird sie vor Freude und Ungeduld gleich am nächsten Morgen das Prachtstück, das ich lustig mit einer riesigen Schleife umwickeln ließ, vom Autohaus Handl abho-

len und zu mir sagen: „Ist doch ganz klar, Papa, dass du derjenige bist, mit dem ich eine erste Spritztour mache." Ich denke, als Fahrtziel nimmt sie den Kahlenberg, wegen der schnittigen Kurven über die Höhenstraße. Dann kann ich sie ins neu eröffnete Terrassenrestaurant Cobenzl einladen und ihr bei einem exzellenten Lunch, als zweite Überraschung, meinen Reiseplan unterbreiten: New York und Umgebung, wobei ich auch an Washington denke und einen Ausflug zu den Niagarafällen einplanen würde.

Katharina sprach immer wieder davon, wie gerne sie einmal den Big Apple sehen möchte. Ich werde sie fragen, ob sie mit mir reisen will. Ein Jahr bringt viele Veränderungen. Es könnte der Fall sein, dass sie inzwischen wieder mal verliebt ist und kein Interesse mehr verspürt, mit ihrem alten Vater zu trampen.

Die Zeit heilt alle Wunden und lässt manches in Vergessenheit geraten.

Deshalb würde ich meiner Tochter zuliebe die Entschlossenheit aufbringen, nach New York zu reisen, ohne mir ins Gedächtnis zu rufen, welch furchtbares Unglück sich vor mehr als zwanzig Jahren dort ereignete.

Damit endete die Eintragung und es gab kein weiteres freies Blatt in dieser Fibel.

Katharina schluchzte auf. Sie wusste, welchen Enthusiasmus ihr Vater gezeigt hatte, sie für gemeinsame Ferien zu begeistern, und wie glücklich er war, wenn sie Freude empfand.

Sie erinnerte sich an seinen überraschenden Tod, der so viel Schmerz mit sich brachte, dass sie damals das großartige Geschenk voll Trauer und ohne Emotionen vom Autohändler abholte. Nachdenklich blätterte sie die Seiten des Tagebuches von hinten nach vorne durch.

Begierig, mehr zu erfahren, vertiefte sie sich dann doch in das Geschriebene.

Absurdes Theater

Der logisch gegliederte und psychologisch motivierte Handlungsablauf tritt zu Gunsten willkürlicher und sinnlos anmutender Aneinanderreihung der Szenen zurück. Die Welt, die Menschen um mich scheinen absurd und meine Handlungen scheinen nicht von der Vernunft her begründet.

Bonjour, Tristesse

Mit Frankfurt habe ich abgeschlossen, die Dienste im „Mon Ami" beendet. Mein Bankkonto ist aufgefüllt, aber es war ein schwer verdientes Geld, das mich an den Rand meiner körperlichen Substanz brachte.

Jetzt, wo ich seit Wochen in vollkommener Abstinenz lebe, keine Aufputschtabletten und keinen Alkohol zu mir nehme, sehe ich die Welt wieder nüchtern und real.

Ich mache eine schreckliche Zeit durch, bin äußerst depressiv und nahe daran, mich umzubringen.

Wie würde der Nachruf lauten?

„Gestorben an gebrochenem Herzen"?

Wenn man nur nicht so feige wäre, den letzten Schritt zu machen!

Alles ist sinnlos geworden. Ich sehe nur noch graue, schmutzige Schatten um mich. Keine farbigen Bilder, keine Liebe, keine Anerkennung.

Darf ich vorstellen:

Martin Peters, ein schwules Arschloch, das in seinen vier Wänden sitzt und nicht mehr weiterweiß.

Ich muss wieder raus aus diesem tiefen Loch.

Ich lasse mir von niemandem helfen. Verschwinde bei Nacht und Nebel aus dieser sumpfigen, aufgeblähten Großstadt mit seinen geilen, korrupten und größenwahnsinnigen Mitmenschen, die mich zur männlichen Hure gemacht haben.

Die Welt ist eine Bühne, und ich werde diese Bühne neu betreten.

Hamburg, im Jahre …

Hanssen-Theater, Künstlerisches Betriebsbüro.

Mit strahlendem Blick und zuversichtlichen Gedanken übergab ich dem dort anwesenden Fräulein mein Curriculum Vitae, ein Fotoset und das Rollenrepertoire.

„Sperling" heißt die Dame, und so sieht sie auch aus. Klein, dünn und grau. Der flache Oberkörper steckte in einem grünen Pullover. Der karierte Rock lag züchtig über den Knien, ihr blasses Gesicht war umrahmt von kleinen, dauergewellten aschblonden Löckchen.

Wenige Minuten später wurde sämtliche Hoffnung, sofort als Schauspieler aufgenommen zu werden, mit einem Schlag zunichte gemacht. Wieder einmal dieselbe Antwort:

„Für den Moment sind alle Rollen besetzt. Aber wir halten Sie gerne in Evidenz. Vielleicht brauchen wir Sie mal als zweite Besetzung oder Sie müssen einspringen, wenn jemand erkrankt. Als jugendlicher Liebhaber scheinen Sie ja eine ideale Besetzung zu sein." Dabei blickte sie mich über ihren Brillenrand prüfend an.

„Wenn Sie wollen, können Sie als Statist anfangen. Manchmal werden Sie auch als Kulissenschieber einspringen müssen. Aller Anfang ist schwer, aber so ist schon mancher zum absoluten Star geworden."

Bretter, die die Welt bedeuten. Mache alles, nur um mich herum Theaterluft zu verspüren.

Hamburg ist eine schöne, saubere Stadt und ich bin recht glücklich.

Unlängst war ich auf dem alljährlichen Filmball. Eine Kollegin vom Hanssen-Theater nahm mich mit. Lernte dort eine Menge Leute kennen. Machte auf mich aufmerksam, stellte mich in Szene als zurzeit arbeitsloser Schauspieler, der sein Studium am Reinhardtseminar in Wien abgeschlossen hat.

Das um mich gescharte Völkchen sah mich höchst anerkennend an. Einige Emporkömmlinge verdrehten vor Entzücken die Augen, nickten zustimmend über das Gesagte der anderen, die meinten: „Ach, aus Wien kommen Sie? Wien, die Stadt mit den außergewöhnlichen Schauspielern und Regisseuren und wo die besten Filme gemacht werden." Wohlwollend versprach man, mich in Erinnerung zu behalten, nannte mir Namen interessanter Intendanten, wünschte mir toi, toi, toi, schwirrte ab und hatte mich im nächsten Moment bereits vergessen.

Ich gehe den Weg entlang.

Vorsicht, da ist ein tiefes Loch.

Ich tue einfach so, als sähe ich es nicht, falle hinein, bin verzweifelt und denke mir, es ist nicht meine Schuld gewesen. Es dauert endlos, bis ich wieder herauskomme.

Natürlich gehe ich denselben Weg abermals, tue so, als ob ich das Loch nicht sehen würde und falle hinein. Es überrascht mich, am gleichen Ort zu sein. Es ist nicht meine Schuld. Es ist mühsam, aber ich komme heraus.

Ich gehe wiederum diesen Weg entlang. Ich sehe das tiefe Loch und falle aus Gewohnheit hinein. Es ist mir bewusst, dass es meine Schuld ist, und ich komme sofort wieder heraus.

Ich gehe diesen Weg, sehe das Loch und gehe darum herum.

Ich gehe überhaupt einen anderen Weg.

Wer nicht an sich selbst glaubt,
kann auch nichts erwarten,
dass andere es tun.

A. Kraus

Den angebotenen Job habe ich sofort angenommen. Als Reiseleiter deutschsprachige Touristen durch London zu führen ist eine ganz lustige Sache. In meiner Fantasie sind sie für mich das Publikum. Mein Auftritt beginnt, sobald die Leute im Bus sitzen. Mit perfektem Text und österreichischem Humor leite ich sie Szene für Szene durch die Stadt und vermittle ihnen alles Wissenswerte. Mein liebster Part ist die Führung durch den Tower. Hier, umgeben von der grandiosen Kulisse, offenbare ich meine ganze Schauspielkunst und stelle die Tragödie zwischen Elisabeth und Maria Stuart, ausgestattet durch Wort und Mimik, äußerst dramatisch dar.

… nicht etwa, dass ich London liebte,
ich hass' die Briten.
Doch birgt es den, an dessen Brust ich endlich Ruhe finden werde.
Kein Buckeln mehr.
Scheint mir die Sonne Tag und Nacht,
was brauch ich da noch andere Sterne …

Das, was ich tagsüber an Trinkgeld bekomme, reicht, um Abend für Abend ins Theater zu gehen. Wie liebe ich diese Dramen mit ihren übermenschlich starken, aber auch zügellosen Helden, deren Charaktere in kräftiger, bilderreicher Sprache lebendig gestaltet sind.

Mein Weg führt vorbei am großen Platz beim Trafalgar Square, dort, wo eine Gruppe von Hippies den Platz besetzt.
„Isn't life gay
Isn't life the perfect thing to pass the way“,
höre ich sie singen.

Auf Transparenten niedergeschrieben wollen sie ausdrücken, dass sie auf friedliche Weise gegen Klassenunterschiede, rassistische Vorurteile, Unterdrückung, Grausamkeit und Krieg protestieren und für die gerechte Freiheit kämpfen.

Einige davon malen und verkaufen kleine Kunsthandwerke.

Laura ist eine von ihnen. Sie sah mich dankbar an, als ich ihr ein Bild abkaufte. Ihre Augen funkelten vor Freude.

Sie wartet täglich auf mich, kommt mir entgegen, sobald sie mich sieht. Wortlos nimmt sie meine Hand und wir gehen ein Stück zusammen. In ihrem langen Gipsykleid wirkt sie unbeschwert wie ein bunter Schmetterling.

Auf meine Frage, warum sie ein Leben auf der Straße führe, teilte sie mir mit, dass sie erst seit kurzem in London sei. Bei ihrer Ankunft sei sie in einem inneren Labyrinth voll Leere und Verzweiflung herumgeirrt. Man habe sie in diesem Kreise aufgenommen und es seien ihre Kameraden geworden, gab sie zur Antwort.Wenn ich Geld flüssig habe, lade ich sie auf einen Joint ein, wir essen Hotdogs und trinken Bier, bis wir müde sind.

Unlängst bat sie mich, bei ihr zu schlafen. Sie weinte und war völlig außer sich. Ich fürchtete, dass sie während des Tages zu einer härteren Droge gegriffen hatte, weil sie vollkommen weggetreten wirkte.

Ich wollte nicht in ihre Kommune, wo bis zu zehn Personen in einem Raum hausen. Deshalb brachte ich sie in meine kleine Pension, steckte sie in die Badewanne und trug sie in mein schmales Bett. Nach einer Tasse heißen Tees schlief sie ein.

Am nächsten Morgen teilte ich Laura mit, dass ich sie als Mensch liebe und beschützen möchte, ich gab ihr aber gleichzeitig zu verstehen, dass ich keine Erfahrung mit Frauen hätte, weil ich mich zu Gleichgeschlechtlichen hingezogen fühle. Sie umarmte mich wie einen Bruder und ich musste schwören, ewig ihr Kamerad zu bleiben.

Some people come into our lifes and quickly go,some stay for a while and leave footprints on our hearts, and we are never the same.

Laura erzählte mir über das Heim, in dem sie ihr Leben als Waisenkind verbrachte, bis eine Mrs Butterfield kam und sie in ihren herrschaftlichen Besitz holte, wo sie als Dienstmädchen zu arbeiten begann. Sie lernte Tom, den Sohn des Hauses, kennen. Er kam in die Küche und richtete sich einen Picknickkorb zusammen, nachdem er mit Freunden eine Party machen wollte. Von da an sahen sie sich regelmäßig. Er fand immer wieder Gelegenheit, sie irgendwo aufzuspüren. Einmal bat er sie, spät am Abend im Park auf ihn zu warten. Sie war sich bewusst, dass ein solch sinnloses Vorhaben kein gutes Ende nehmen konnte. Sein Schmeicheln und Betteln bewirkte, dass sie sich von ihm verführen ließ. Es ging fast ein Jahr gut, keiner bemerkte, wie oft sie heimlich in der Nacht über den Westflügel des Hauses in sein Zimmer schlich und willenlos voll Liebe in seinen Armen lag. Dementsprechend übermüdet und matt erschien sie am darauf folgenden Morgen in der Küche. Die Köchin sagte kein Wort, auch die anderen Bediensteten nicht. Es war ihnen egal, was sie außerhalb ihrer Zeit tat, solange sie ordnungsgemäß ihre Arbeit erledigte.

Dann kam das schmerzende Ende. Die Köchin übergab ihr einen Brief von Tom. Mit kurzen Worten erklärte er den raschen Fortgang von zuhause. Der Familienrat beschloss, dass er sein Studium im Ausland fortsetzen müsste.

„Leb wohl, mein Püppchen, vergiss deine Gedanken und Sehnsucht an mich."

Als Abschiedsgeschenk legte er eine kleine, zarte Perlenkette bei. Sie sah ihn von einem auf den anderen Tag nicht mehr.

Spontan hörte Laura zu reden auf, sah auf den Boden, damit ich die Tränen in ihren Augen nicht bemerkte.

Ich sagte nichts, streichelte ihr über den Kopf und küsste ihr Haar. Vielleicht war diese Geste mehr als jedes Wort.

Ich habe Laura in mein Untermietzimmer aufgenommen. Ich will nicht, dass sie ihre Tage auf der Straße verbringt. Vormittags hilft sie meiner Wirtin in der Pension beim Sauber-

machen. Dafür bekommt sie das Frühstück gratis. Im Nachbarhaus benötigt man sie zum Wäschewaschen und Bügeln. Sie nimmt jede Arbeit an. In ihrer Freizeit strickt sie mir einen dicken Pullover. Damit ich nicht an Kälte leide, meint sie.

Wir leben sehr friedlich zusammen. Abends erzähle ich ihr meine Erlebnisse mit den Touristen. Sie kann so herrlich lachen und steckt mich immer wieder mit ihrer Fröhlichkeit an.

Ich bemühe mich, mit Laura intim zu sein. IHR ZULIEBE. Ich küsse sie und schlafe mit ihr, weil ich merke, wie sie sich verzweifelt nach einer körperlichen Vereinigung mit mir sehnt.

Ich mache es, obwohl mein Gefühl noch bei Henry ist, mit dem ich manchmal, statt einem Theaterbesuch, beisammen bin. Er weiß nichts von meinem Verhältnis mit Laura. Für dieses Thema ist er zu oberflächlich. Ihm ist nur der Sex mit mir wichtig. Laura hat keine Ahnung, dass ich sie betrüge. Oder vielleicht doch. Aber sie spricht nicht darüber. Und das ist gut so.

Wenn ich traurig bin, erzähle ich Laura aus meiner Jugendzeit in Wien, gutbürgerlich aufgewachsen bei meinen Eltern. Ich berichte über die Jahre am Reinhardtseminar. Und meinen Wunschtraum, ein großer Schauspieler zu werden.

Ich erwähne das kleine Engagement in einem Theater in Frankfurt, aber ich behalte für mich, dass ich in erster Linie in einem Männer-Striplokal arbeitete und Geld als Callboy verdiente. Dass ich meinen Körper Nacht für Nacht an geile Männer verkaufte.

Laura würde dieses Bekenntnis nicht akzeptieren. Allein die Tatsache, dass ich mich zu Männern mehr hingezogen fühle, versteht sie nicht. Das ist nicht Lauras Welt.

Sie versucht alles, mich glücklich zu sehen.

Jede Nacht, wenn wir uns intim vereinen, fragt sie mich, ob ich schon ein bisschen mehr für sie empfinde. „Ja", flüstere ich voll innerer Befriedigung. Ich fühle mich wirklich geborgen, wenn ich bei ihr bin.

Es gibt nichts Schöneres, als geliebt zu werden.

Laura geht es nicht gut. Kaum isst sie etwas, bricht sie. Sie ist sehr blass und spricht nicht viel mit mir. Wenn ich abends nachhause komme, schläft sie bereits. Ich schicke sie zum Arzt. Das Untersuchungsresultat schockt uns beide. Eine Schwangerschaft im frühen Stadium. Auf jede weitere Frage gibt sie mir keine Antwort.

Sie verunsichert mich, weil sie mir nicht sagt, ob ich es sein könnte, der das Kind gezeugt hat. Theoretisch bestünde die Möglichkeit, aber …

Ich bin gereizt, weiß nicht, wie ich mich verhalten soll. Deshalb machte ich ihr den ungeschickten Vorschlag zu Mrs Butterfield zu gehen und mit ihr ein offenes Gespräch zu führen. Sie über das gehabte Verhältnis mit ihrem Sohn Tom aufzuklären. Das machte sie vollkommen konfus. „Und du glaubst, dass er der Vater ist?!", schrie sie mich an. Danach packte sie ihre Sachen und verließ mich weinend.Noch am selben Abend traf ich Henry. Ich stellte ihn vor die Tatsache, dass ich mich von ihm löse.

Er führte sich wie eine hysterische Tunte auf. Machte mir eine Riesenszene, kniete vor mir, weinte und beschimpfte mich gleichzeitig. Angewidert wandte ich mich von ihm ab.

Am nächsten Tag ging ich auf den Platz beim Trafalgar Square. Ich fand Laura inmitten ihrer Hippiefreunde, nahm sie wortlos bei der Hand und führte sie weg.

Wir werden in dem kleinen Ort an der Grenze von England und Schottland, in Gretna Green, heiraten. Das Kind soll nicht unehelich auf die Welt kommen. Ich gehe in die Kirche und schwöre bei Gott, nach bestem Wissen ein guter Vater zu sein und für meine kleine Familie immer zu sorgen.

Endlich bekam ich im West End Theater für die neue Produktion eine Rolle zugeteilt. „Freunderlwirtschaft" oder „Couchbesetzung" nennen wir das in Wien. So ist es halt im Leben.

Aber ich bin froh darüber, dass der Intendant James Stone sein Wort gehalten und mich nicht nur als Liebhaber in Erinnerung behalten hat.

Verdammt noch mal, manchmal denke ich mir, was bin ich doch für ein Mensch geworden. Warum kann ich nicht so stinknormal sein wie die anderen?

Aber sind die anderen normal?

Mein Vater instruierte mich in jungen Jahren.

Das Leben ist hart!

Aber durch diese Härte werde ich auch die Schönheiten des Lebens kennen lernen, von denen ich zehren kann, besonders dann, wenn graue Tage kommen.

Ich soll nie vergessen, dass über den Wolken die Sonne scheint, die mir die Kraft in trüben Stunden gibt.

Als Reiseleiter lasse ich mich karenzieren, solange die aufwändigen Proben laufen. Den zu lernenden Text beherrsche ich bald. Laura ist mir eine große Hilfe. Sie achtet darauf, dass ich das Englisch akzentfrei spreche.

Endlich auf der Bühne zu stehen. Welch ein Glücksgefühl steigt in mir hoch! Ich setze meine ganze Theatralik und mein komödiantisches Können ein, um meinen Part vollkommen darzubringen.

Die Premiere lief bestens. Die Kritik zeigte sich wohlwollend, und die Vorstellungen sind für die nächste Zeit ausverkauft.

Ich stehe vor dem Spiegel, klopfe mir auf die Schulter und sage:

„Ich gratuliere dir, Martin, endlich mal eine Leistung anderer Art. Mach nur weiter so, dann bin ich stolz auf dich."

Laura ist glücklich, ihre Schwangerschaft ist ohne Komplikationen. In den Vormittagsstunden liege ich mit ihr im Bett und wir beobachten voll Freude, wie sich die Bauchdecke hebt und stoßende Bewegungen hervorkommen.

Mutter bombardiert mich mit Briefen. Immer sind ein paar Zeilen in Englisch geschrieben, für ihre Schwiegertochter beiliegend. Sie gibt gute Ratschläge, hofft, dass sie genügend Obst isst und sich viel in der frischen Luft bewegt. Ihr anfänglicher Zorn, dass ich still und heimlich geheiratet habe, legte sich. Sie hofft, dass es uns gut geht und legt jedes Mal einen Geldschein bei.

Vater schickt meist nur einen kurzen herzlichen Gruß mit. Keine Zeit für mehr, wie immer. Der volle Wartesaal mit den vielen Patienten.

Wenn ich spielfrei habe, fahre ich mit meiner Frau nach Brighton. Wir machen uns einen schönen Tag und genießen die Meeresluft.

Wir beschließen, dass Laura das Baby in Wien auf die Welt bringt.

Es soll die österreichische Staatsbürgerschaft bekommen.

Ein guter Zeitpunkt, auch mein Leben neu zu ordnen.

Gedanken nach Katharinas Geburt

Turbulent gestalteten sich die letzten Wochen.

Die Herzen aller Beteiligten begannen vor Aufregung zu pochen.

Es war Sonntag Nachmittag, als du noch immer in deiner Mutter Schoße lagst.
Du ließest dir Zeit und wolltest nicht kommen,
die Nervosität hatte bereits den Höhepunkt erklommen.
Der Doktor sah bereits als letzten Ausweg, nach den Instrumenten zu greifen,
da konntest du es dir nicht verkneifen
ihm zu spielen einen Streich
und verließest den Mutterleib sogleich.
Der überraschte Doktor, der arme Tropf,
stotterte ins Telefon: „Ein Mädchen, gesund, mit schönem, rundem Kopf."
Mehr brachte er nicht heraus …
Ich hörte dies, ich eilte aus dem Haus mit einem Blumenstrauß.
Schwang mich ins Auto und sauste los.
Hörte weder den Polizisten schimpfen, weil ich die Kurve schnitt,und beachtete nicht, dass ich bei Rot über die Kreuzung glitt. Die Fahrt kam mir zu lange vor,
aber endlich war ich vor dem Krankenhaustor.
Eilte die Stufen, gleich drei oder vier auf einmal, empor.
Wollte so viel sagen, brachte aber nur Worte des Dankes hervor.
Nahm Laura in meine Arme und bald darauf auch dich.
Langsam nun auch die Spannung in mir wich.
Ängste und Sorgen waren vorbei, denn endlich waren wir unser drei.

Laura beendete ihre Ausbildung für klassischen Gesellschaftstanz und arbeitete als Lehrerin in einer Tanzschule. Ihr Ziel ist es, eine eigene Tanzschule zu eröffnen. Sie spart sich alles vom Mund ab, um ihren Wunschtraum verwirklichen zu können Tagsüber näht sie für Damen. Geld von meinen Eltern möchte sie nicht annehmen. Sie meint, es ist schon großartig, dass wir mit ihnen einen gemeinsamen Haushalt führen und eini-

ge Räumlichkeiten in der Wohnung benützen können, die uns nichts kosten.

Ich verdiene leider nicht viel in dem Kellertheater, wo ich Abend für Abend praktisch für ein Taschengeld auftrete. Tagsüber helfe ich meinem Vater als Ordinationsgehilfe. Mache meine Späße mit den Patienten, damit ihnen die Wartezeit nicht so lange vorkommt.

Wenn ich nicht Theater spiele, unterhalte ich mich mit Katharina, bade und wickle sie, lege sie ins Bett und erzähle Geschichten von Puck, einem Kater, der um die Welt reist. Die kenne ich noch aus meiner Kinderzeit. Sie hört aufmerksam zu, lächelt und schläft ein. Dann gehe ich in die Tanzschule, warte auf Laura, bis die Unterrichtsstunden beendet sind. Hand in Hand schlendern wir nachhause.

Ich bin glücklich, wenn auch nicht ganz zufrieden.

Die italienische Reederei Bullbock engagiert für die gesellschaftlichen Abende auf dem Passagierschiff Santa Maria einen Herrn und eine Dame als Eintänzer. (Passagen: Genua-New York, nonstop)

Intelligenz, korrektes Benehmen, Scharm und gutes Aussehen sind Voraussetzung.

Gute Bezahlung und ein Dreimonatsvertrag werden zugesagt.

Wir nützten die Chance, fuhren nach Genua und bewarben uns im Personalbüro. Auf Grund der Tatsache, dass wir verheiratet sind und ich als Schauspieler auch Lesungen während der Überfahrt darbiete, gab man uns die Anstellung. Laura ist außer sich vor Freude und ich teile sie mit ihr. Meine Eltern nehmen Katharina währenddessen in Obhut.

Es wird uns beiden ein Tapetenwechsel gut tun, meint Mutter, und zusammen mit dem Dienstmädchen wird das Kind bestens behütet sein.

Es war die letzte Überfahrt von Genua nach New York.

Lange nach Mitternacht, rund einhundertsechzig Seemeilen nordöstlich vom Zielhafen New York entfernt. Laura ging bereits in die Kabine, sie hatte Kopfweh und wollte sich hinlegen. Ich versprach, bald nachzukommen und trank noch zwei Whisky in der Bar. Dann ging ich an Deck und stand Zigaretten rauchend an der Reling. Es war eine rabenschwarze Nacht, kein einziger Stern zeigte sich am Firmament. Ich sah auf das durch die hohen Wellen aufgewühlte Wasser und wunderte mich, dass sich das Schiff trotz des dichten Nebels in voller Fahrt bewegte. Ich kümmerte mich aber nicht weiter darum und dachte daran, dass unser Dienstvertrag mit der Passage von New York nach Genua enden würde und wir im Hinblick auf das Wiedersehen mit unserer Tochter sehr froh waren, endlich wieder nachhause zu kommen.

Der Beginn eines Dramas auf hoher See zeigte sich an, als plötzlich ein gewaltiger Ruck zu verspüren war, der mich mit dem Kopf zur Brüstung schleuderte. Durch die Wucht fiel ich zu Boden. Ich krabbelte hoch und versuchte, in Richtung Kabine zu kommen. Laura war nicht anwesend. Ich irrte herum, konnte sie nirgends finden, ging in die Bar in der Hoffnung, dass sie sich dort hinbegeben hatte in der Annahme, mich anzutreffen. Überall rannten Menschen hin und her. Die Panik unter den eintausendzweihundert Passagieren an Bord brach aus, als man vernahm, dass durch eine Kollision in der Steuerbordseite unterhalb der Kommandobrücke ein riesiges Loch entstanden war und große Wassermassen in den Rumpf des Liners stürzten.

Ich hörte die Anweisungen, die Rettungswesten anzulegen und sich auf die jeweiligen Decks zu begeben. Völlig verzweifelt begab ich mich weiter auf die Suche nach Laura, fragte jeden Entgegeneilenden, ob er meine Frau gesehen hatte, aber keiner gab mir eine Antwort. Ich blutete stark aus der Wunde am Kopf, kümmerte mich nicht darum, rannte hinauf auf das Deck, sah Menschen ins Meer springen und solche, die über die Strickleiter ins Rettungsboot stiegen. Ich schrie nach Laura, als ich glaubte, sie zu sehen. In meinem halb bewusstlosen Zu-

stand registrierte ich nur ungefähr, dass mir irgendjemand über die Reling half. Ich nahm nicht wahr, was um mich herum geschah, als ich in einem Rettungsboot eingeklemmt inmitten von weinenden und betenden Menschen saß; ich vernahm völlig lethargisch viel später den fernen, dumpfen Klang einer Schiffssirene näher kommen und sah nicht mehr, dass der Todeskampf der Santa Maria Stunden dauerte und sie wie ein weidwundes Ungeheuer halb versunken im Wasser lag.

Ich kam zur Behandlung in ein New Yorker Spital. Ich befand mich in einem schlechten Gesundheitszustand, fragte immer wieder nach meiner Frau und niemand konnte mir helfen.

Behörden informierten mich über die ersten Untersuchungen dieser fatalen Schiffskatastrophe und nannten als mögliche Ursache, dass entgegen der üblichen Schifffahrtsregeln aus unerklärlichen Gründen ein falsches Ausweichmanöver eingeleitet worden war. Auf mein dringendes Bitten, meine Frau zu suchen, gab man mir behutsam zu verstehen, dass bei diesem entsetzlichen Unglück siebenundachtzig Menschen ums Leben kamen und diese identifiziert werden müssen. Es war für mich ein großer Schock, zu erkennen, dass Laura eine von den siebenundachtzig Menschen war.

Beim Lesen der letzten Sätze glaubte Katharina am Ende ihrer seelischen Kräfte zu sein. Sie weinte laut vor sich hin. Das Herz raste und schmerzte, als ob es ihr aus dem Leib gerissen würde. Enttäuschung, Trauer und Demütigung vermischten sich mit Wut über sich selbst, weil sie das Tagebuch geöffnet und schonungslose Geschichten und intime Gedanken ihres Vaters, der vielleicht gar nicht ihr Vater war, kennen gelernt hatte. Beschämt musste sie zur Kenntnis nehmen, dass sie damit ihre eigene heile Welt zerstörte. Zentnerschwer lag das Geheimnis in ihren Händen. Panik überkam sie. Sie sah auf ihre Finger und spürte plötzlich ein Brennen, als ob jedes einzelne Glied, jeder Nerv in loderndem Feuer läge. Sie würde es nicht wagen, noch einen weiteren Blick in das Buchinnere zu werfen. „Nur weg aus meinen Gedanken, aus meiner Reichweite“, schrie es in ihr. Wie besessen rannte sie in die Küche, warf das Tagebuch in das Abwaschbecken, entzündete eine Kerze, riss hastig jede einzelne Seite heraus und schaute gebannt zu, wie die Flamme nach und nach das Geschriebene zerstörte. Während dieser beinahe andachtsvollen Zeremonie rannen ihr unaufhörlich Tränen über das Gesicht. Aber mit jeder verbrannten Seite wurde sie ruhiger, das Herzrasen hörte auf und das Brennen in den Händen ließ langsam nach. Anschließend schüttete sie das Häufchen graue Asche in ein kleines Säckchen, verpackte es zusammen mit dem übrig gebliebenen Ledereinband samt dem aufgebrochenen goldenen Schloss kunstgerecht in Folienpapier und wickelte das breite Klebeband einige Male rundherum. Sie nahm den halb vollen Mistsack und verstaute das Paket zwischen Essensresten, Eierschalen und Zigarettenkippen. Danach ging sie aus der Wohnung und fuhr mit dem Lift ins Souterrain, wo sich der Abstellraum mit den Müllcontainern befand. Dort beförderte sie mit Schwung den Sack in jene Tonne, die am wenigsten angehäuft war, damit das Geheimnis, mit noch dazu kommendem Schutt und Abfall fest vergraben, seine Ruhe finden würde.

Schicksalhafte Verflechtungen

Katharinas Rendezvous mit dem Journalisten verlief planmäßig und komplikationslos. Die Fragen beantwortete sie diskret, mit einfachen, korrekten Sätzen. Sie überließ dem Zeitungsmann leihweise einige Bilder, die er mit dem Bericht eventuell veröffentlichen wollte. Es waren Fotos, die Martin Peters in verschiedensten privaten Lebensabschnitten darstellten. So zum Beispiel zeigte ein Motiv ihn als kleinen Jungen mit seinen Eltern anlässlich einer Höhenwanderung am Schneeberg, eines stellte ihn später am Reinhardtseminar dar, wo er seine erste Rolle als Romeo verkörperte, weiters dokumentierte ein Bild Martin Peters als werdenden Vater mit seiner schwangeren Frau am Strand in Brighton, und schließlich das erste Familienbild zu dritt.

In den nächsten Tagen beschäftigte sich Katharina mit dem Versuch, Markus auf seinem mobilen Telefon zu erreichen. Bestürzt musste sie anstelle seiner Stimme die monotone Mitteilung zur Kenntnis nehmen: „Der Teilnehmer ist unter dieser Nummer nicht erreichbar.“ Sie wollte es nicht glauben und probierte es immer wieder, bis sie schließlich aufgab. Ihr Bedürfnis, mit ihm ein offenes Gespräch zu führen, war sehr stark. Sie hatte gehofft, durch ein paar liebe Worte und Ratschläge des Freundes ihre Unentschlossenheit und Unruhe auszugleichen, vielleicht sogar auf einen Vorschlag von ihm einzugehen. In seinem letzten Brief stand, dass er vor Antritt der Asienreise die Absicht hegte, seine Familie zu besuchen. Sie wäre überallhin gefahren, um ein kurzes Wiedersehen zu ermöglichen.

In spätestens fünf Wochen wollte sie nach New York fliegen. Ein mulmiges Gefühl in der Magengegend machte sich bemerkbar. Plötzlich sah sie Vaters Tagebuch vor Augen und es fielen ihr die Sätze der letzten Seite ein: Ich beabsichtige, mit Katharina nach New York zu reisen. Sie möchte so gerne den Big Apple kennen lernen …

Schnell verwischte sie eine leicht aufkommende Traurigkeit.

Unruhig lief sie in den eigenen vier Wänden herum, bis sie sich ihres nächsten Schrittes bewusst war.

Katharina kramte in ihren persönlichen Unterlagen und fand tatsächlich noch die Visitenkarte der Galerie in Los Angeles, die Markus und seiner Frau gehört hatte.

Adresse und Telefonnummer waren vermerkt und von der Tageszeit her konnte sie annehmen, dass dort irgendjemand anwesend sein sollte. Nach einigen Malen Läuten meldete sich eine weibliche Stimme.

Katharina konzentrierte sich auf das folgende in Englisch geführte Gespräch:

„Guten Tag, hier spricht Frau Peters. Ich habe Herrn Steiner anlässlich einer Antiquitätenmesse in London kennen gelernt. Er überreichte mir die Geschäftskarte mit der Bemerkung, dass seine Firma am An- und Verkauf hochwertiger Gemälde und Möbel interessiert sei. Kann ich Herrn Steiner sprechen?"

Die Antwort kam zögernd.

„Es tut mir Leid. Herr und Frau Steiner führen diese Galerie nicht mehr. Sie wurde übernommen. Der neue Besitzer ist Herr Taylor, ein Freund von Frau Steiner. Ich bin Herrn Taylors Assistentin und beaufsichtige während seiner Abwesenheit das Geschäft. Darf ich Ihre Telefonnummer notieren, damit sich mein Chef mit Ihnen in Verbindung setzt?"

Katharina reagierte rasch.

„Das ist nicht notwendig, herzlichen Dank. Ich werde die private Nummer in Santa Monica anrufen. Dort erreiche ich Herrn Steiner sicherlich."

„Ich fürchte, das Ehepaar ist auf Reisen", antwortete die Dame. „Soviel ich gehört habe, machen sie einen Europa-Trip. Aber am besten ist, Sie rufen in Santa Monica an. Das Hauspersonal wird Ihnen alle notwendigen Auskünfte geben." Anschließend fügte sie höflich hinzu:

„Sollten Sie eine fachkundige Beratung wünschen, wird Ihnen Herr Taylor bestens zur Verfügung stehen. Wir führen dieses renommierte Geschäft im Sinne der Vorgänger erfolgreich weiter. Leben Sie hier in Los Angeles?"

Darauf antwortete Katharina nicht. Sie überging es geflissentlich, bedankte sich für die Auskunft und verabschiedete sich in aller Schnelligkeit.

Katharina war völlig aufgelöst, sobald sie den Hörer aufgelegt hatte. Ihre Stimmung änderte sich schlagartig, das Gefühl für Markus erfror innerhalb kürzester Zeit.

Der Satz Das Ehepaar Steiner befindet sich auf einem Europa-Trip sagte alles aus. Wahrscheinlich hatte eine Versöhnung stattgefunden und Markus machte mit seiner Frau Flitterwochen. „Sie werden überallhin reisen, wo es schön und teuer ist", redete sie sich ein. Geld spielte bei den beiden keine Rolle. Aline hatte genügend davon.

Sie war schön dumm zu glauben, dass Markus für sie bereitstand, wenn es ihr gerade danach war und sie das Bedürfnis empfand, sich bei ihm ausweinen zu wollen.

Betrübt über die aufkeimenden Gefühle von Ärger vermischt mit Eifersucht und Kummer, die sie nunmehr empfand, musste sie sich schließlich selbst zur Räson bringen.

Sie hatte überhaupt keinen Grund für derartige kindische Empfindungen. Immerhin war sie die Freundin von Stefan Thorsten, dem berühmten Musicaldarsteller, einem

Traummann, um den Frauen sie beneideten. Was wollte sie denn noch mehr?

Der Drang zu erfahren, ob ihr möglicher Vater oder dessen Familie noch existierte, quälte Katharina Tag und Nacht. Andererseits fürchtete sie die Sinnlosigkeit einer Aufdeckung nach so vielen Jahren. Zu gerne hätte sie mit irgendjemandem darüber gesprochen, aber sie war sich bewusst, dass keiner ihrer Freunde und Freundinnen, und am wenigsten Stefan, das Recht hatte, über ein derartig intimes Verfahren eine subjektive Meinung abzugeben Sie würden die Situation anders sehen und ein völlig falsches Bild entstünde, was Katharina niemals billigen könnte. Der Nimbus von Martin Peters, dessen Namen sie auch trug, musste erhalten bleiben.

Der Einzige, dessen Ansicht sie akzeptiert hätte, wäre Markus gewesen, aber der blieb weiterhin für sie unerreichbar. Deshalb musste sie die Entscheidung selbst treffen und dazu stehen. Dafür gab es keine Alternative. Und sie musste schleunigst die Sache hinter sich bringen und zum Ziel kommen, um endgültig diese Begebenheit von sich aus abzuhaken.

Sie erinnerte sich an den Namen Mistress Butterfield, die ein herrschaftliches Haus in Foxhill in der Grafschaft Wittcourts besaß. Diese Dame hatte ihre Mutter Laura aus dem Waisenhaus geholt und sie bei sich aufgenommen. Und dann gab es den Sohn Tom, der vielleicht ihr Vater war.

Durch die internationale Auskunft erfuhr sie Telefonnummer und Adresse einer gewissen Mistress Virginia Butterfield, die tatsächlich noch immer in der Ortschaft Foxhill registriert erschien.

Einen Brief zu formulieren mit umständlichen Einleitungssätzen und endlosen Phrasen über den Grund ihres

Schreibens hielt sie, vorausgesetzt, es würde überhaupt jemand darauf reagieren, nicht sehr effizient. Es könnte eine lange Zeit in Anspruch nehmen, bis sie eine Antwort bekäme.

Dort anzurufen, sich als Tochter einer gewissen Laura vorzustellen, die vor über fünfundzwanzig Jahren im Hause Butterfield im Dienste stand, und die Bitte vorzutragen, einen persönlichen Besuch abstatten zu dürfen, um Verschiedenes aufzuklären, hielt sie für sehr unklug.

Daher blieb die einzig richtige Alternative, den Ort aufzusuchen und sich dort den Tatsachen zu stellen.

Die wenigen Tage, die ihr bis zum Abflug blieben, verbrachte sie nicht nur mit Ein-, Aus- und Umpacken der Koffer, sie schmökerte auch alle Reiseführer durch, um einen Überblick über die englische Kultur zu bekommen und die landschaftliche Vielfalt des Gebietes kennen zu lernen.

*****

Am Flughafen London-Heathrow mietete Katharina einen Mittelklassewagen, und mit vollem Tank, genauer Straßenkarte und einer gehörigen Portion Entschlossenheit versehen startete sie ihr kleines Abenteuer.

Aus dem Radio ertönte Nancy Sinatras Schlager „These boots are made for walking“. Laut sang sie mit: „Are you ready, boots? – Yes, we are“, schnatterte sie vor sich hin.

„Ich, die Schuhe, das Auto. Los geht's!“

Schon bald wechselte sie von der Autobahn auf die Landstraße. Sie ließ die größeren Städte mit ihren prachtvollen Kathedralen, Castles und Museen hinter sich und fuhr behaglich entlang einer sanften, hügeligen Landschaft. Sie sah Wiesen und Hecken, wo unzählige Schafe ihre Langeweile damit vertrieben, bedächtig und unaufhörlich Gras zu fressen.

Auf den Rasenflächen dahinter weidete eine Gruppe von Pferden und Katharina schaute gerade in dem Moment hin, als ein Hengst mit voller Lust eine Stute bestieg. „Aha", dachte sie, „Liebe zu machen hat keinen bestimmten Zeitpunkt; das muss ich mir merken!"

Ein Motorrad überholte ihr Fahrzeug mit hoher Geschwindigkeit. Lawrence von Arabien fiel ihr ein. Der König der Wüste und wohl romantischste Held der Engländer.

Lebte er nicht auf Clouds Hill in einem kleinen, einsamen Cottage inmitten der Heide, nachdem er seinen Militärdienst beendet hatte? Sie hatte einmal seinen brillanten autobiografischen Roman „Die sieben Säulen der Weisheit" gelesen. Ein Werk, in dem Wirklichkeit und Imagination miteinander verwoben sind und somit seine Person von der Aura des Geheimnisses eingehüllt blieb. In Clouds Hill fand T. E. Lawrence nach vielen ruhmreichen Jahren seine Ruhe, bis er 1935 an den Folgen eines Motorradunfalls starb.

Während des Fahrens nahm sie einen Zahnstocher aus der Tasche und stocherte zwischen den Zähnen herum, um die Reste des Sandwichs, das ihr im Flugzeug angeboten worden war, zu entfernen. Sie spürte den faden Geschmack im Mund und dachte, dass ein Schluck Whisky zum Neutralisieren des Gaumens Wunder wirken würde. Gleichzeitig stieg der Druck auf die Blase als Zeichen, irgendwo Halt machen zu müssen.

Vorne erblickte sie ein freundliches Fachwerkhaus mit strohbedecktem Dach.

Sportlich hielt sie ihr Auto an und stieg schwungvoll aus. Das einladende Schild zeigte an, dass sie an der richtigen Adresse war. Sie betrat das Pub und ging auf einen kleinen Tisch zu. Die pummelige junge Kellnerin kam auf sie zu und fragte nach ihrem Wunsch. „Tea, please", orderte sie. Nach einem kurzen Orientierungsblick wusste sie, wo es langging.

Von der Toilette zurückgekehrt, betrachtete Katharina intensiv die Kekse, die blass und erbarmungswürdig auf einem Teller mitgereicht wurden. Der Teelöffel glitt ihr aus der Hand und fiel zu Boden. Sie bückte sich und stieß sich leicht die Stirne an der Tischkante an. Verärgert über ihre Ungeschicktheit spürte sie eine leichte Röte im Gesicht aufsteigen. Beim Aufrichten blickte sie auf den jungen Mann, der am Gegentisch saß und ihr leicht lächelnd seinen Löffel anbot.

Etwas verlegen nahm sie ihn und bedankte sich. In einem schwer verständlichen Englisch fragte er neugierig, ob sich die Lady auf der Durchreise befände. Sie antwortete freundlich, sie sei auf der Fahrt nach Foxhill.

„O. k.", antwortete er, „es ist nicht mehr weit dorthin." Damit war die Unterhaltung zu Ende. Etwas schwerfällig stand er auf und ging grüßend aus dem Lokal.

Sie blickte ihm kurz nach und nahm wohlwollend die stattliche Größe und Figur dieses hübschen Burschen wahr. „Leider nichts für dich, Katharina", dachte sie bedauernd, „zu viel Natur, zu derb, zu introvertiert." Und damit stoppte sie weitere hintergründige Illusionen.

Bald darauf setzte sie ihre Fahrt fort.

Katharina übersah vollkommen, wie lange sie schon unterwegs war, denn die mannigfaltige Gegend beeindruckte sie enorm. Umso überraschter stellte sie nach einem Blick auf die Straßenkarte fest, dass sie am Ziel angelangt war. Foxhill lag, umgeben von einem dichten Waldgürtel, sanft eingebettet inmitten von grünen Wiesen und prachtvollen Gartenanlagen.

Langsam fuhr sie die gewundene High-Street entlang in das kleine Städtchen hinein. Sie bewunderte die weißen Anstriche der kleinen hübschen Häuschen mit ihren blumenreichen Vorgärten, die den englischen Middle-class-Charakter darstellten. My home is my castle.

Vorbei an Pubs, Teestuben, Antiquitätengeschäften und kleinen Kaufhäusern fiel ihr eine alte, steingemauerte Kneipe auf, über der ein witziges bemaltes Schild hing. Es zeigte jagende Hunde und einen im sicheren Versteck zufrieden schlafenden Fuchs. Hier wollte sie eine kleine Rast machen, um anschließend ausgeruht und etwas gestärkt den Besuch im Hause Butterfield anzutreten.

Sie betrat den kleinen holzgetäfelten Raum, an dessen Wänden alte, vergilbte Bilder mit Jagdszenen und eingerahmte Porträts hingen.

Cider, der herbe Apfelmost, zusammen mit Cheddar, dem würzigen Käse aus der Region, und das knusprige Brot vollbrachten ein wahres Wunder. Gut gelaunt und voll Tatendrang fragte sie den Wirt nach der bestimmten Adresse und ließ sich genau den Weg beschreiben.

So nebenbei erkundigte sie sich, wo sich das örtliche Waisenhaus befände, musste jedoch erfahren, dass dieses schon lange nicht mehr bestand. Er merkte, dass sich Katharina nicht ganz zufrieden geben wollte mit der kurzen Antwort. Deswegen fuhr er fort:

„Es war am Stadtrand“, erklärte er, „inmitten von Häuserreihen. Einst diente es als Zufluchtsort allein gelassener Kinder. Unter der Leitung des damaligen Vikars wurde ihnen ein ruhiges Zuhause geboten. Sie durften so lange bleiben, bis sie die öffentlichen Schulen und eine Lehre absolviert hatten. Damit war eine solide Basis für das spätere Leben gegeben. Es war eine sehr soziale Einrichtung, die einmal durch eine Stiftung ins Leben gerufen worden war Aber im Laufe der letzten Jahre hatte sich diese Institution aufgelöst. Früher war die Gegend hier berühmt für Fuchsjagden; Adelige und Reiche hatten ihre Landsitze, und Sie finden heute noch vereinzelte herrschaftliche Villen, aber auch romantische Cottages und Farmhäuser mit herrlichen Gartenlandschaften. Jetzt erleben wir durch den allgemeinen sozialen Wohlstand und Tourismus eine andere Generation. Die Fuchsjagden sind uns zwar erhalten geblieben, nur die Menschen, die diese veranstalten, sind anders geworden", fügte er etwas sarkastisch hinzu.

„Im Zuge weiterer Modernisierungen entstand in unserer Grafschaft ein neues Schienenverkehrsnetz. Foxhill wurde integriert, und auf Betreiben unseres Bürgermeisters entstand an der Stelle des alten Waisenhauses ein modernes Bahnhofsgebäude mit einem großen Abstellplatz für Autos. Eine Brigade von Herren in Nadelstreif und Regenschirm benützt nun täglich diese rasche Lösung, um nach London zur Arbeit zu fahren."

„Sehr interessant", murmelte Katharina. Sie hätte gerne noch Weiteres gehört, aber andererseits war sie begierig, zum Ziel zu kommen. Sie bedankte sich für die Auskunft, bezahlte und stieg wieder in das Auto.

Sie blickte auf die Uhr und stellte befriedigt fest, dass die Zeit für einen Spätnachmittagsbesuch genau richtig wäre.

Mit pochendem Herzen fuhr sie geradewegs zu dem Anwesen der Butterfields, das sich außerhalb von Foxhill befand.

Sie bog von der Hauptstraße links ab und fuhr einen schmalen, gut asphaltierten Weg entlang. Ein hohes schmiedeeisernes Gitter umschloss den Bereich, der sich dahinter befand. Sie parkte das Auto auf dem kleinen Platz und ging zum Tor.

Katharina sah die Glocke, drückte etwas stürmisch darauf und wartete. Der Blick auf eine kleine Linse oberhalb der Klingel ließ vermuten, dass der Eingang videoüberwacht wurde.

Aus der Türsprechanlage erklang eine weibliche Stimme und fragte nach dem Grund eines Einlasses.

Katharina nahm allen Mut zusammen, nannte ihren Namen und erklärte den Wunsch, Mistress Butterfield kennen zu lernen. Sie komme aus Österreich und sei die Tochter einer Bediensteten, die hier im Hause vor vielen Jahren arbeitete.

Sie war sich bewusst, dass ihr kein Einlass gewährt werden und sie die Antwort hören würde, man wünsche keine fremden Gäste. Ein paar Minuten, die ihr wie eine Ewigkeit vorkamen, herrschte völlige Ruhe.

Katharina stand da und machte ein freundliches, harmloses Gesicht, da sie vermutete, durch die Kamera beobachtet zu werden. Gleichzeitig überlegte sie krampfhaft, wie sie im Falle einer Absage argumentieren sollte.

Plötzlich öffnete sich mit leisem Summen das Tor. Ein Weg, gesäumt von farblich harmonisch abgestimmten Rhododendronbüschen, führte sie geradewegs zu einer schlossähnlichen Villa.

Eine ältere Dame kam ihr entgegen. Hoch gewachsen, langgliedrig, gekleidet in einem Kostüm, das trotz der Einfachheit eine bewusste Vornehmheit zeigte. Mit einer eleganten Lässigkeit stellte sie sich als Mistress Virginia Butterfield vor. Sie nahm Katharinas Visitenkarte entgegen, blickte interessiert darauf und eröffnete das Gespräch.

„Kommen Sie, wir gehen in den Rosengarten. Ich trinke um diese Zeit meinen Tee. Es ist mir eine Freude, Sie auf eine Tasse einzuladen."

Die Haushälterin kam diskret aus dem Gebäude und brachte ein Tablett mit einer weiteren Schale aus feinstem China-Porzellan und einen Teller voll Bäckerei.

Ihr schwarzes langes Taftkleid raschelte bei jeder Bewegung und die große weiße Schürze bot einen derart sauberen, faltenfreien Anblick, als ob sie gerade erst gewaschen und gebügelt worden wäre. Höflich nickte sie der Fremden zu und entschwand ebenso lautlos, wie sie gekommen war.

Katharina setzte sich in den angebotenen rosafarbenen Korbsessel. Die weichen blümchenbemusterten Stoffbezüge passten bestens abgestimmt zu den farbenprächtigen

Hochstammrosen, die, rund um die Sitzgruppe angeordnet, einen betörenden Duft ausströmten.

Mistress Butterfield schenkte Tee ein. Mit einer einladenden Geste forderte sie ihren Gast auf:

„Nehmen Sie doch etwas von den köstlichen Pastries, die Nelly täglich frisch zubereitet."

Dann fuhr sie fort: „Wir bekommen nicht mehr allzu oft Besuch. Hier ist es ein wenig still geworden in den letzten Jahren. Deshalb ist mir eine Abwechslung recht willkommen."

Freundlich und ein wenig forschend betrachtete sie Katharina, die voll Genuss die Delikatesse verzehrte.

„Ich bin neugierig zu erfahren, was Sie zu mir führt. Sie stellten sich als Tochter einer ehemaligen Bediensteten vor. Wer konnte das sein?"

„Madame, ich möchte mich für mein unangemeldetes Eintreffen entschuldigen, aber aus gegebenem Anlass war es mir nicht möglich, Sie mit einem langwierigen Schreiben vorzubereiten. Es schien mir am vernünftigsten, den Schritt zu wagen, eine persönliche Unterredung anzustreben."

Dann begann sie mit ihrer Darstellung, die ihr fließend, mit verständlichen und zusammenfassenden Ausschnitten aus dem Leben ihrer Eltern, über die Lippen kam, ohne auf das prekäre Detail einzugehen, dass ihr Vater schwul gewesen war und sich Laura zuliebe auf eine bisexuelle Partnerschaft eingelassen hatte.

Mistress Butterfield wartete gelassen, bis ihr Gegenüber fertig gesprochen hatte.

„Das ist eine interessante Erzählung, die sehr aufschlussreich für mich ist nach all den Jahren, in denen ich mich fragte, warum Laura – nur einen kurzen Abschiedsbrief zurücklassend – aus meinem Leben entschwand.

Vorerst muss ich klarstellen, es existiert kein Sohn mit Namen Tom. Ich habe nie Kinder gehabt, obwohl es immer ein Wunsch von mir war. Warum Laura die Story auf diese Weise erfunden hat, kann nach den vielen Jahren wohl nicht mehr analysiert werden

Aber das alles ist eine lange Geschichte, und wenn Sie meine und meines verstorbenen Mannes Vergangenheit wissen wollen, möchte ich Ihnen diese gerne vorbringen."

Katharina nickte schüchtern und brachte kein weiteres Wort hervor. Sie war etwas konfus und überlegte, ob die Idee, nach England zu reisen, um eine eventuelle Wahrheit ans Licht zu bringen, sich als sinnvoll erwies.

„Kommen Sie, wir gehen ins Haus. Es wird langsam kühl. Wir haben noch ein langes Gespräch vor uns", erklärte die Gastgeberin, als sie Katharinas Frösteln bemerkte. „Sie können selbstverständlich bei mir übernachten. Wir haben genügend freie Zimmer und ich möchte nicht, dass Sie ein Hotel in Anspruch nehmen."

In der großen Empfangshalle stand Nelly, wartend auf die Anweisungen ihrer Herrin.

„Wir gehen in den Wohnsalon. Dort ist es gemütlich warm." Wortlos schritt die Haushälterin voran und öffnete den beiden die Tür.

Im Kamin loderte das Feuer, das Licht der Stehlampe brachte einen behaglichen Schein über den ganzen Raum, der überfüllt mit antiquiertem Mobiliar, kostbaren Teppichen, wertvollen Vasen und Ziergegenständen den Touch eines nostalgischen Museums vermittelte.

Nelly kredenzte verschiedenste Getränke. Katharina entschied sich für Whisky und beobachtete wortlos, wie besonnen Mistress Butterfield eine Davidoff-Zigarre aus der aufwändigen Kiste entnahm, sie anschließend zeremoniell beschnitt und anzündete.

Für einen Augenblick kam ihr ihr Großvater in Erinnerung, wenn er nach dem Mittagessen genussvoll seine „Großglockner“ geraucht hatte. Sie hatte sich oft gefragt, wie er es schaffte, dass die kompakte Asche so außergewöhnlich lange stabil an der Zigarre verbleiben konnte.

Schnell wurde sie wieder in die Realität zurückgeholt und verfolgte aufmerksam die Erzählung ihrer Gastgeberin.

„Mein erster Mann, ein jüdischer Diamantenhändler, starb unter mysteriösen Umständen auf offener Straße in Johannisburg durch einen Schuss aus der Pistole. Diese Sache möchte ich jetzt nicht weiter deklarieren, sie ist nicht von Wichtigkeit.

Mit fünfunddreißig Jahren heiratete ich George Butterfield. Er stand im diplomatischen Dienst und reiste in der ganzen Welt umher. Anfangs war es für mich eine Selbstverständlichkeit, ihn überallhin zu begleiten und ihm als Diplomatengattin zur Seite zu stehen.

Trotz der Liebe, die ich für meinen Gatten empfand, wurde ich mit den Jahren des Reisens müde. Ich sehnte mich nach einem Baby, aber dieser Wunsch blieb mir unerfüllt. Ich war untröstlich und glaubte, es wäre meine Schuld und dass ich schon zu alt dafür sei. Um Gewissheit zu haben, ging ich zu einem Gynäkologen, der mir versicherte, ich sei völlig gesund und gebärfähig. Also musste es an meinem Mann liegen. Aber ich erfuhr nie, ob er wirklich zeugungsunfähig war, denn eine Untersuchung wollte er nicht über sich ergehen lassen.

Von da an blieb das Thema ‚Kind‘ für uns tabu.

Irgendwann entschieden wir, die Villa in Foxhill zu erstehen. Die Gegend hier erschien uns lebenswert, es wurde der ruhende Pol in unserem unsteten Dasein, und mit viel Freude gestalteten wir zusammen diese prachtvolle Gartenanlage. Während unserer Anwesenheit im Lande hielten wir unseren guten Kontakt mit der englischen Upper-class-Gesellschaft und es mangelte nicht an gegenseitigen Einladungen zu Dinner, Bridge-Abenden und Golfturnieren. Die Sehnsucht nach diesem idyllischen Leben kam immer stärker zum Vorschein. Hier in Foxhill fühlte ich mich zufrieden und beschäftigt. Ich übernahm verschiedenste humanitäre Aufgaben und gab einigen Kindern im Waisenhaus Klavierunterricht.

Ein Mädchen namens Laura fiel mir besonders auf. Ich merkte, welche Freude ihr Gesicht ausstrahlte, wenn sie mich erblickte. Manchmal machte sie mir Geschenke, die sie selbst gebastelt hatte, oder sie überraschte mich mit einem kleinen Blumensträußchen. Bevor mein Mann auf längere Zeit sein Amt in Paris übernahm, konfrontierte ich ihn mit dem Vorschlag, Laura in unser Haus aufzunehmen. Sie war inzwischen siebzehn Jahre alt geworden, hatte eine Schneiderlehre absolviert und war somit entscheidungsberechtigt, ihr eigenes Leben zu führen.

Es war nie meine Absicht, Laura als Dienstmädchen anzustellen, denn mit Bedienungspersonal waren wir voll ausgelastet. Im Gegenteil, ich sah ihr außerordentliches Geschick mit Stoffen umzugehen, und mein Ehrgeiz bestand darin, sie weiter zu bilden, damit sie später ein eigenes Geschäft eröffnen konnte. Für den Anfang arrangierte ich einen Teilzeitjob in der Schneiderei unseres Städtchens. Sie sollte dort ihre Fähigkeiten erweitern und bald einen Meisterkurs absolvieren. Ich sah in ihr die Tochter, Schwester und jugendliche Freundin. Ich klammerte mich mit Vehemenz daran, die Zuneigung, die sie für mich empfand, mehr auszuschöpfen und vergaß, wie behutsam ich mit ihr umgehen sollte, wo sie doch ein Waisenkind war und nie die Liebe einer Mutter oder eines Vaters kennen gelernt hatte. Ich war versessen darauf, sie mehr und mehr als Familienmitglied einzuordnen, ohne irgendwelche Konsequenzen in Betracht zu ziehen. Heimlich plante ich sogar, sie mit dem Einverständnis meines Gatten irgendwann zu adoptieren."

Mistress Butterfield unterbrach ihre Erzählung, nippte am Glas mit Whisky, zog bedächtig an der Zigarre und fuhr fort:

„Später, als mein Mann aus Paris zurück war, trat anfangs eine gravierende Veränderung in der bisher ausgeglichenen Zusammengehörigkeit ein. Laura wurde mir gegenüber wieder verschlossener. Ich bildete mir ein, sie wollte mich nicht mit meinem Gatten teilen. Ebenso bemerkte ich eine gewisse Ruhelosigkeit und Gereiztheit bei George, die mir bisher völlig fremd waren. Ich war der Annahme, dass er eifersüchtig auf die junge Frau wäre, die immer mehr ein Bestandteil meines Seelenlebens wurde. Trotzdem sah ich keine Notwendigkeit, mit ihm darüber zu sprechen.

Die Situation entspannte sich von selbst. Ich nahm befriedigt zur Kenntnis, dass mein Mann ab und zu ein kleines Lächeln für Laura übrig hatte und auch sie sich ihm gegenüber zugänglicher zeigte.

Eine Dienstreise ins Ausland war in der nächsten Zeit für George nicht vorgesehen. Somit verbrachte er den Aufenthalt in Foxhill und fuhr täglich nach London, um seine Tätigkeit in der Botschaft zu absolvieren. Es kam manchmal vor, dass er auf Grund längerer Arbeitsstunden und anschließendem Souper mit Beamten der Regierung nicht nachhause fuhr, sondern in unserer Wohnung in der Stadt übernachtete.

Einmal überraschte mich Laura mit dem Wunsch, dass sie gerne nach London fahren würde. Sie hatte Kontakt mit einer Gefährtin aus der Zeit im Waisenhaus aufgenommen, die nunmehr als Verkäuferin in einem Kaufhaus in Paddington arbeitete. Sie erzählte mir anschließend begeistert von dem Zusammentreffen und ich erinnere mich heute noch an den verträumten, glücklichen Ausdruck in ihrem Gesicht.

Diese Besuchstouren wiederholten sich. Als ich sie fragte, ob ich ihre Freundin kennen lernen könnte, gab sie mir eine reservierte Antwort und meinte, dies sei nicht so wichtig. Aus ihrer Ablehnung lernte ich, dass Laura einfach ihren Freiraum haben wollte, und diesen musste ich akzeptieren.

Einige Wochen später verließ ich Foxhill für ein paar Tage, um einer kranken Freundin in der benachbarten Grafschaft Gesellschaft zu leisten. Bei meiner Rückkehr fand ich George in der Bibliothek. Überrascht, ihn früher als erwartet anzutreffen, setzte ich mich zu ihm und wollte wissen, wie die Tage in meiner Abwesenheit verlaufen waren. Auf diese Frage ging er nicht ein und teilte mir im selben Atemzug mit, dass wir für das kommende Wochenende zu einem Hochzeitsfest nach Barcelona geladen waren. Es wäre ihm ein großes Anliegen, wenn wir beide im Anschluss daran Urlaub machten. ‚Andalusien wird unser Ziel', gab er mir zu verstehen: ‚Ich erinnere mich, dass du immer die herrlichen Städte kennen lernen wolltest.' Dabei sah er mich nicht an, sondern starrte vor sich hin, hastig an der Zigarette ziehend. Ich konnte mir nicht erklären, was es war, aber sein Gesichtsausdruck wirkte irgendwie verändert auf mich. Ich fragte, ob etwas geschehen sei. Darauf antwortete er: ‚Nein, auf keinen Fall, es ist alles o. k. Aber nimm bitte zur Kenntnis, dass die Anwesenheit von dir und mir an den Feierlichkeiten zwingend nötig ist und ich einen Urlaub mit dir haben will." Dann ging er ohne weitere Worte zu verlieren aus dem Raum und ließ mich konsterniert alleine.

In den folgenden Tagen vor unserer Abreise gab es eine Menge Vorbereitungen zu treffen und Erledigungen durchzuführen. Bevor wir endgültig aufbrachen, bat ich Laura zu mir. Ich klärte sie auf, dass es der Wunsch meines Mannes sei, mit mir alleine zu sein und ich sie zu meinem Bedauern nicht mitnehmen könne. Gleichzeitig gab ich Laura zu verstehen, dass das Personal instruiert wurde, man möge ihr, trotz unserer Absenz, alle Annehmlichkeiten und Aufmerksamkeit entgegenbringen. Ich sah sie dabei an. Sie wirkte vollkommen gleichgültig und zeigte mit keiner Miene Bedauern oder Kränkung. ‚Ich danke Ihnen, Madame, und wünsche Ihnen eine glückliche Zeit', war das Einzige, was über ihre Lippen kam.

Nach endlosen drei Wochen kehrten wir wieder zurück.

Nelly berichtete uns, dass Laura inzwischen das Haus verlassen hatte. Sie hatte nur die wichtigste Garderobe und ihre persönlichen Sachen mitgenommen. Dazu zählte die zarte Perlenkette, die ich ihr zum Geburtstag schenkte. Die aufwändigen Kleider, mit denen ich sie ausstattete, ließ sie zurück.

Fassungslos las ich den kurzen Abschiedsbrief immer wieder.

Sie teilte mir mit, dass sie sich schuldig fühlte, meine Liebe und das Vertrauen missbraucht zu haben.

‚Ich nehme die Schuld auf mich. Ich alleine habe alles zerstört, deshalb muss ich fort. George und Sie sind füreinander bestimmt. Zu spät bemerkte ich, dass ich keine Berechtigung habe, Ihren Platz einzunehmen', schrieb sie. ‚Bitte suchen Sie nicht nach mir. Ich möchte meinen eigenen Weg gehen. Ich bedanke mich für die Güte und das Bemühen, aus mir etwas Besseres zu machen, wofür ich wohl nicht geeignet war.' Mit den Worten ‚Ich bitte Sie mir zu verzeihen und wünsche Ihnen alles Glück dieser Welt' beendete sie den Brief.

Am selben Abend stellte ich meinen Mann zur Rede und ich ließ nicht locker, bis er die Courage hatte, mit mir über Laura zu sprechen.

Es fing damit an, dass er Laura an einem Nachmittag im Garten angetroffen hatte. Sie saß auf der Bank und las ein Buch. Er setzte sich dazu, und was immer für ein Gespräch entstand, ergriff er in weiterer Folge ihre Hand, streichelte sie und umarmte die junge Frau. ‚Ich muss toll geworden sein, nicht denkend, welch eine rasende Dummheit ich ansteuerte', beteuerte er mir und sah mich mit einem traurigen Blick an, bevor er zögernd fortfuhr.

Bald kam es zu Intimitäten, auf sein Verlangen hin ließ Laura die Tür in ihr Schlafzimmer unversperrt. Das wurde ihm dann doch zu gefährlich. Er bat sie eine Ausrede zu suchen, um nach London zu fahren, damit sie sich künftig in der dortigen Wohnung treffen konnten. Das Verhältnis dauerte einige Monate und George war nahe daran, mit Laura ein neues Leben beginnen zu wollen. Nur die Zweifelhaftigkeit seines Handelns und die Reue des Verrats an mir ließen ihn zögern. Deshalb wählte er den dringend benötigten Urlaub, um von zuhause wegzukommen und nachzudenken, wie die Zukunft seines Lebens aussehen sollte."

Nach dieser schonungslosen Offenbarung machte Virginia eine Pause. Sie sah die Tränen in Katharinas Augen.

„Ich bin sehr betroffen von dem, was Sie mir über meine Mutter erzählten. Es ist mir peinlich, dass ich die Dreistigkeit hatte, zu Ihnen zu reisen, Madame."

„Das ist gut so, dass Sie gekommen sind, sonst hätte ich nie von Lauras Tochter Kenntnis bekommen." Virginia sah ihr Gegenüber liebevoll an. Dann stand sie auf, ging auf Katharina zu und streichelte ihr Haar.

Sie sprach weiter, während sie zum Fenster ging und in den Park hinuntersah.

„Es ist zu lange her, meinen damaligen Seelenzustand zu beschreiben. Ich bedauerte so sehr diese entstandene Situation und trotz der Verletzung, die Laura mir zufügte, habe ich ihr verziehen, weil ich mich in ihre Gedanken und Gefühle versetzen konnte. Sie, die schmerzlich ihre erste unglückliche Liebe durchmachte, nachdem ihr zu Bewusstsein gekommen war, dass George nie die Entschlossenheit hätte, sich von mir wirklich zu lösen, musste aus Schamgefühl mir gegenüber aus meinem Leben verschwinden.

Mit der Zeit habe ich auch meinem Mann für das, was er tat und wie er mich demütigte, verziehen, denn ‚wer ohne Sünde ist, werfe den ersten Stein'."

Nach einer kurzen Pause fuhr Mistress Butterfield fort:

„Die letzten Jahre, in denen George einen Botschaftsdienst in Hongkong übernahm, blieben wir länger getrennt und gestalteten unsere Ehegemeinschaft sehr individuell. Aber wir fanden wieder zueinander, wenn auch in erster Linie durch einen häufigen Briefwechsel und kurzfristige gegenseitige Besuche.

Seit drei Jahren bin ich Witwe. Doch ich trauere nicht, denn im Grunde genommen führte ich immer ein sorgloses, unbeschwertes Dasein. Ich habe viele Länder und Städte bereist und die schönsten Eindrücke in mir gespeichert. Als Resümee muss ich dem Herrgott danken, dass ich in seiner Gunst stand und das erleben durfte."

Ohne jegliche Tragik, über jede Konvention erhaben, erklärte sie zum Abschluss:

„Nun bin ich eine formidable, eigenbrötlerische Frau geworden, very british. Ich liebe meine Hunde und den Garten und denke mir dasselbe, was einst Churchill von sich gab, wenn er nicht auf seinem herrlichen Besitz in Chartwell verweilte: A day away is a day wasted."

Es war spät geworden. Nelly betrat den Raum und sah erwartungsvoll auf ihre Herrin.

„Miss Peters ist unser Gast. Holen Sie aus ihrem Auto das Gepäck und richten Sie der jungen Dame im blauen Gästezimmer alles für die Übernachtung her. Wir werden noch einen kleinen Rundgang durch das Haus machen und in einer Stunde das Dinner einnehmen."

Katharina stand da wie ein begossener Pudel, traute sich nicht zu widersprechen und sagte einfach: „Ich danke für Ihr Entgegenkommen, Madame."

„Wir ließen die Villa nach dem Kauf vollkommen renovieren, wobei wir besonders auf den Komfort von Beheizung, Beleuchtung und moderne Besonderheiten im sanitären Bereich Wert legten“, erklärte Mistress Butterfield, während die beiden über die breit angelegte Freitreppe nach oben gingen.

„Mein Gatte und ich hatten getrennte Schlafbereiche. Er schnarchte fürchterlich und das wäre für mich der einzige Scheidungsgrund gewesen.“ Virginia lächelte leicht bei diesem Satz und fuhr fort:

„Ich habe alles so gelassen, wie es war. Die verschiebbaren chinesischen Wände, die asiatische schwarze Möblierung mit den seidenbezogenen Paravents, die in seinen Räumen, abgesehen von den geschmackvollen bordeauxfarbenen Lederfauteuils im Arbeitszimmer, dominieren.“

Katharina betrachtete mit Entzücken die Suite von Mistress Butterfield.

Die Farbgebung wurde durch warme Cremetöne akzentuiert und rief, verbunden mit dem pastellfarbenen Hellblau, eine gediegene Atmosphäre hervor.

„Die Fenster sind alle nach Osten gerichtet; dadurch kommt die Helligkeit und Zartheit des Interieurs besonders in den Morgenstunden zur Geltung“, erwähnte Virginia, bevor sie zum Bereich gelangten, der seinerzeit Laura zur Verfügung stand.

„Auch hier wurde nichts verändert. Alles blieb so – als ob ich glaubte, sie würde irgendwann wieder zu mir zurückkehren.

Dieses kleine Zuhause hatte ich für Laura errichtet, mit Schlaf-, Wohn- und Badezimmer. Das war ihr Eigentum und damit hatte sie die Möglichkeit sich frei zu bewegen. Und morgens, wenn sie aufstand, konnte sie auf die Terrasse gehen und einen Blick auf den Garten werfen.“

Katharina war sprachlos, als sie die moderne Ausstattung im Stil der Siebzigerjahre vorfand und Bilder entdeckte, auf denen sie ihre Mutter als Siebzehnjährige erkannte: lange, gelockte rotblonde Haare, ein lachendes jugendliches Gesicht, gekleidet nach der damaligen Flower-Power-Mode.

Am liebsten wollte sie hier noch länger verweilen. Sie würde das Rad der Zeit um ein Vierteljahrhundert zurückdrehen, um den Duft und die Atmosphäre von damals aufzunehmen. Aber sie unterdrückte diesen Wunsch, da sie merkte, dass die Hausherrin schon drängte, die Führung zu beenden.

Virginia Butterfield geleitete Katharina in das Gästezimmer und meinte freundlich:

„Ich würde vorschlagen, meine Liebe, Sie machen sich jetzt ein wenig frisch, und ich erwarte Sie gerne um 20 Uhr zum Dinner."

Die Nacht wurde für Katharina sehr kurz. Sie konnte kaum schlafen und unruhig wälzte sie sich im Bett herum. Wirre Gedanken spannten sich um ihr Gehirn, die sie nicht einzuordnen vermochte. So vieles, das ein völlig fremdes Bild entstehen ließ, hatte sie innerhalb weniger Stunden erfahren. Die Chance, ein Leben wie im Paradies zu führen, hatte ihre Mutter verpasst. Aus jugendlicher Unüberlegtheit wählte sie einen eigenen Weg, der vielleicht doch der richtigere war. Viel Zeit in ihrem kurzen Leben stand ihr nicht zur Verfügung, und trotzdem war sie zufrieden und glücklich mit dem, was das Schicksal für sie bestimmt hatte.

Erst gegen Morgen fand Katharina endlich den Schlaf. Aufgewühlt durch das stundenlange Grübeln prägte ein starker Traum die kurze Phase des Ausruhens. Sie träumte von ihrer ersten großen Liebe auf Capri:

Katharina bekam die Erlaubnis, anlässlich der bestandenen Matura zusammen mit anderen Mädchen aus der Klasse einen Urlaub auf Capri zu machen. Sie waren zu acht. Acht junge Gören, die sich plötzlich ganz erwachsen vorkamen und die Ermahnungen der Familienangehörigen, aufeinander aufzupassen und keinen Unfug zu machen, nur leichtherzig zur Kenntnis nahmen.

Die Mädchen hatten in einem kleinen Hotel gebucht, am Ende der Marina Piccola. Jede von ihnen wollte ihren eigenen Raum besitzen, deshalb nahmen sie den erhöhten Preis des Einzelzimmers gerne in Kauf. Alle Zimmer waren mit einer Terrasse ausgestattet, von der aus sie einen herrlichen Blick zu den Fraglioni-Felsen hatten, die wie von Milchschaum übergossen aus dem Meer ragten.

Beim ersten Kennenlernen dieser romantischen Insel verließ Katharina ihr Wolkenkuckucksheim. Sie berührte die Seele von Capri, verirrte sich darin und erlebte sie wie im Rausche.

Marko trat in ihr Leben. Plötzlich, wie aus dem Nichts. Er stand am Hafen, breitspurig, und beobachtete leicht belustigt, mit verschränkten Händen, die Touristen, die von ihrem Ausflug zur Blauen Grotte zurückkamen.

Katharina schaute auf ihn und stolperte über ein Stückchen Seil, das achtlos am gepflasterten Weg lag. Sie wäre direkt vor ihm hingefallen, wenn der gut aussehende Italiener sie nicht rechtzeitig aufgefangen hätte.

Er sprach sie freundlich, mit einem fast akzentfreien Deutsch an:

„Das hätte beinahe schief gehen können!"

„Zu dumm, schaut ja fast so aus, als ob ich mich mit dieser Einlage bei Ihnen in Szene setzen wollte", entgegnete Katharina verärgert.

Die restlichen Mädchen scharten sich um den schönen Mann.

„Das nehme ich keine Sekunde an, obwohl ich es mir wünschen würde. Aber wenn die jungen Damen nichts dagegen haben, darf ich Ihnen die Visitenkarte meines Restaurants überreichen. Ich würde mich freuen, Sie heute Abend begrüßen zu dürfen."

Dabei schaute er Katharina derart intensiv an, dass diese über und über rot wurde.

Die Sonne versank im Meer und langsam legte sich die Nacht über die Insel im Golf von Neapel. Der Duft der blühenden Bougainvilleasträucher vermischte sich mit dem Geruch von Menschen, die die Piazzetta zur Bühne machten. Es erschienen verschiedenste Darsteller: langbeinige Italienerinnen, die sich an ihre gutbetuchten älteren Herren schmiegten und begierig vor den Schaufenstern teurer Geschäfte standen, deutsche Blondschöpfe à la Barbiepuppe, die aufreizend mit viel zu hohen Stöckeln und einladendem Lächeln lustwandelten, und Insel-Playboys mit offenem Hemd, Waschbrettbauch und dunkler Sonnenbrille, die ihren allabendlichen Pirschgang eröffneten. Sie alle ließen sich von der Magie der Insel inspirieren.

Katharina und ihre Clique begaben sich ins „Capriccio". Marko lud sie auf einen Limoncello ein. Später delektierten sie sich an der capresischen Küche, die der Besitzer selbst zusammenstellte, und zum Abschluss ließen sie sich von einer Torta di Mandoria verwöhnen.

„Was glaubt ihr wohl, wer von uns gefällt ihm am besten?", tuschelten die acht, nachdem Marko zum dritten Male am Tisch der Mädchen vorbeigekommen war und höflich gefragt hatte, ob alles zum Besten sei.

„Ob ich ihm gefalle oder nicht, mich interessieren so alte Männer über dreißig nicht", sagte Julia.

„Du müsstest überhaupt erst einmal von so einem tollen Mann, wie er einer ist, angesprochen werden!", konterte Maria.

„Heiliger Bimbam, so ein alter Mann wie der wäre ja froh, mit einem jungen Küken, wie unsereiner ist, einen Abend alleine verbringen zu können", ereiferte sich Christina.

„Redet doch nicht so geschwollen daher“, geiferte Renate. „Bis jetzt habt ihr hier, inmitten von ‚Dolce Vita‘ und Playboys en masse, nicht ein winziges Date gehabt!“

„Also, mir würde er schon gut gefallen“, flüsterte die kleine, dünne Elisabeth versonnen. „So ein gut gebautes Muskelpaket! Ich stelle ihn mir wie King Kong vor. Er trägt dich wie eine Puppe in seinen starken Armen.“

„Quatsch mit Sauce. Was soll diese Gefühlsduselei?“, echauffierte sich Marianne. „Glaubt ihr wirklich, ein Mannsbild wie er ist an solch jungen Kätzchen, wie wir es sind, interessiert? Seht ihr nicht die Sexbomben, die feinen Ladys und die mondänen Dämchen, die hier herumhängen und mit ihm flirten? Ein kleines Schnippen mit dem Finger von ihm genügt, und schon kriechen sie ihm auf allen vieren entgegen.“

„Na ja, so schnell schießen die Preußen nicht! Ihr seid wirklich Knallköpfe. Glaubt ihr, er hat nichts anderes zu erledigen als an ‚Amore mia‘ zu denken?“, meinte schlussendlich Katharina. „Er ist ein typischer Geschäftsmann: großzügig, entgegenkommend und freundlich, damit er sich seine Kundschaft erhält.“

An der Unterhaltung, die vielleicht zu einem Diskurs ausarten könnte, weiter teilzunehmen kam sie nicht. Ein junger Deutscher forderte sie in diesem Moment zum Tanzen auf.

Später, als man im Begriffe war, das Lokal zu verlassen, eilte Marko auf die Damengruppe zu und verabschiedete sich von jeder Einzelnen äußerst herzlich. Katharina, welche die Letzte war, flüsterte er rasch zu:

„Komm bitte morgen Vormittag zehn Uhr zum Hafen.“ Dabei drückte er ihr fest die Hand und schaute sie sinnlich an.

Ihre Neugierde ließ es nicht zu, am nächsten Tag um zehn Uhr Vormittag nicht am Hafen zu sein – und er hatte gewusst, dass sie kam.

Wortlos nahm er Katharina bei der Hand und ging mit ihr zu seiner kleinen Yacht.

„Fein, dass du gekommen bist. Ich möchte dir mit dem Boot die Schönheiten der Gegend zeigen.“ Katharina nahm es sprachlos zur Kenntnis. Tausende Fragen wollte sie ihm stellen, aber dazu hatte sie keinen Mut.

Glücklich, neben ihm sitzen zu dürfen, die Gischt der Wellen zu verfolgen und den starken Wind um die Nase zu spüren, genoss sie das azurblaue Meer. Sie begeisterte sich an der Kühnheit und wagemutigen Architektur der Menschen, dem Berg Terrasse über Terrasse abzuringen und jeden Zentimeter auszunützen, ihre Häuser wie Pfannkuchen an den steil abfallenden Felswänden anzukleben.

Bei den romantischen Städten Positano und Amalfi hielten sie an und unternahmen einen Rundgang. Marko erzählte Katharina, währenddem sie die prachtvolle Kathedrale besuchten, dass Amalfi einst eine mächtige Seerepublik war, die mit den Überseeländern, besonders mit dem Orient, rege Handelsbeziehungen betrieb. Zahlreiche byzantinische und arabische Einflüsse beweisen bis zum heutigen Tage die ruhmreiche Vergangenheit.

Während der nächsten Tage schaffte Katharina es immer wieder, sich von den Freundinnen zu distanzieren und Marko zu treffen. Er wartete mit seiner Vespa an irgendeiner Ecke auf sie und zusammen fuhren sie zu den schönsten Aussichtspunkten von Capri.

Eines späteren Nachmittags jetteten sie mit der kleinen Yacht zu einer abgeschiedenen Bucht.

Sie hatten das Boot festgemacht und begaben sich auf den winzigen Strand. Katharina war froh, Marko endlich für sich alleine zu haben. Keine Menschenseele störte sie.

„Wieso sprichst du so gut Deutsch?“

„Ich bin in Neapel geboren, aber ich hatte eine sehr schlechte Kindheit. Mein Wunsch, dass es mir einmal besser gehen sollte, ließ mich bereits als Jüngling mit sechzehn

Jahren nach Deutschland emigrieren. Dort arbeitete ich in den verschiedensten Bereichen, Tag und Nacht. Hauptsache war, dass ich viel Geld verdiente. Irgendwann lernte ich eine Frau kennen, die ich bald darauf heiratete. Ich mochte sie sehr. Sie war mir eine große Stütze, vielleicht auch deshalb, weil sie einige Jahre älter als ich war. Und ich wollte ihrer unehelichen Tochter ein guter Vater sein. Sie wäre jetzt einundzwanzig Jahre."

„Wieso ‚wäre'? Was ist mit deiner Tochter geschehen?"

„Gracia hieß sie. Im Alter von fünfzehn Jahren geriet sie in schlechte Gesellschaft. Sie schmiss die Lehre hin und rutschte immer tiefer. Unsere ganzen Bemühungen, ihr zu helfen blieben umsonst. Sie wollte nicht auf uns hören, verachtete uns und schlitterte immer mehr und mehr in Alkohol- und Drogenprobleme, aus denen sie schlussendlich nicht mehr herauskam. Und irgendwann nahm sie eine Überdosis. Wir fanden sie in der Wohnung im Badezimmer am Boden liegend. Jede Hilfe kam zu spät. Es folgte eine schreckliche Zeit. Besonders für meine Frau, die sich immer wieder Vorwürfe machte und glaubte, sie hätte mehr auf das Kind aufpassen müssen. Nach dem Trauerjahr reiste ich mit meiner Frau hierher. Ein Freund von mir hatte mir eine Teilhaberschaft an dem Restaurant angeboten. Ich sagte begeistert zu: endlich weg vom kalten Deutschland, zurück in meine Heimat! Geld hatte ich genug, und schließlich konnte ich auch meine Frau dazu überreden. Nun sind wir seit zwei Jahren hier. Ich bin glücklich und zufrieden und werde bestimmt nicht mehr wegziehen!"

Es klang keine Bitterkeit aus seiner Stimme oder Selbstmitleid, und doch spürte Katharina, wie einsam, wie verletzlich er war.

„Ist deine Frau jetzt hier?"

„Zurzeit nicht. Wir haben uns eine Auszeit erbeten. Aber ich glaube, sie kommt wieder. Weißt du, wir lieben uns nicht mehr. Inzwischen ist alles reine Freundschaft geworden; trotzdem wäre ich traurig zu wissen, dass sie sich aus meinem Leben entfernt."

„Die Sonne geht bald unter, und ich muss in das Geschäft zurück", erklärte Marko etwas später. Er nahm ihre Hand und zog sie hoch. Sie sagten nichts, sahen sich nur an und lächelten.

„Kommt ihr heute Abend zum Essen?"

„Ich bin überzeugt, ja. Das Großartige an deinem Lokal ist, wir haben alles inklusive: die Bar, das Restaurant, das Tanzlokal. Wir brauchen nicht woanders hingehen und sind in bester Gesellschaft. Außerdem sind meine Freundinnen ganz verrückt nach dir." Sie lächelte Marko dabei herausfordernd an.

„Katharina, möchtest du morgen um dieselbe Zeit wieder die kleine Bootsfahrt machen? Hier ist es so herrlich ruhig und wir könnten den Sonnenuntergang erleben."

„Ja, ich möchte mich unbedingt wieder mit dir treffen." Katharina schaute ihn dabei ganz zärtlich an.

Es war etwas später am Nachmittag, als sie am nächsten Tag an derselben Stelle ankamen.

Sie picknickten, schwammen, lagen am Strand und unterhielten sich angeregt.

Katharina schlang die Arme um seinen Hals, und zum ersten Mal küssten sie sich richtig. Katharina war glücklich und sehr verliebt in Marko.

Beide hielten sich an den Händen, schauten sich an. Katharina fühlte, wie nahe sie ihm war.

„Wir sollten auf das Boot zurück", flüsterte Katharina. „Vielleicht sind wir dort geborgener."

Sie kuschelten aneinandergeschmiegt.

„Wie schön braun du bist, Liebling."

Mit einer schnellen Bewegung streifte sie sich die Träger des Bikinis von der Schulter. Er schlang die Arme um sie und küsste die weißen Stellen, wo die Träger gesessen hatten, dann glitten seine Lippen zu ihrem Mund. Katharina überkam die Leidenschaft. Es wurde ihr ganz heiß. Ihre Arme umschlangen seinen Nacken und ihr Mund öffnete sich zu einem nächsten Kuss.

„Findest du mich nicht zu mädchenhaft?" Katharina schaute Marko fragend an.

„Nein, du bist so schön." Dabei fing er an, ihren Körper zu küssen. Sie ließ ihn gewähren und rührte sich nicht. Sie wollte ihm was Gutes tun, aber wusste nicht, was. Mit geschlossenen Augen wartete sie, ob er etwas sagen würde.

„Halt mich fest", bat er zärtlich.

Sie nahm ihn in die Arme.

„Bitte schlaf mit mir. Ich möchte, dass du der erste Mann in meinem Leben bist", sprach Katharina leise fordernd. Sie war in einem total erregten Zustand, dass sie sich hin und her wand und glaubte, von Sinnen zu sein.

„Aber ich werde dir wehtun."

„Das macht nichts."

Langsam und behutsam führte er sein Glied ein und küsste sie dabei voll Leidenschaft, damit die Lust den Schmerz übermannte.

Sie spürte das schneidende Stechen, trotzdem wollte sie nicht aufhören. Die Begierde, in diesem Moment ihm zu gehören, war größer.

Dann ließ der Schmerz nach und Marko glitt aus ihrer Scheide.

Er küsste sie immer wieder und flüsterte ihr Liebesworte zu. Später stand er auf und brachte ein großes Handtuch. Eine Seite davon war nass. Mit dem nassen Teil wusch er sanft, fast andächtig ihren Schambereich, danach trocknete er die feuchte Körperstelle behutsam ab.

Katharina ließ alles über sich ergehen. Mit einem glücklichen Gesichtsausdruck und geschlossenen Augen lag sie da. Das Reich der jungen Mädchen hatte sie ab nun hinter sich gelassen. Sie kam sich verändert vor. Sie war jetzt eine Frau, die liebte und geliebt wurde.

Dass diese Liebe, so schnell sie entstanden war, wieder verlöschen musste, war ihr bewusst. Aber daran verschwendete sie in diesem herrlichen Augenblick nicht den geringsten Gedanken.

Die Sympathie, die beide Frauen füreinander empfanden, zeigte sich schon gleich am Beginn. Deshalb fiel es Virginia leicht, der Jüngeren das Duwort anzubieten und sie zu bitten, noch länger auf Besuch zu bleiben. Sie wollte tägliche Sternfahrten zu den absoluten Highlights unternehmen, um ihrem österreichischen Gast nicht nur das kulturelle Erbe der Insel, sondern auch die Vielfalt der wilden Schönheit und Romantik in dieser Gegend näher zu bringen Dieser Vorschlag wurde selbstverständlich mit Enthusiasmus und Dankbarkeit aufgenommen.

Katharina lernte Bath kennen, die Stadt, in der die einzigen heißen Heilquellen in England aus dem Boden sprudeln.

„Das erkannten bereits die Römer, die 44 n. Chr. eine Stadt namens Aquara Sulis gründeten und deren Badeanlagen heute noch ein Zeugnis römischer Urbanität darstellen", wusste Virginia zu berichten. „Bath wurde im 18. Jahrhundert wieder entdeckt und durch seine geniale gregorianische Architektur und den Einzug des vornehmen damaligen Lebensstils zum ‚Schauplatz der eleganten Welt' ernannt." Nach einem ausführlichen Rundgang mit Besichtigung der imposanten Sehenswürdigkeiten fuhren sie ihr nächstes Ziel an.

Inmitten der kahlen Weite des Hochplateaus von Salisbury erreichten Virginia und Katharina Stonehenge, den Inbegriff von Rätsel und Mystik. Ein Ort, der anregt, nach den Sinngebungen in der Natur und den Geheimnissen des

Menschseins zu fragen. Beeindruckt von der wuchtigen Monumentalität der Steinkreise spazierten sie durch den machtvollen Kultbereich. Sie spürten die geheimnisvolle Energie, die dieser Punkt ausstrahlte, und eine Beschleunigung des Pulses machte sich gravierend bemerkbar. Beide Frauen befühlten, wie magnetisch angezogen, zur selben Zeit die Oberfläche eines Steines. Ihre Hände waren so dicht aneinander, dass sie sich berührten. Und mit diesem Berühren strömte eine plötzliche Wärme in ihren Körper, die sie fühlen ließ, dass eine innere Zusammengehörigkeit bestand. Sie sahen sich an und lächelten, bevor sie ihren Weg fortsetzten.

Fasziniert von der ungeheuren Leistung stellte Katharina die Frage, auf die es trotz Generationen von Wissenschaftlern keine wirkliche Antwort gibt, weil das Wissen um die inneren Zusammenhänge von Stonehenge verloren ist:

Was verband die Erbauer der menschlichen Frühgeschichte mit diesem Ort?

War es als Zeremonienstätte, Heiligtum oder als Zentrum der Astronomie gedacht?

Auch Virginia konnte darauf keine endgültige Erklärung geben.

In den Tagen ihres Zusammenseins entstand zwischen den beiden Frauen trotz des großen Altersunterschiedes eine herzliche Freundschaft. Katharina war äußerst angetan von Virginia. Sie bewunderte ihre Intelligenz und Noblesse, gepaart mit einem bedeutenden Schuss englischen Humors. Die Herzlichkeit und Wärme, die sie gleichzeitig ausstrahlte, erzeugten ein Gefühl, als ob sie einander schon eine Ewigkeit kannten.

Inzwischen hatte Katharina ihre ganze Scheu abgelegt und erzählte freimütig aus ihren Kindheitstagen: das Aufwachsen bei den Großeltern, die Jahre im Internat und den innigen Bezug zu ihrem Vater. Vertrauensvoll berichtete sie über ihre große Liebe zu Markus, ihre Beziehung zu Stefan und ihre Bedenken über eine gemeinsame Zukunft mit ihm. Offenherzig sprach sie nun auch über den kompletten Inhalt des Tagebuches, wobei sie sich nicht scheute, auch den furchtbaren Verdacht, den sie hegte, auszusprechen.

Die Frage, ob George Butterfield ihr möglicher Vater sein könnte, stand nach wie vor offen. Es gab keinen hundertprozentigen Beweis seiner Zeugungsunfähigkeit.

Virginia zeigte sich als gute Zuhörerin. Sie schwieg zu den Ausführungen und gab nur dann einen Kommentar ab, wenn sie glaubte die richtige Meinung dafür zu haben.

„Was immer geschehen ist, ist geschehen. Du solltest dir jetzt nicht mehr darüber den Kopf zerbrechen und keinen einzigen Gedanken weiter daran verschwenden, sondern Martin Peters weiterhin als deinen Vater anerkennen. Ob biologisch oder nicht. Nach so vielen gemeinsamen schönen Jahren und der Liebe, die er dir angedeihen ließ, wäre es unklug, sich davon innerlich abzuwenden, eine andere These aufzustellen und sich an einem Phantombild festzuklammern. George Butterfield oder Martin Peters – beide in Betracht kommenden Väter sind tot und können dir nicht mehr helfen.

Aber Martin Peters hat dein Leben geformt und das aus dir gemacht, was du heute bist. Ein intelligenter, liebenswerter Mensch, der hoffnungsfroh und voll Lebenslust in die Welt zu schauen hat.

Je länger ich dich betrachte, liebes Kind, desto stärker erkenne ich die äußere Ähnlichkeit mit deiner verstorbenen Mutter. Aus deinen Schilderungen kann ich mir vorstellen, dass auch Laura gute Ansätze hatte, mit den Jahren des Älterwerdens konkrete Ziele zu setzen. Und ich denke, dass sie trotz ihres kurzen Lebens glücklich und zufrieden war.

Was mich betrifft: Ich habe dich sehr lieb gewonnen und gestatte mir zu sagen, dass ich in dir die Tochter sehe, die ich mir immer wünschte.

Vielleicht hat es das Schicksal gewollt, dass ich nicht auf dem geraden Weg, sondern durch Umwege – spät, aber nicht zu spät – zu diesem Glück komme. Deshalb bitte ich dich, mich als einen Bestandteil deines Lebens anzuerkennen."

Katharina war bei diesen Worten äußerst gerührt. Voll Zuneigung und Herzlichkeit küsste und umarmte sie Virginia und gab ihr damit das gleiche Empfinden zum Ausdruck, indem sie einfach sagte: „Ich habe dich auch sehr lieb und bin unendlich glücklich, dich gefunden zu haben."

Die Besichtigungen der prachtvollen gotischen Kathedralen in Exeter und Wells, die Besuche der einzigartigen Landschaftsgärten und der bezaubernden Cottages standen als Abschluss auf dem Programm.

Am letzten Reisetag unternahmen die beiden eine Wanderung zu der weit ins Meer ragenden Felsenburg Tinagl, wo einst König Artus geboren wurde. Dort versetzten sie sich für einige Gedankensprünge in die fantastische Welt des Mythos, der Legenden und Sagen und konzentrierten sich auf Fakten und Fiktion rund um die Ritter der Tafelrunde und den Heiligen Gral.

Auch wenn es abends spät wurde, konnte Katharina nicht genug bekommen, mit Virginia nach dem Dinner noch beisammenzusitzen und über das am Tage Gesehene zu plaudern.

„Du musst wissen", erklärte Virginia, „Cornwall gilt für uns Briten als etwas merkwürdig. Es lebt aus und mit seiner Vergangenheit. Es ist das Land keltischer Legenden. Dementsprechend rau und introvertiert sind seine Bewohner. Die Natur ist fassettenreich mit Flüssen und Hochflächen, mit den gefährlichen Steilküsten, schmalen Buchten und Dünenstreifen, aber auch langen Sandstränden. Wild und leer im Norden, wird es zum Süden hin beinahe tropisch durch das milde Klima, und du findest prachtvolle Gärten und mediterranen Charakter. Dazwischen liegen das Moor und das hügelige, ginster- und farnbewachsene Rückgrat des Granitplateaus, aus dessen Innerem einmal die größten Kupfer- und Zinnvorkommen der Welt gefördert wurden. Heute ragen im ganzen Land verstreut nur noch halb verfallene Schornsteine und Industrieruinen als trauriges Zeugnis der einst florierenden Wirtschaft empor.

Daphne du Maurier, die berühmte Schriftstellerin, kaufte Mitte der Dreißigerjahre den herrschaftlichen Besitz ‚Menabilly'. Das romantische, ungezähmte und geheimnisvolle Cornwall inspirierte sie und brachte ihr den Weltruhm. Ihre Werke gingen rund um den Erdball."

„‚Rebecca' gehört zu meiner Lieblingslektüre. Ich weiß nicht, wie oft ich das Buch gelesen habe. Bereits als Kind begann ich diese spannende Geschichte zu verschlingen. Mich faszinierte die Figur des arroganten, vielleicht auch nicht immer souveränen ‚Lord de Winter', und ich ärgerte mich furchtbar, dass sich seine zweite Frau durch ihre Jugend und Unverdorbenheit anfangs recht ungeschickt benahm und sich von ‚Mistress Danvers' derart einschüchtern ließ." Katharina schüttelte dabei den Kopf. Sie konnte sich zu gut an jeden einzelnen Satz und an jede Szene dieses romantischen, mystisch spannenden Psychothrillers erinnern.

„Seit meiner Jugend träume ich davon, einmal Schriftstellerin zu werden. Meine Fantasie reichte bereits als Kind weit: Ich sah ein wunderschönes Haus mit Garten als mein Eigentum. Dort gab es einen großen Kirschbaum, unter dem ich saß und erfolgreiche Romane schrieb."

„Und hast du Talent dazu?"

„Eigentlich schon. Mit Einfallsreichtum, gutem Stil und korrekter Orthografie bin ich bestückt.

Nach der Matura wusste ich nicht so recht, wie es weitergehen sollte. Natürlich kam ich zur Überlegung, Publizistik zu studieren, aber dann fehlte mir auch dazu der richtige Antrieb oder ein wirkliches Interesse.

Hunderte Illusionen strömten auf mich ein und ich war nicht im Stande, irgendetwas Sinnvolles realisierbar zu machen. Es gab Tage, da schloss ich mich in mein Zimmer ein, lag träumend herum, vergaß zu essen und wollte mit niemandem sprechen. Gleich danach überfielen mich Anfälle und Komplexe, dass ich zu dünn und zu wenig sexy aussah. Ich stopfte alles nur Essbare in mich hinein, was mich aber auch nicht glücklicher machte. Ich befand mich in dieser Zeit in einer schwierigen Lebensphase und meine Hormone spielten total verrückt. Ich glaubte, schon erwachsen zu sein, konnte aber damit nicht richtig umgehen. Somit kam ich von einem Wirrwarr der Gefühle in das nächste, gierte nach Abwechslung, sehnte mich nach Action und aufregenden Erlebnissen. Ich verliebte mich rasch und demzufolge schlitterte ich von einem Flirt in den nächsten.

Zu allem Überfluss hielt ich eine Zeit lang intensiven Kontakt mit einem Mädchen, das in Bezug auf Männerfreundschaften sehr viel Erfahrung besaß. Sie arbeitete als Animiergirl, war zwei Jahre älter und clever genug, dass ich dumme Göre völlig in ihren Bann geriet. Ihre pfiffigen Erlebnisse, die sie mir genauestens übermittelte, verlockten mich außerordentlich.

Einfach aus Spaß und Neugierde machte ich das Unmögliche möglich und bewarb mich in einem Nachtclub, um zwei Mal die Woche bis Mitternacht an der Bar zu arbeiten. Ich kleidete mich obszön, schminkte mich um Jahre älter und setzte mir eine lange Mähne von Perücke auf. Damit hatte ich meine Persönlichkeit verändert, und aus dem braven Teenager wurde eine stilgerechte Bardame, die mit Geschick die Cocktails mixte und interessiert mit einem Ohr zuhörte, wenn Frauen lässig mit der Zigarette an der Theke lehnten, ihre harten Drinks oft zu schnell tranken und dabei über ihre Männer herzogen oder prickelnde Ausschnitte ihres Sexuallebens zum Thema wählten.

Oftmals wurde ich von allein stehenden Herren zu einem Getränk eingeladen. Mir gefielen die Avancen, die sie mir machten, ich lachte keck über die schlüpfrigen Bemerkungen und ihre herausfordernden Blicke und freute mich jedes Mal riesig über die beachtliche Summe, die ich als Trinkgeld nachhause brachte."

„Und dein Vater hat deinen Persönlichkeitswandel akzeptiert?"

„Die schwierige Phase, die ich durchmachte, erkannte Vater im Großen und Ganzen. Aber er stand dieser Situation völlig hilflos gegenüber, denn er spürte, wie ich bei Gesprächen abblockte und gegen alles, was mit Vernunft zu tun hatte, revoltierte.

Die Stunde, in der sich meine Gesinnung änderte, kam dann schlagartig und im richtigen Augenblick."

„Was war passiert?"

„Nach meinem Dienst in der Bar wollte mich ein Gast, der sich die letzten Stunden eingehend mit mir unterhalten hatte, mit seinem Wagen nachhause führen.

Warum ich an diesem Abend für die Heimfahrt kein Taxi nahm, kann ich im Nachhinein nicht deklarieren.

Leider merkte ich erst während der Autofahrt, dass der Mann zu viel getrunken hatte. Er gab äußerst widerwärtige Kommentare von sich und wurde ziemlich zudringlich. Immer wieder versuchte er, seine Hand zwischen meine Beine zu bekommen. Diese Unanständigkeiten unterließ er dann doch, nachdem ich ihn barsch aufgefordert hatte, von derartigen Spielen während des Fahrens Abstand zu nehmen. Wir sprachen kein weiteres Wort und ich war heilfroh, dass wir bald vor dem Haus, in dem ich wohnte, angelangt waren. Zufällig befand sich ein Parkplatz davor. Er ließ mich aussteigen, stellte den Motor ab und beobachtete, wie ich zum Tor ging und mich mit dem Hantieren des Schlüssels beschäftigte. Er kam mir nach und stellte sich hinter mich. Ich versuchte ins Haus zu entrinnen, konnte aber nicht verhindern, dass er sich ebenfalls hineinpresste und das Tor schloss. Du glaubst gar nicht, welche Panik mich plötzlich befiel! Ich mit diesem Unhold alleine im Stiegenhaus! Schreien konnte ich nicht. Das wäre zu peinlich gewesen. Mit Schaudern fiel mir ein, dass genau eine Woche zuvor ein junges Mädchen zu später Stunde in einem Park ermordet worden war und vom Täter jede Spur fehlte.

Plötzlich völlig ernüchtert merkte ich, dass dieses Scheusal wiederum den Versuch startete an meinem Körper herumzufummeln. Ich spürte seinen heißen Atem und sein Keuchen. Ich überlegte blitzschnell, denn jede Sekunde war kostbar. Wenn ich versuchen würde, ihn zu attackieren, könnte es passieren, dass er ausrastete und mich vergewaltigte oder misshandelte.

Also versuchte ich einen Trick: ‚Wenn du mit mir schlafen möchtest', sagte ich auffordernd, ‚sind wir hier am falschen Platz. Für eine Stehpartie bin ich nicht zu haben. Aber im Nebenhaus gibt es ein kleines Hotel, wo wir uns noch ein wenig vergnügen können. Ich denke, da kommst du besser auf deine Rechnung. Abgesehen davon befindet sich ein Nachtportier in diesem Haus und jede Ecke wird videoüberwacht.' Dabei zeigte ich auf einen winzigen leuchtenden roten Kontrollknopf oberhalb des Türstocks, der für alles andere diente, nur nicht für eine Überwachung.

Ich machte die Haustür auf. ‚Geh nur', forderte ich ihn unmissverständlich auf und gab ihm einen kräftigen Stoß, auf den er nicht vorbereitet war. Er fiel beinahe auf den Gehweg. Gott sei Dank! So schnell hatte ich noch nie eine Tür geschlossen.

Ermattet, aber glücklich, dass diese unliebsame Episode glimpflich ausgegangen war, nahm ich den Lift und war unendlich froh, endlich in der Wohnung zu sein.

Mein Vater saß im Wohnzimmer. Er schaute mich streng an und sagte forsch: ‚Du schaust ja wie ein Clown aus! Es würde mich sehr interessieren, wo du dich jede Nacht herumtreibst.' Unendlich erleichtert, dass ich den Dialog zu ihm fand, erzählte ich ihm alles. Meine Lügen, die ich verbreitet hatte. Ich schämte mich, dass ich sein Vertrauen missbraucht hatte und versprach ihm, alles wieder gutzumachen.

Nach dieser Aussprache wusste ich, was ich zu tun hatte. Wien interessierte mich plötzlich nicht mehr und ich entschied mich für eine vierjährige Hotelfach-Ausbildung in Eisbach."

Ob Virginia über das Gehörte schockiert war, konnte Katharina aus ihrem Gesichtsausdruck nicht erkennen. Sie gab keinen einzigen Kommentar von sich und blieb very british, den Fortgang der Erzählung erwartend.

„Mein Vater war froh, dass meine Vernunft gesiegt hatte und ich selbst den Wunsch hegte, für einige Zeit Wien den Rücken zu kehren. So kam es, dass ich aus den Krallen der Großstadt floh und die renommierte Hotelfachschule Schloss Eisbach, in einer der schönsten Gegenden Österreichs gelegen, auswählte. Wenn Vater, vom Burgtheater karenziert, auf Tournee in Deutschland weilte, wusste er mich gut aufgehoben in der elitären Institution und war glücklich zu wissen, dass es mir dort sehr gut gefiel."

Katharina machte eine Gedankenpause, bevor sie weitersprach.

„Wie ich dir schon erzählte, arbeitete ich nach Vaters Tod für einige Monate in einem Verlag.

Da gab es diesen liebenswürdigen Lektor, Herrn Hubertus, den ich schätzte und mit dem ich oft plauderte, wenn sich die Gelegenheit bot.

Einmal saßen wir in einem Kaffeehaus, das sich gleich in der Nähe des Verlages befand. Er lud mich auf ein Glas Wein und ein Paar Frankfurter ein. Damit wollte er sich für die selbst gebackenen Kuchenstücke revanchieren, die ich ihm manchmal brachte. Wir sprachen über alles Mögliche;

vor allem erzählte ich ihm von meinen zwölf Kurzgeschichten, die unbearbeitet in der Schublade harrten. Die Erzählungen laufen über ein ganzes Jahr, das heißt, ich habe für jeden Monat ein Thema gewählt. Ich musste versprechen, ihn diese lesen zu lassen. Das tat ich sofort. Wenige Tage später gab er sie mir korrigiert zurück. Er hatte nicht viel daran auszubessern. Stattdessen lobte er mich außerordentlich und meinte, ich sollte diese Geschichten an einen Verlag senden, damit sie, gebunden zu einem Buch, veröffentlicht werden."

„Und welche Themen behandeln diese Kurzgeschichten?"

„Es sind Liebesgeschichten mit mehr oder weniger schicksalsreichem Inhalt, aber auch komödiantische Darstellungen, aus dem täglichen Leben gegriffen. Einige davon sind besonders auf Wien bezogen. Aber sie könnten überall vorkommen. Sie haben keinen realen Bezug.

Es gab Jahre, in denen ich, von einer inneren Einsamkeit erfüllt, vieles in mir speicherte und Eindrücke, aber auch Erfahrungen sammelte; – du kannst mir glauben, ich war oft alleine! So gut ich mich auch mit den Großeltern und der Nanny, der ich schon als kleines Mädchen anvertraut war, verstand, fehlte mir die wirkliche Mutter, die mir in meiner Ungewissheit geholfen hätte. Vater hatte sich bemüht, aber eine Mutter konnte er nicht ersetzen. Und so blieben viele geheime Gedanken, die zum jeweiligen Zeitpunkt nicht ausgesprochen werden konnten, im innersten Winkel verborgen. Irgendwann begann ich sie hervorzuholen, ich umwob sie mit Fantasie und Romantik, kreierte die passenden Figuren dazu und formte daraus, mit viel Liebe geschrieben, berührende Erzählungen.

Ich habe auch ein Manuskript für einen Roman fertig gestellt. Auch dieses hatte ich schon im Teenageralter zu schreiben begonnen. Im Laufe der Jahre änderte ich einzelne Passagen einige Male um, weil sich mit den Jahren des Älterwerdens auch Gefühlsbewegungen verändern."

„Das hört sich sehr interessant an. Und um was geht es hier?“

„Es ist eine ganz einfache Geschichte und sie beginnt damit, dass ein Bub und ein Mädchen verschiedener Herkunft sich in einem Ferienort kennen lernen. Sie bleiben in Kontakt und aus der anfänglich kindlichen Kameradschaft entsteht eine tiefe Freundschaft, die später Liebe wird. Im Laufe der Jahre werden die beiden durch das Schicksal geprägt, aber sie begegnen einander immer wieder, an verschiedensten Orten, und es entstehen dabei die merkwürdigsten Situationen. Um zum Schluss zu kommen: Es gibt ein Happy End. Aber ich bin mir noch nicht klar, ob die bereits geschriebene Variante die endgültige ist.“

„Und hast du dir ernstlich Gedanken gemacht, deine Werke zu veröffentlichen?“

„Ich muss ehrlich gestehen: nein. Als ich Monate später im ‚Hotel Paradiso‘ zu arbeiten begann, war mein Drang zum Schreiben verflogen. Viel Neues kam auf mich zu. Das reale Leben forderte seinen Platz ein, da war keine Stelle frei für eine Welt der Fantasie. Der Ordner mit den Manuskripten liegt fein verpackt in meinem Schreibtisch. Aber man soll niemals nie sagen. Wenn die Zeit reif ist, werde ich wieder zu schreiben beginnen.“

Länger als gewollt blieb Katharina bei Virginia zu Gast, aber eines Tages hieß es doch, Abschied zu nehmen.

Erfüllt von wunderbaren gemeinsamen Erlebnissen trennten sich die Freundinnen. Sie schworen in Kontakt zu bleiben, und mit dem Versprechen auf ein baldiges Wiedersehen sagten sie einander Lebewohl.

Dankbar für die mütterliche Liebe und herzliche Freundschaft, die sie von Virginia erhalten hatte, verließ sie schweren Herzens das schöne Anwesen, um ihre Rückreise nach London-Heathrow anzutreten, von wo aus sie den Flug nach Wien antrat.

Etwas musste sie zuhause sofort erledigen, schwor sich Katharina: zu Vaters Grab gehen und ihn um Verzeihung bitten, dass sie über ihn urteilte und dass sie es jemals wagte zu denken, er könnte nicht ihr Vater sein.

Über den Wolken

Die Boeing 767 der Austrian Airlines hatte die richtige Flughöhe erreicht. Das Mittagessen an Bord verlief problemlos – ohne Bekleckern der Kleidung durch Saucen, Nudeln oder dergleichen.

Katharina beschäftigte sich mit den Zeitungen, die sie beim Einstieg in die Maschine an sich genommen hatte. Sie las die Headlines und überflog die Berichte und Artikel mit mehr oder weniger Interesse. Im Grunde genommen nahm sie die Informationen gar nicht wahr. Wozu auch, jetzt, auf dem Wege nach New York, brauchte sie sich nicht um österreich-interne Geschehnisse zu kümmern. Achtlos legte sie sämtliche Zeitungen auf den Boden.

Bald darauf holte Katharina die Handtasche, die unter dem Sitz Platz gefunden hatte, hervor. „Handtasche" war solide ausgedrückt: Es stellte eher ein sportlich-elegantes Monsterprachtstück aus Krokodilleder dar. – Ein Geschenk von Stefan, nachdem er einige Male miterlebt hatte, wie sie in ihrem unübersichtlichen Baggy herumkramte, nicht ansprechbar, bis sie das Gesuchte fand. Er überreichte ihr damals das kostbare Stück mit wenigen Worten: „Ich weiß, dass bei dir die Taschen nicht groß genug sein können, aber ich denke mir, diese ist von einer überschaubaren Dimension und mit ihren Fächern gut einteilbar."

Die Stewardess überbrachte den bestellten Sekt.

Katharina holte aus der Tasche ihr Tagebuch und das Etui, in dem sich das Schreibmaterial befand.

Sie blätterte die letzten Seiten durch und überflog das Geschriebene, um festzustellen, wann die Eintragungen endeten:

Wien, Datum …

7 Uhr Früh

Nochmals einzuschlafen und in einen süßen Traum zu verfallen erwies sich als unmöglich. Ich wälzte mich von einer Seite zur anderen, streckte und reckte mich und bemerkte, dass es ein sonderbarer Morgen ist. Ich horchte in mich hinein. Einerseits fühlte ich mich ausgeruht, andererseits stand ich unter Strom. Zappelig, nervös, angespannt. Eigentlich hatte ich Lust auf Sex. Verständlich, wenn man nachrechnet, wie lange ich schon Strohwitwe bin. Ich möchte die Wochen gar nicht zählen, wann der letzte Sex lief.

Obwohl, seit Stefan im Ausland weilt, vergingen die Monate so schnell wie Tage und ein Ereignis jagte das nächste. Da kam ich gar nicht auf den Gedanken, ob ich körperliche Liebe vermisse oder mich ein Mann reizen könnte.

„Du lebst doch wie ein Single, auf was wartest du?“, ätzen die Freundinnen, wenn ich mit ihnen in einer Cocktailbar sitze und den Boys keinen Blick würdige. Ich glaube, sie verstehen meine Situation nicht.

Stefan zu betrügen würde mir gar nicht in den Sinn kommen. Das Einzige, wo eine Gefahr lauerte, war das Zwischenspiel mit Jürgen, dem süßen Schmusepeter, während meines Aufenthalts im Schlosshotel Waldesruhe.

Rrrums, da fuhren meine Gefühle auf der Hochschaubahn. Diese romantischen Stunden mit ihm genoss ich wahrlich, und beinahe hätte mich der erotische Blitz getroffen.

Ob Stefan mir treu ist? Ein Traummann auf Abwegen … Leicht vorstellbar, aber sinnlos, jetzt darüber nachzudenken.

Vor mir am Sessel liegen die kleinen süßen Dinger, die ich gestern in der City kaufte: Traumgebilde in Seide, Spitze, Stickerei und zartem Tüll, die Stefan so reizvoll findet. Die Designerin bezeichnet sie nicht als Slip und Büstenhalter, sie gibt jedem einzelnen Dessousstück auf der Etikette einen pfiffigen Vornamen, wie Lolo, Fiffi, Cherie.

Plötzlich wusste ich, was ich will. Heute war der geeignete Tag, um Körper, Geist und Seele in Schwung zu bekommen.

Unter der Dusche ließ ich mir eine lange Weile das angenehm temperierte Wasser auf meinen Körper rieseln und massierte mit dem Noppenroller Oberschenkel und Po, um die Durchblutung zu fördern und den Kreislauf in Schwung zu bringen.

Ich bin zwar nicht begeistert davon, mache es aber trotzdem: eine heiß-kalte Wechseldusche, die den Lymphfluss anregt.

Frisch duftend, mit dem Morgenmantel bekleidet, führte mein Weg in die Küche. Ich drehte den Radiosender „Anabelle" auf, und während ich mir Liza Minellis „Somewhere over the rainbow" anhörte, trank ich Schluck für Schluck Brennnesseltee, das alte Hausmittel zur Entgiftung und Reinigung.

Ohne Hast und Eile bereitete ich anschließend ein nahrhaftes Frühstück. Ich bin froh, dass ich als Kind zur „Frühstücksesserin" erzogen wurde. Opa klärte mich diesbezüglich einmal auf, und diese Weisheit behielt ich gut in Erinnerung:

„Ein Körper braucht Energie für den Tag. Wer gut frühstückt, beugt tagsüber Heißhungerattacken vor. Frühstück wie ein Kaiser, Mittagessen wie ein König, Nachtmahl wie ein Bettler."

Leicht außer Atem geraten erreichte ich etwas später das Fitnesscenter. Der Blick auf die Uhr sagte mir, dass ich den ganzen Weg von der Wohnung weg zu Fuß in einer Viertelstunde bewältigt hatte. Das war eine Superzeit, mit der ich zufrieden sein konnte.

Hier herrschte trotz der frühen Stunde schon reger Betrieb. Ich ging quer durch den ganzen Saal. Dabei beäugte ich die vielen Herren unterschiedlichsten Alters, die konzentriert, ohne einen Blick nach links oder rechts zu werfen, an den verschiedensten technisch ausgereiften Maschinen herumhingen, um ihre Muskeln auf- und das Fett abzubauen. Kaum vorzustellen, dass sich hierbei auch nur die geringste Gelegenheit fände, unaufdringliche Kontakte zu knüpfen.

Für die heutige Bauch-Bein-Po-Stunde trug ich meinen neuen Aerobicanzug, der zwar teuer war, aber ungemeines Aufsehen bei meinen Sportpartnerinnen hervorrief.

Nach dem perfekten Workout für einen tadellosen Unterkörper ließ ich einige Saunaaufgüsse über mich ergehen, um dann endlich eine Pause zu machen und mich von der Thekenkraft im Büfett verwöhnen zu lassen. Köstlich schmeckte der pikante Hühnersalat mit dem frisch gepressten Orangen-Karottensaft.

Mit einem Ohr hörte ich der Damenrunde zu, die das Tagesthema „Blitzdiät“ anschnitt. Soll eine sensationelle Wirkung haben: sieben Tage Kohlsuppe, kombiniert mit Obst und Gemüse, Huhn und Reis.

Leider konnte ich das Geschnatter nicht weiter verfolgen. Die Kosmetikerin wartete bereits auf mich. Während der Gesichtsbehandlung verabreichte sie mir eine Algenpackung, die Busen und Oberschenkel strafft und den Fettstoffwechsel auf Touren bringt.

Zum Abschluss dieses herrlichen Wellnesstages ließ ich mich von Tom verwöhnen. Seine gefühlvollen Hände beim Massieren sind wie Balsam auf der Seele und bewirkten, dass ich wieder einmal wie ein Kater schnurrte und wenig später in einen angenehmen kurzen Dämmerschlaf verfiel.

Erst am späten Nachmittag landete ich in der Wohnung. Völlig ruhig und losgelöst setzte ich mich zum Schreibtisch. Kaum hatte ich mit den ersten Zeilen eines Briefes an Virginia nach England begonnen, rief zu meiner Überraschung Stefan an. Es wurde, wie schon öfters, eine wunderbare Liebesstunde per Telefon. Als wir unser romantisch-reizvoll-erotisches Lustgeplänkel beendeten, war eine volle Stunde vergangen. Wir hatten beide bei diesem Telefonat unsere Befriedigung erlangt und glücklich legten wir auf. Für Stefan begann der Tag mit Freude, und für mich endete er mit Glückseligkeit und Zufriedenheit.

Während der nächsten Stunden im Flugzeug beschäftigte sich Katharina fleißig damit, in ihr Tagebuch zu schreiben. Sie musste noch die letzten Tage nachtragen, vor allem das wichtige Gespräch, das mit Angela stattgefunden hatte, festhalten:

Wien, Datum …

In den letzten Monaten hatte ich mit Angela sehr wenig Kontakt und wir sahen uns kaum. Wir begnügten uns beide mit einem telefonischen „Hallo, wie geht's?“ dann und wann, nur um zu wissen, dass wir aneinander dachten.

Angela ist ein toller Kumpel, an dem man sich festhalten kann. Auf sie ist immer Verlass. Ich mag sie. Nach dem Tod der Großeltern musste ich erstmalig damit zurechtkommen, dass mir in der Familie eine große Stütze und wichtiger Bestandteil meines Lebens abhanden kam. Sie war es, die meinem Vater hilfreich zur Seite stand und mir von da an das Gefühl gab, sie breitet ihre langen Arme aus, um mich stets schützend zu umfassen. Und nach Papas Tod nahm sie mich sofort bei sich zuhause auf, um für mich da zu sein.

Jetzt, wo ich weiß, dass mein Vater früher „verzaubert“ war (der schönere Ausdruck für „schwul“), wage ich nicht, die Frage zu stellen, ob er nach Mutters Tod heterosexuell blieb oder wieder homophil wurde. Und ob Angela seine Geliebte oder seine ewige gute Freundin darstellte.

Einmal erörterte ich bei Papa, dass ich mir Angela recht gut als Mutter vorstellen könnte und fragte ihn schelmisch, ob er sie nicht heiraten wolle. Da lachte er sarkastisch auf und meinte: „Nein, mein Kind, wir behalten sie als gute Freundin. Aber als Ehefrau ist sie wirklich nicht geeignet." Dann begann er sofort ein anderes Thema und ich wusste, dass ich über diese Angelegenheit nicht mehr zu sprechen brauchte.

Dass Angela mit ihrem Job als Chefredakteurin verheiratet zu sein schien, war mir bekannt. Ich wusste auch, dass sie dann und wann ganz gerne über die Stränge schlug. Besonders bei Feierlichkeiten galt sie als diejenige, die am längsten durchhielt. Und wenn alle schon am Boden lagen, ging sie kerzengerade zur Bar und verlangte mit festem Blick noch schnell ein Fluchtachterl zum Darüberstreuen. Trotz ihrer manchmal recht flotten Sprüche, die sie mit Männern führt, sah ich sie immer mannlos nachhause gehen. Aber mein Respekt ihr gegenüber ist zu groß, als dass ich ermitteln wollte, wo sie eigentlich ihren Märchenprinz so vehement versteckt. Ob sie vielleicht lesbisch ist? (Diese Frage stelle ich aber nur mir selbst und gebe sofort die Antwort darauf: Nein.)

Anlässlich meiner herannahenden Reise nach N. Y. lud ich Angela am Samstag in die Wohnung ein. Ich weiß, dass sie die elegante Wohnzimmeratmosphäre überaus schätzt, und dementsprechend gediegen angezogen erschien sie.

Natürlich kleidete auch ich mich ladylike mit langem Kaminrock und schicker Bluse. Ich holte meine ganzen Kochkünste hervor, um für sie ein mehrgängiges Dinner zu zaubern. Großen Wert legte ich darauf, meine Amuse-Gueule als Horsd'œuvre auf den Tisch zu bringen, was ganz dem Geschmack meiner Freundin entsprach. Auch bei der

Auswahl der Weine war ich besonders achtsam. Voll Stolz überblickte ich in der Küche meine Köstlichkeiten und die fantasievolle Schöpfung der Tischdekoration, die ich verwendete. Für einen Moment kam mir die Hotelfachschule in den Sinn. Ich glaubte die Direktorin Freiherrin von Eisbach und den Küchendragoner Frau Professor Ganser vor meinen Augen zu sehen, wie sie mit zufriedenem Gesichtsausdruck einen letzten prüfenden Blick auf mein Werk warfen.

Angela ließ mir gerade so viel Zeit, meine Speisen auf den Tisch zu bringen und den köstlichen Wein zu offerieren, dann begann sie, schon während des Essens, mir die Neuigkeit zu erzählen, nämlich über ihre berufliche Veränderung.

„Die letzten Monate klappte es in der Redaktion überhaupt nicht mehr", erzählte sie mir. „Abgesehen von der Unfähigkeit diverser Mitarbeiter bis hin zum Verlagsleiter gab es Troubles von früh bis spät. Kurz gesagt, ich habe das Handtuch geschmissen."

Daraufhin folgten einige Schimpftiraden, die ich mir auf Grund der raschen Wortfolge nicht merkte. Anschließend sprach sie weiter:

„Die Verlagsleiterin vom Milano-Konzern ist an mich herangetreten. Sie bringt eine vollkommen neu gestaltete Monatszeitung heraus und bot mir die Chefredaktion an."

Dabei schaute sie mich triumphierend an.

Mir blieb vor Überraschung fast der Bissen im Hals stecken. Schnell räumte ich die Teller vom Tisch, schenkte Angela Wein nach und bat sie weiterzuerzählen. Ich war begierig zu erfahren, welche Voraussetzungen zu erfüllen waren.

„Wir stecken schon länger in der Vorbereitungsphase und ich arbeite, seitdem ich von meinem Verlag weg bin, intensiv an der Gestaltung der Zeitschrift ‚Die Frau von heute' mit.

Kommenden Monat ist die Geburt der ersten Ausgabe.

Es wird ein ganz frauenbewusstes Magazin. Die einzelnen Rubriken umfassen Lifestyle, Mode, Beauty, Wellness, Gourmet, Reisetipps und monatliche Kurzgeschichten. Themen, die jede Frau interessieren und die nicht zu versäumen sind.“

„Das hört sich ja toll an“, wagte ich ihren Redefluss zu unterbrechen. Angela ließ mich keine weiteren Fragen stellen, sondern fuhr augenblicklich fort:

„Nun komme ich gleich auf dich zu sprechen: Ich habe Hubsi, den Lektor meines früheren Verlages, dazu gebracht, wieder mein Kollege zu werden und unter meiner Leitung zu arbeiten. Er ist ein fairer, zuverlässiger und erfahrener Zeitungsmann, und zusammen werden wir das Kind schon schaukeln, denke ich.

Unlängst erzählte er mir enthusiastisch von deinen Kurzgeschichten, die du ihm einmal während deines Jobs im Verlag zum Lesen übergeben hattest. Er ist ganz begeistert von dem Geschriebenen und machte mich sofort darauf aufmerksam, dass die Erzählungen so konzipiert sind, dass die vier Jahreszeiten Frühling, Sommer, Herbst und Winter inhaltsbezogen mit eingeflochten sind. Das ist genau das, was ich brauche.

Kind, ich weiß, dass du gut im Schreiben bist. Du hast etwas Besonderes in deinem Stil. Ich konnte mich ja von deinen Kolumnen, die du gebracht hast, bestens überzeugen. Aber was ich nicht wusste, ist, dass du dich privat auch mit dieser Materie befasst und sogar ein Manuskript für einen fertigen Roman in der Schublade liegen hast! Ich versichere dir, dass ich mich bemühe, hierfür einen geeigneten Verlag zu finden, damit du die Chance bekommst, dass dein Buch veröffentlicht wird.

Zurück zu den Kurzgeschichten. Hier mache ich dir ein Angebot: Du überlässt sie mir, und ich werde sie monatlich in unserem Magazin veröffentlichen. Natürlich mit einem entsprechenden Honorar. Wärst du damit einverstanden?“

Und ob ich einverstanden war! Ganz benommen vor Freude nahm ich das Angebot an und überreichte Angela sofort das ganze Paket meiner gesammelten Werke.

Zu guter Letzt stellte mir meine liebe Freundin noch in Aussicht, dass ich als freie Mitarbeiterin im Milano-Verlag arbeiten sollte. Als Auslandskorrespondentin könnte ich für „Die Frau von heute“ über die Gewohnheiten der Frauen in New York schreiben. Obwohl ich mir nicht ganz sicher bin, ob ich diese Anforderung werde meistern können, versicherte ich, darüber nachzudenken und mich zu melden, sobald ich in New York Fuß gefasst hatte.

Am Ende unseres großartigen Abends verabschiedeten wir uns, weinselig geworden, sehr innig. Wir versprachen, unsere gegenseitige Liebe und Freundschaft nicht enden zu lassen. Verständlicherweise brachte sie zum Schluss ihre Besorgnis zum Ausdruck. Sie ermahnte mich, nach Wien zurückzukehren, sollte es mir – aus welchen Gründen auch immer – in N. Y. nicht behagen.

Wien, Datum …

Heute habe ich

1) Meiner Putzfrau Adieu gesagt
2) Die Bankangelegenheiten wieder mal überprüft.
3) Dem Portier des Hauses und seiner Frau mein Abschiedsgeschenk überbracht.
   Bei der Gelegenheit ihn gebeten, er möchte meine Post aus dem Briefkasten entnehmen und alles, außer Reklamesendungen, bei sich deponieren. In spätestens zwei Wochen würde ich mich bei ihm melden, den Status bekannt geben und ihm über den weiteren Verlauf Bericht erstatten.
4) Papa am Grab besucht. Ein langes Gespräch geführt. Einige Tränen vergossen.

5) Alle Bekannten, die noch anzurufen waren, informiert, dass ich Wien verlasse und mich von N. Y. aus wieder melde.
6) Das Flughafen-Taxi bestellt.
7) Virginia in Foxhill angerufen, ihr mitgeteilt, dass ein langer Brief an sie unterwegs sei.
8) Alle Kleidungsstücke, die in meinem Schlafzimmer am Boden ausgebreitet lagen, nochmals durchgecheckt. Das eine oder andere Stück wieder weggelegt, dafür ein anderes dazugegeben. Anschließend die Koffer gepackt, aber nicht verschlossen, um im Falle eines plötzlichen Einfalls doch noch zeitgerecht etwas umorganisieren zu können.
9) Die Sacher-Torte und den Grinzinger Veltliner für Stefan zum Handgepäck dazugestellt.
10) Pass, Flugticket und Visacard zur Tasche gelegt.
11) Abends eine kleine Abschiedsparty im „Stell dich ein" gegeben.

Nach all diesen Erledigungen bin ich todmüde, aber in freudiger Gelassenheit meinem neuen Lebensabschnitt entgegensehend, ins Bett gefallen.

Die Boeing 767 kreiste mit reduzierter Geschwindigkeit zum wiederholten Mal über New York und war im Begriffe, eine weitere Schleife zu ziehen.

Katharina blickte hastig auf die Uhr. So lange war sie schon in der Luft! Bisher gab es eine Viertelstunde Verspätung, das bedeutete gute zehn Stunden Sitzen auf engster Fläche. Das Aufstehen und zum Waschraum Gehen hatte sie während des Fluges auf ein Minimum reduziert. Es war ihr jedes Mal unangenehm gewesen, die Passagiere in ihrer Sitzreihe zu bitten für sie aufzustehen. Sie verzog verärgert den Mund.

Die Nachbarin zu ihrer Rechten, eine Amerikanerin, die nach einem Europa-Trip auf dem Heimflug war, registrierte die nervöse Geste. Beruhigend erklärte sie, den Kaugummi von einer Seite auf die andere schiebend:

„Don't worry, dear, es ist nur der übliche Frühnachmittagsverkehr." Dabei kramte sie in der Handtasche herum, als ob sie schon die Wohnungsschlüssel suchte, holte aber stattdessen ihr Mobiltelefon heraus und beschäftigte sich damit.

„Wahrscheinlich schreibt sie ihrem Freund eine SMS und berichtet, dass sie noch in der Luft hängt und den Anschluss nach Washington versäumt", überlegte Katharina. Während des Fluges hatte sich zwischen den beiden eine angeregte Unterhaltung entwickelt. Die junge Frau hatte erzählt, dass sie in Kürze heiraten würde und sich Kinder wünschte. Deshalb hatte sie, sozusagen zum Abschluss ihres Singledaseins, eine drei Monate dauernde Tour quer durch Europa unternommen. In genauer Reihenfolge hatte sie den Ablauf der Reise geschildert, über ihre Eindrücke berichtet und stolz erzählt, dass sie während der ganzen Zeit fleißig Buch geführt hatte, um wichtige Momente, aber auch kleine Begebenheiten festgehalten zu haben.

Im Moment fand Katharina keine logischere Betätigung, als die Augen zu schließen und widerstandslos den Dingen ihren Lauf zu lassen. „Irgendwann werden wir schon landen", resignierte sie, plötzlich sehr müde geworden. Wenn nur diese blöden Blähungen nicht wären, die ihr momentan zu schaffen machten. Die vielen Stunden in der voll besetzten Maschine kosteten Substanz, brachten einen aufgefüllten Bauch und geschwollene Füße. Wie angenehm es jetzt wäre, in einen Sekundenschlaf zu fallen und erst munter zu werden, wenn der Flieger sicher am Boden gelandet war!

Nur ungefähr hörte sie die reizlose Stimme der Stewardess, die ihren Text schnell, laut und trotzdem schwer verständlich durchsagte: Es hatte etwas mit Rückenlehne gerade stellen und Landeanflug zu tun. Es fiel ihr auch gar nicht auf, dass ein leichter Sinkflug begann, denn ihre Gedanken spielten wieder einmal verrückt, flitzten hin und her und schoben sich dominant in den Vordergrund.

Das Gesicht kaum wahrzunehmen, erklang die Stimme ihres Vaters. Sanft, sinnlich, eindringlich. „Nun landest du doch in New York. Später als vorgesehen, und unter anderen Umständen ..."

Stefans Bild schob sich dazwischen. Unruhig marschierte er in der Ankunftshalle auf und ab, immer wieder auf die Anzeigetafel hinblickend, ob die Maschine der Austrian Airlines aus Wien schon gelandet war.

Die letzten Abschiedsworte von Jürgen fielen ihr ein. „Sollte es mit deinem Musicalstar nicht klappen, mach dir nichts draus. Dann kommst du wieder zurück zu uns. Ich bin immer für dich da, denke daran. Und wenn zwischen uns zweien was Ernstes wird, machen wir uns ein tolles Restaurant auf. Ein richtig feudales Lokal lassen wir entstehen mit feinsten Kreationen aus der Küche, damit die Medien was zu schreiben haben, wenn die Promis kommen."

Wieso kam Virginia plötzlich ins Bild? In ihrer typischen distinguierten Haltung mischte sie sich zwischen die Männer. Sie befand sich im Wohnsalon ihres Hauses in Foxhill. Bekleidet mit einem eleganten taubengrauen Seidenkleid, die lange Chanel-Perlenkette lässig um das Dekolletee, saß sie im Fauteuil und las den Brief, den Katharina vor der Abreise an ihre Freundin geschrieben hatte.

Zu gerne hätte sie den Träumereien einen weiteren Verlauf gegeben, wurde aber brutal unterbrochen, denn im nächsten Moment setzte die Maschine mit einem Ruck am Boden auf und rollte dann langsam die Piste entlang.

Katharina machte die Augen auf und musste sich kurz sammeln.

Aber im nächsten Moment erkannte sie hellwach, dass sie in New York gelandet war.

New York, New York

Hi, Prinzessin", begrüßte Stefan seine Freundin überschwänglich, umarmte und drückte sie innig und gab ihr einen langen Kuss.

Für einen kurzen Augenblick sah Katharina über Stefans Schulter hinweg in die überfüllte Halle des John F. Kennedy-Airports. Sie traute ihren Augen nicht. Ihre Miene erstarrte, als ob sie im Hintergrund ein Gespenst sehen würde, das mit schnellen Schritten des Weges lief: ein blonder großer Mann, der wie Markus aussah! „Ich spinne schon vollkommen. In dem Moment, wo ich meinen Geliebten begrüße, sehe ich den Verflossenen!", übermannte es sie. Dabei schüttelte sie merklich den Kopf. Stefan bemerkte ihr leichtes Zögern weiterzugehen.

„Ich müsste mal schnell irgendwo auf die Toilette", beeilte sie sich zu sagen.

Im Restroom versuchte Katharina, mit ihrem Mobiltelefon die noch immer gespeicherte Nummer von Markus zu wählen. Angestrengt wartete sie. Aber es kam wiederum nur die Durchsage, dass diese Nummer nicht existierte. „Warum sollte sie jetzt auf einmal funktionieren, wenn sie die ganzen Wochen nicht in Betrieb war?", resümierte sie verärgert über ihr bizarres Benehmen.

Schnell legte sie auf und verstaute das kleine Telefon in der Tasche. Sie blickte in den Spiegel. Das Gesicht sah fahl aus und ein wenig zerknittert. Sollte sie schnell Rouge auflegen?

Wozu? Stefan kannte sie auch im müden Zustand. Und er liebte sie so, wie sie war.

„Und jetzt vergiss Markus, er darf in deinem Herzen für dich nicht mehr existieren!“ Diesen Satz sagte sie ihrem Spiegelbild auf Deutsch, deutlich und ein wenig streng, bevor sie aus der Toilette eilte und mit lächelndem Gesicht auf Stefan zuging

„So lange haben wir uns nicht gesehen“, begann Stefan sein Gespräch. „Aber die Fernbeziehung hat meine Gefühle für dich nur noch mehr gestärkt und ich dachte trotzdem sehr viel an dich, wenn ich dies vielleicht auch nicht merken ließ. Die letzten Monate waren wirklich sehr stressig. Du kennst mich ja. In so einem Zustand bin ich nicht sehr ansprechbar und liebenswürdig. Deshalb habe ich es vorgezogen, ein bisschen auf Distanz zu gehen“, fügte er entschuldigend hinzu. „Die Konzerttouren waren erfolgreich, aber auch anstrengend. Jeden Tag in einer anderen Stadt. Dann begannen die Proben, die meine Freizeit sehr einschränkten.

Übrigens, das weißt du noch gar nicht: Ich wechselte wieder mal mein Heim. Ich wohne jetzt nahe dem Central Park. Somit habe ich die Möglichkeit, wann immer mir danach ist, mich in der ‚grünen Lunge‘ von New York aufzuhalten. Der Park hat eine enorme Fläche. Ein Marsch von Ost nach West kostet einige Stunden Zeit. Aber die landschaftliche Gestaltung ist sehr abwechslungsreich und es bestehen viele Möglichkeiten für Sport und Bewegung.“

„Kostet ein Appartement nicht sehr viel Geld in dieser Gegend?“

„Schon. Aber diese Gelegenheit durfte ich nicht ausschlagen. – Du wirst sehen, die Lage ist hervorragend. Ein Katzensprung auf die Fifth Avenue.“

Er lächelte sie an.

Sie fuhren mit dem Taxi zum Domizil, und während der langen Fahrt hatten beide genügend Gelegenheit über Dinge zu sprechen, die bei den Telefonaten nicht erwähnt wurden.

Katharina fand in dem Appartement ein kleines Schlafzimmer mit einer französischen Liege vor, einen Wohnbereich, eine winzige Küche, die sanitären Räume und einen großen Schrankraum mit einem freien Platz für ihre Garderobe.

Stefan saß vor dem Fernseher und verfolgte ein Baseballmatch, als Katharina mit dem Auspacken fertig und frisch geduscht ins Wohnzimmer trat.

„Ich habe alles erledigt", sagte sie ruhig und beobachtete seine Reaktion.

„Dann würde ich vorschlagen, wir bleiben heute hier und machen es uns gemütlich. Ich habe beim Chinesen was Essbares besorgt und Wein in den Kühlschrank gelegt. Oder möchtest du dir noch ein wenig deine Füße vertreten?" Er schaute sie sehnsuchtsvoll an. Sie schmiegte sich an ihn und flüsterte:

„Auf das kann ich gerne verzichten Ich würde auch lieber ins Bett. Es war ein langer Tag. Und ich habe Verlangen nach dir."

Langsam zog sie ihm das Hemd aus und küsste seinen herrlichen muskulösen Oberkörper. Sie ließ es voll Verlangen zu, dass Stefan ihren Bademantel öffnete und ihren Körper leidenschaftlich liebkoste.

Mit Spannung erwartete jedermann das neueste Musical „American Dream" im Global Theatre am Broadway. Nach dem Finale herrschten großer Jubel und Standing Ovations sowohl für die Produktion als auch für alle Darsteller.

Im Anschluss daran gab es eine große Premierenfeier im Waldorf-Astoria-Hotel, bei der auch bekannte Persönlichkeiten aus der Künstlerbranche anwesend waren. Presseleute interviewten eifrig und Fotografen ließen ein Blitzlichtgewitter nieder.

Katharina, in einem aufregenden langen Abendkleid, das sie eigens für dieses Fest noch schnell in Wien gekauft hatte, stand etwas abseits vom Mittelpunkt und beobachtete das Geschehen rund um Stefan. Ihr war bewusst, dass er an diesem Abend als Star agierte und sich nicht viel um sie kümmern konnte. Es machte ihr nichts aus. Aber trotzdem fühlte sie sich ein wenig einsam.

Langsam ging sie weiter nach rückwärts und stellte sich zur Bar, an der etliche Gäste standen, um zuzuhören, welchen Smalltalk die Amerikaner bei solchen Events führten.

Von hier aus hatte sie eine gute Sicht über den ganzen Saal. Das gekonnte Herumspazieren mit aufregendem Gang und fotogenem Gesicht einiger Besucherinnen ließ darauf schließen, dass es sich um Stars oder Sternchen handelte, die gesehen werden wollten. Da gab es einige darunter, die bei ihrer Outfit-Wahl ziemlich daneben gegriffen hatten. Extrem verrückt gekleidet erzielten sie einen modischen Fauxpas.

Katharina beobachtete die herumstehenden Partyteilnehmerinnen mit ihren männlichen Begleitungen. Ein kleiner Prozentsatz von ihnen schien modemäßig auf der Überholspur hängen geblieben zu sein. Stillos und ohne Klasse präsentierten sie ihr weibliches Geschlecht. Aber der Großteil der Damen war gut gekleidet und lag absolut im Trend für so einen Abend.

Eine dunkelhaarige Besucherin mittleren Alters fiel durch ihre Eleganz und den aufwändigen Schmuck, den sie trug, besonders auf.

Das gegenseitige neugierige Anblicken war wohl der Anlass, dass diese Dame auf Katharina zukam und sie ansprach:

„Was für ein schönes Abendkleid Sie tragen! Bestimmt von einem französischen Modeschöpfer?“

„Nein, von einem Wiener Designer kreiert.“

„Ach, Sie kommen aus Wien?“

„Ja, ich bin mit Herrn Thorsten befreundet und kam zu seiner Premiere angereist.“

Die Dame zeigte sich freudig überrascht, stellte sich als Mistress Daisy Hover vor und berichtete, dass sie die Verlegerin des Musicals „American Dream“ sei.

„Kommen Sie, Darling, Sie müssen mir mehr von Wien erzählen. Ich bin in Wien geboren, aber meine Eltern zogen es vor, im Jahre 1950 nach New York auszuwandern, um hier ihr Glück zu machen. Mein Vater begann als kleiner Verleger. Mit einem Kredit von siebentausend Dollar errichtete er in einem Appartement in der Bronx seinen ersten Verlag. In den folgenden Jahren wurde er der erfolgreiche Herausgeber eines Herrenmagazins, das durch Abonnenten und Verkäufe in Buchläden und Zeitungsständen weltweit Auflagen in Millionenhöhe erreichte. Mein Vater hatte sich im Laufe von Jahrzehnten durch weitere Expansion zum Medienzar emporgearbeitet. Inzwischen ist die Company in mehrere Geschäftsgruppen unterteilt. Es war immer mein Bestreben, das Imperium aufrechtzuerhalten. Um das Metier von Grund auf zu verstehen, lernte ich Journalismus und Rechtswissenschaft. Nun bin ich Alleinerbin des Betriebes, seitdem mein Vater sich vor ein paar Jahren durch einen Schlaganfall von dieser Welt verabschiedete.“

Katharina war äußerst angetan von dem Gehörten, und die lebhafte Unterhaltung setzte sich fort. Sie stellte sich namentlich vor, erzählte über das Ziel, als Autorin Fuß zu fassen und berichtete über ihre Aufgabe, als ausländische Berichterstatterin für ein neu erscheinendes Wiener Frauenmagazin zu schreiben.

Durch das intensive Gespräch hätte Katharina beinahe auf ihren Stefan vergessen, der suchend durch die Halle ging und ihr leicht ermüdet zuwinkte, als er sie endlich entdeckte.

„Kommen Sie mich doch in meinem Verlagshaus besuchen“, offerierte Mistress Hover, bevor sie sich voneinander verabschiedeten. „Wir werden sicherlich noch einige Gemeinsamkeiten ausgraben können.“

Es war ein gelungener Abend, dem eine höchst zufrieden stellende Kritik folgte.

Voll Stolz las Stefan am nächsten Morgen in der New York Times über die Premiere von „American Dream“:

Stefan Thorsten, der in allen europäischen Musikhäusern zuhause ist, zeigte sich als große Sensation des gestrigen Abends. Er spielte präzise, war auf der Bühne unglaublich präsent und mit seiner dynamisch-wunderschönen Stimme eroberte er die Herzen der Zuseher.

Im Herbst erwacht New York zu neuem Leben.

Jeden Morgen sieht man Menschen aller Rassen aus den U-Bahn-Schächten hervorquellen und die Park-, Madison- oder Fifth Avenue überqueren. Manche sehen lebhaft aus, andere blicken mürrisch und verschlafen. Sie laufen eilig und zielbewusst, mit der Zeitung unter dem Arm, die Aktentasche fest im Griff.

In den vielen Theatern und Kinos werden die neuesten Unterhaltungsaufführungen gezeigt. In den unzähligen Parks verweilen Passanten, um für kurze Zeit die wärmenden Sonnenstrahlen auszunützen. Der Central Park wird zur größten Spielwiese. Musikbands und Straßentheatergruppen spielen, und Scharen von Rollschuhfahrern kurven im waghalsigen Slalom über den Asphalt. Touristen aus aller Welt unternehmen die beliebten Stadtrundfahrten auf dem Wasser rund um die Insel Manhattan, und die unzähligen New Yorker Restaurants sind voll mit Menschen verschiedenster Herkunft.

Wo gestern noch ein heruntergekommenes Haus stand, entdeckt man tags darauf einen neuen, noch höheren Wolkenkratzer. Herausgeputzt, von stinkenden Müllbergen und knietiefen Löchern im Straßenbelag befreit, zeigt sich New York, der „Schmelztiegel der Nation“, im neuen Image, mit Highlights auf Schritt und Tritt.

*****

Katharina hatte sich bald an die Stadt und ihre Eigenheiten gewöhnt und den Haushalt mit einkaufen gehen, Essen zubereiten und Besorgungen erledigen bestens im Griff.

Was die Beziehung der beiden betraf, hielt die romantische Liebe bedenkenlos. Für Stefan wurde Katharina die starke Frau an seiner Seite, die mit Engagement und Wärme ihm zur Seite stand, um seinen abendlichen Druck und die Anstrengung auszugleichen. Sie verkörperten eine echte, felsenfeste Zweisamkeit, an der niemand rütteln konnte.

Wann immer es sich eine Freizeit nehmen konnte, erkundete das Liebespaar die klassischen Sehenswürdigkeiten der Stadt.

Sie verkosteten im „Little Italy" eine köstliche Pizza, spazierten durch Greenwich Village und betrachteten die Vielzahl der Kunstläden oder gingen nach China Town, um das geschäftige Treiben der dort lebenden Menschen zu beobachten. Längst hatte Katharina die Freiheitsstatue bewundert, die St. Patrick's Cathedral besucht und war das Empire State Building hochgefahren, das ihr einen grandiosen Ausblick über den Big Apple gewährte.

Nachdem Stefan en suite im Theater spielte, gönnte sich Katharina einen Flug zu den Niagarafällen, flog nach Washington, um das Capitol zu besichtigen, und besuchte Long Island, damit sie sich von der stimmungsvollen Landidylle Inspirationen holen konnte.

Im Winter schaute Stefan seiner Freundin beim täglichen Eislaufen im Central Park zu, und die vorweihnachtliche Zeit nahmen die beiden zum Anlass, in den aufwändig dekorierten Kaufhäusern die Rolltreppen auf- und abzufahren, um nach kleinen Präsenten zu suchen. Den Höhepunkt aber stellte der Besuch eines feudalen Hauses in der Fifth Avenue, Ecke siebenundfünfzigste Straße, dar. Katharina assoziierte mit dieser kleinen Welt der Schönheit und Eleganz in mehreren Etagen verteilt, den bekannten Film und die außergewöhnliche Filmschauspielerin, deren große schwarze Sonnenbrille majestätisch auf der Nase thronte und deren langer Zigarettenspitz gekonnt zwischen den behandschuhten Fingern lag.

Im „Tiffany", auf der ganzen Welt wohl als berühmtestes Geschäft bekannt, bekam Katharina ihren Verlobungsring geschenkt.

Katharina gab sich nicht damit zufrieden, nur die Freundin von Stefan zu sein.

Zielstrebig begann sie an ihrer Selbstverwirklichung zu arbeiten.

Für das Magazin in Österreich „Die Frau von heute" schrieb sie kontinuierlich kleine Reportagen und Geschichten und sandte diese mittels neu erstandenem Laptop nach Wien. Sie erfand ihr eigenes Erfolgsrezept. Es gab immer wieder Interessantes, Kurioses oder Informatives aus den Staaten zu berichten. Im Besonderen, wenn die Zeit der Fashion Weeks in Manhattan über die Bühne ging, verschiedene gesellschaftliche Partys angesagt waren oder neue Trends vorgestellt wurden.

Gleichzeitig arbeitete sie an einem neuen Roman. Angela hatte Wort gehalten und ihr erstes Werk einem Verlag übergeben.

Mit Daisy Hover entwickelte sich eine sympathische Bekanntschaft, die dazu führte, dass die Verlagsinhaberin Katharina aufforderte, bei ihr als Lektorin für deutschsprachige Lektüre zu arbeiten. So kam es, dass Katharina einige Male in der Woche den modernen Glaspalast an der Upper West Side betrat, um ihre Tätigkeiten abzuwickeln.

Mit der Verlagsangestellten April verband sie eine herzliche Kollegialität, und auch sonst war Katharina nicht abgeneigt, den Mitarbeitern des Hauses stets ein Ohr und ein paar Worte zu schenken. Offen für alles zu sein war ein Muss, wenn man gut informiert sein wollte. Für sie war es wichtig, möglichst viel aus der Gesellschaft zu erfahren: Rosenkriege, Seitensprünge und tägliche Skandale inklusive halbherziger Partygespräche. All diese Komponenten gehörten dazu; aus ihnen konnte sie ein Puzzle zusammenstellen, um daraus genüsslich lebhafte Geschichten zu formen.

April kam aus Port Blair. Es ist eine der üblichen Kleinstädte in den USA, die ohne besondere Affekte ihren Einwohnern ein zufriedenes Zuhause bieten.

April hatte sich nie wohl gefühlt in Port Blair. Die gutbürgerlichen Bewohner mit ihrem heuchlerischen Getue ekelten sie an. Selbstverliebt und banal benahmen sie sich. Wie lahme Enten kutschierten sie durch die alleeartig angelegten Straßen, grüßten jedermann aus dem Auto heraus und parkten bedächtig in die Garage ihres freundlichen Hauses ein, nicht ohne einen stolzen Blick auf den Rasen und die grünen Hecken werfend, die vom Gärtner wöchentlich penibel in Form gehalten wurden. Sie verabscheute das langweilige Leben in Port Blair

Die wöchentlichen Kaffeerunden frustrierter Hausfrauen in zuckersüßen Hütchen und bittersüßen Ehegeschichten hingen ihr zum Halse heraus, genauso wie die an jedem Samstagabend stattfindenden Tanzkränzchen, bei denen junge Mädchen begierig nach einem Mann fürs Leben Ausschau hielten und Ehefrauen siegesbewusst den Sakkozipfel ihrer Männer hielten

Aprils Ehemann war Arzt. Er hatte das große elegante Haus, in dem sie wohnten, ebenso wie die Praxis von seinem Vater geerbt. Sie heiratete ihn, damit sie das College nicht beenden musste, denn das Lernen erfüllte ihr Leben nicht. Ihr Ziel war es, einen stattlichen Mann mit gutem Einkommen in gehobener Gesellschaft zu ehelichen Das

Alter spielte dabei keine Rolle. Aber schon bald merkte sie, in welcher Sackgasse sie gelandet war. Ihr Mann war der typische Kleinstadt-Arzt, der seine Patienten liebte und die Menschen ihn. Sie kamen nicht nur mit ihren Unpässlichkeiten zu ihm, sondern auch mit häuslichen Problemen. Die Frauen belagerten seine Ordination, und er nahm sich für jede einzelne genügend Zeit, sich mit ihren Schmerzen zu befassen, bis sie beglückt aus der Praxis enteilte. April wurde beneidet um diesen zart fühlenden Mann, und hinter ihrem Rücken hörte sie nicht selten, dass sie es gar nicht wert war, ihn als Gatten zu besitzen.

Wenn diese dummen Puten wüssten, welches Martyrium sie zuhause erlebte! Der gute Arzt verausgabte sich so an seine Patienten mit ihrem törichten, weitschweifigen Gerede, dass für seine Ehefrau am Abend nicht viel übrig blieb.

Kaum hatten sie das Dinner beendet, begab er sich selbstzufrieden, bereits im Schlafrock, mit einer Zigarre und einem Glas Whisky in das Wohnzimmer und drehte den Fernsehapparat auf. Meist schlief er dort nach einer halben Stunde ein, schnarchte, dass die Wände krachten, und vergaß seine ganze Umwelt.

Selten kam es vor, dass der schon in die Jahre gekommene Herr Doktor sexuelle Gelüste verspürte. An solchen Abenden zeigte er sich April gegenüber äußerst einschmeichelnd und liebenswürdig.

Eine angeregte Konversation entstand und April musste mit ihm ein paar Gläser Whisky trinken. Danach gestattete er ihr, ihn ins Wohnzimmer zu begleiten. Meist legte er eine Videokassette ein und die beiden sahen sich einen Pornofilm an. Während der Film alle nur erdenklichen geschlechtlichen Akte mit banalem Text präsentierte, saß April völlig nackt neben ihrem geil gewordenen Gatten und ließ ein Herumfummeln an ihren bewussten Körperteilen schweigend über sich ergehen. Danach musste sie vor ihm knien und sich eifrig bemühen, sein halb steifes Glied nach allen Regeln der Kunst zu bearbeiten. Sie wusste, dass sie gute Arbeit leistete, denn sie saugte und lutschte fleißig.

Trotzdem brachte sie es nicht zu Stande, den Kleinen aufzustellen, auch wenn der Göttergatte wie ein Hirsch röhrte und seine Finger voll Wolllust an ihren Haaren rissen. Schließlich verlangte der voll Tatendrang entfachte Gatte von April, sie solle auf allen vieren am Boden entlang kriechen. Er jagte ihr nach, erwischte und packte sie am Körper, nahm ihre Schenkel hoch und vergrub sein Gesicht in ihre Scheide. Erst das Loslösen von ihr mit einem abschließenden Grunzen wie ein Schwein ließ sie wissen, dass sein Orgasmus gekommen und das Spiel zu Ende war.

Sie hasste ihn und beschloss eines Tages, die Scheidung einzureichen. Sie würde jegliche Schuld auf sich nehmen, wenn sie nur schnellstens aus dieser Umgebung wegkam. Still und unbemerkt verließ sie das Haus mit all seinen Annehmlichkeiten. Sie würdigte Port Blair mit keinem einzigen Blick und nicht den mindesten Gedanken. Mit gesenktem Kopf stieg sie in den Zug, setzte sich ins Abteil und fuhr nach New York. Als Sekretärin im Verlag Hover bekam April eine Stellung, die sie sofort annahm. Damit begann ihr neues Leben.

Daisy Hover galt in ihren Jugendjahren als das Partymädchen der Stadt, über das am meisten geschrieben wurde. Nach dem Abschluss in der Dwight Highschool in New York schaffte sie es spielend, sich durch ewige Skandale ins Rampenlicht der Presse zu setzen. Sie organisierte die heißesten Festivitäten, an denen alle teilnahmen, die Rang und Namen hatten. Es störte sie nicht, Fotos in den Zeitungen vorzufinden, auf denen sie halb nackt in Bars tanzte oder Paparazzi sie aufspürten, sobald sie mit einem bekannten Unterweltboss Händchen haltend und schmusend in eines der Nobelrestaurants einkehrte.

Das änderte sich schlagartig, als sie den Professor an der Universität kennen lernte, wo sie ihr Studium begann. Sie verliebte sich rasend in den ehrenhaften Mann, der bis zu diesem Zeitpunkt mit Ehefrau und Kindern ein solides Leben führte. Daisy wollte ihm unter allen Umständen den Kopf verdrehen. Alle nur erdenklichen Tugenden wurden in ihr wach, hoffend, ihn damit fesseln zu können.

Durch seinen positiven Einfluss schaffte sie es in kürzester Zeit, neben Journalismus auch mit dem Jusstudium fertig zu sein. Aber das war ihr nicht genug. Sie wollte seinen Körper besitzen und seine Liebe erzwingen und stellte die unmöglichsten Dinge an, um ihn für sich zu gewinnen. Und sie siegte. Denn er war auch nur ein Mann, beeinflussbar und bereit, ein Spiel zu spielen. Hemmungslos verfiel er seiner jungen Geliebten. Die Beziehung ging so weit, dass er bereit war, sich von seiner Frau und den zwei Töchtern zu trennen. Es kam zu einer letzten Aussprache zwischen den Eheleuten.

Böse, laute, verletzende Worte fielen. Die Mädchen flüchteten verängstigt in den Nebenraum. Die Betrogene konnte sich nicht damit abfinden, einem jungen Luder ihren Mann zu überlassen. Das ließ ihr Stolz nicht zu. Dafür sollte er büßen und ein Leben lang von Schuldgefühlen übermannt sein. In Sekunden der Verzweiflung, des Hasses und der Böswilligkeit raste sie in die Diele und holte die Pistole. Dann ging sie in das Zimmer, wo die Kinder saßen und voll Entsetzen ihre Mutter anstarrten, bevor diese, völlig teilnahmslos und ohne Regung, auf sie mehrere Schüsse abgab. Der Professor stürzte in den Raum. Zu spät. Mit einem irren Lachen richtete die Verrückte die Pistole an ihren Kopf und erschoss sich selbst.

Die verhängnisvolle Affäre zwischen Daisy und ihrem Liebhaber endete von einem auf den anderen Tag: Der Professor war manisch depressiv geworden. Eine geistige Umnachtung trat hervor. Er war unfähig zu unterrichten, sprach wirres Zeug und war infolgedessen für die Universität unbrauchbar geworden. Und somit auch für Daisy. Sie konnte nicht mit ansehen, wenn er tagelang blöde vor sich hinstarrte, kaum etwas aß und kein Wort über die Lippen brachte. Sie schickte ihn in ein Pflegeheim, weit weg von Manhattan, wo er seine tristen Tage in Gesellschaft gleich bemitleidungswürdiger Geschöpfe verbrachte. Niemand von der ganzen Anstalt eruierte, wer hinter dem Namen Margarete Huber steckte, die der Institution einen monatlichen Scheck zukommen ließ, um den gewissen Patienten P. mit der Nummer 0098 359 aus dem Appartement im Parterre gut aufgehoben zu wissen.

*****

Katharina saß an einem Tisch im eleganten Restaurant „Maverick" in der Nähe des Times Square. Es war das berühmte Lokal, in dem seinerzeit schon Frank Sinatra und Liza Minelli gesungen hatten.

Ihr Blick ging durch das Fenster auf den neonüberfluteten Broadway. Gleich würde Stefan erscheinen.

„Ich möchte heute nach der Vorstellung ein besonders romantisches Dinner. Es gibt Verschiedenes zu besprechen, das keines weiteren Aufschubs bedarf", hatte er am Vormittag erläutert, als er die Reservierung für den Abend vornahm. Zu weiteren Erklärungen ließ er sich nicht ermuntern und antwortete nur ganz kurz mit einem Augenzwinkern: „Warte ab, Prinzessin."

Stefan erschien pünktlich. Gut gelaunt begrüßte er seine Verlobte, setzte sich ihr gegenüber und befasste sich augenblicklich mit der Menükarte.

Nach dem exquisiten Essen lehnte sich Stefan leicht nach vorn, sah Katharina in die Augen, lächelte sie an und sagte in einem Atemzug:

„Katharina, ich möchte dich heiraten."

„Wie bitte?"

„Ja, du hast richtig gehört, ich möchte dich heiraten. Du bist die Frau für mich, bei der alle meine Träume in Erfüllung gehen. Du bist nicht nur schön, sondern auch intelligent und stellst eine starke Persönlichkeit dar. Dabei hast du einen wunderbaren warmherzigen Charakter und bist ein großartiger Freund und treuer Weggefährte. In den Monaten, in denen ich mit dir in Wien zusammenlebte, lernte ich schon alle guten Seiten von dir kennen. Damals war ich noch nicht reif genug, mir wirklich ernsthafte Gedanken über uns beide zu machen. Dann kam die Zeit, die wir beide getrennt verbrachten. Und das war gut so. Sie hat meine ehrliche Beziehung zu dir nur gestärkt. Die Lovesongs habe ich für dich geschrieben, bin damit in den Staaten auf Tournee gegangen, habe diese dem Publikum vorgesungen und dabei an dich gedacht. Ich habe dich sehr, sehr lieb und möchte dich ein Leben lang umsorgen und mit meiner Liebe umhüllen. Ich möchte die Eheschließung vollziehen, damit wir auch dem Gesetz nach ein Paar sind. Willst du meine Frau werden?"

Katharina brach augenblicklich in Tränen aus. Mit allem hatte sie gerechnet, nur nicht mit diesem wunderbaren Geständnis. Beglückt nahm sie Stefans Kopf in ihre Hände und drückte ihm einen heftigen Kuss auf den Mund.

„Natürlich will ich dich heiraten und mein Leben mit dir teilen."

Stefan orderte Champagner, und voll Freude auf das Kommende stießen die Verliebten auf ihre Zukunft an.

„Und hast du schon nachgedacht, wo du heiraten willst?"

„Das bedarf keiner langen Überlegung. Natürlich in Wien. In der Stadt der Liebe und in der Stadt, wo mein Glück begonnen hat. Meine Eltern werden gerne kommen und sich freuen, wenn ihr Sohn vor den Altar tritt.

Die Theatersaison mit ‚American Dream' am Broadway neigt sich langsam dem Ende zu. Für die Wiederaufnahme im Herbst werde ich hier nicht mehr zur Verfügung stehen. Meine Agentin hat verschiedene Angebote bereit und ich möchte mit dir zusammen prüfen, welche die lukrativsten für die nächste Zeit sind.

Voraussichtlich werde ich in einem großen Musikfilm mitwirken, der in den Sommermonaten seinen Start hat. Gedreht wird an verschiedenen spektakulären Plätzen in Frankreich. Im Herbst stehen Auditions in London, Hamburg und Wien bevor. Ich werde an allen teilnehmen und kann nur hoffen, dass ich auch wieder in Wien als Musicalstar auftreten kann. Auf Grund meines nunmehrigen Bekanntheitsgrades stehen mir für kommende Musicalproduktionen alle Türen offen. Den Worten meiner Agentin zu glauben, reißen sich die Produktionen darum, mich unter Vertrag zu bekommen."

„Da kommt ja eine Verblüffung nach der anderen auf mich zu. Vor allem bin ich erstaunt, dass du dem Broadway den Rücken kehren willst. Bei diesem Erfolg, den du hier in Amerika hast, würden Hollywood oder Las Vegas bald nach dir rufen. Meinst du nicht?"

„Um ehrlich zu sein, ich habe Heimweh nach den europäischen Bühnen. Und da ist noch etwas: Meine Agentin verlässt diese beinharte Branche und heiratet. Sie hat endlich den Millionär geangelt, der ihr ein ruhigeres Leben bieten kann. Was ich ihr auch von Herzen wünsche."

„Mit anderen Worten, du bist bald wieder ohne Agentur. Das trifft sich gut, denn vielleicht könnte ich zukünftig diese Arbeit übernehmen. Du würdest nicht der erste Künstler sein, der von seiner Frau gemanagt wird. Und das Geld bleibt in der Familie." Katharina bekam plötzlich ganze rote Backen vor Aufregung. Die Aussicht, wieder zurück nach Wien zu gehen, offenbarte neue Voraussetzungen, die sie freudig stimmten, obwohl sie sich in New York schon recht gut eingelebt hatte. Stefan lächelte schelmisch. „Meine Frau und meine Managerin, das klingt ja viel versprechend." Er nahm ihre Finger zum Mund und küsste sie liebevoll.

„Und an welchem Tag, dachtest du, heiraten wir?"

„Ich denke, am einundzwanzigsten Juni, zum Sommerbeginn. Wir werden uns in einer weißen Kutsche, mit vier weißen Schimmeln voran, zur Karlskirche vorfahren lassen, in der die Zeremonie stattfindet. Anschließend geht es mit dem Pferdegespann ins Imperial. Dort wird der Hochzeitsempfang abgehalten."

„Du hast dir ja alles bis ins kleinste Detail ausgedacht", entfuhr es Katharina freudig erregt.

„Natürlich", antwortete Stefan. „Schließlich muss ich mit festen Fakten aufwarten können, wenn ich meiner Braut den Antrag mache."

Beide lachten herzlich auf.

Dann stellte Katharina fest: „Es werden große Vorbereitungen zu machen sein: alleine die Einladungen schreiben, das Aufgebot, die Bestellung der Hochzeitstafel, die Wahl des Brautkleides, der Fotograf, der zur Kirche kommt und Bilder von der Hochzeit macht. Die Kutsche muss bestellt werden und der Fuhrpark für alle Gäste sollte bereitgestellt werden. Die Anfrage an die Karlskirche und die Auswahl der Musik während der Zeremonie dürfen nicht zu spät erfolgen. All das muss gründlich und rechtzeitig in die Wege geleitet werden, damit es keine Pannen gibt. Und zum Schluss, das Wichtigste nicht zu vergessen: Wen ernennen wir zu unseren Trauzeugen?"

„Dazu habe ich folgenden Vorschlag. Mein letzter Auftritt im Global Theatre wird Sonntag, der zwölfte Juni, sein. Danach reise ich unverzüglich zurück nach Wien, gerade noch rechtzeitig, um mich für die kommenden Feierlichkeiten vorzubereiten.

Dich bitte ich, schon einige Wochen vorher abzureisen, um zuhause in aller Ruhe deine Anordnungen zu treffen.

Anfang Mai habe ich vier Tage spielfrei. Diese Tage möchte ich nützen, um mit dir nach Miami zu fliegen. Es ist zwar nur ein kurzfristiger Urlaub, aber ich möchte dort einen Verwandten besuchen, den ich einige Jahre nicht gesehen habe.

Die Gelegenheit ist gut, und die Flugzeit von hier nicht so lang wie von Europa aus. Ich denke, du bist auch damit einverstanden."

„Das wird großartig. Miami wollte ich immer schon sehen."

Es wurde sehr spät an diesem Abend und selbst zuhause, nachdem sie bereits im Bett lagen, sprachen sie noch über dies und jenes und über gemeinsame zukünftige Pläne. Langsam verstummte dann doch ihr Redefluss. Von der Müdigkeit übermannt, schliefen sie ein.

Katharina träumte alles Mögliche wild durcheinander, lauter Verrücktheiten, die sie am nächsten Morgen nicht mehr realisieren konnte:

Ihre Schwiegermutter in spe behauptete, die Hochzeitstorte selbst am schönsten zu backen. Dafür kam sie schon einige Tage früher nach Wien, quartierte sich im „Imperial" ein und bestand darauf, ausgestattet mit weißem Zuckerguss, Marzipanblumen und Zuckerornamenten, den dreistöckigen Kuchen in der Küche des Hotels zu dekorieren.

Ganz oben drauf fabrizierte sie das Hochzeitspaar aus Marzipan – Braut und Bräutigam. Das Gesicht des Bräutigams kam plötzlich ganz groß ins Bild. Aber es war nicht Stefan, sondern Markus.

Die Robe, die sie auserwählte, war nicht ein weißes Traumgebilde aus Spitze, Organza und Seide, sondern bestand aus einem hautengen blassgrauen Kleid mit langer Schleppe und einem Wagenrad von einem Hut, auf dem weiße Tauben saßen. Das Kleid war so eng, dass sie beim Gehen größte Schwierigkeiten hatte und wie eine Japanerin durch den langen Trakt der Kirche zeppelte. Jedermann lachte, als man sie so sah, denn ihr Trauzeuge – es war Kurt Adler aus dem „Hotel Paradiso" – zeppelte im selben Schritt neben ihr her. Als Katharina das schallende Gelächter hörte, schrie sie wie eine Furie die Menschen an, sie sollten nicht so höllisch grinsen, wenn sie nicht wüssten, was die neueste Mode in den Staaten sei.

Nach der Zeremonie begann ein riesiger Auflauf. Alle Gäste strömten aus der Kirche und verschwanden in die bereitgestellten Taxis. Plötzlich stand sie mit ihrem angetrauten Gemahl alleine vor dem Portal. „Schnell hinterher", schrie sie Stefan an, „sie dürfen uns nicht entkommen!" Sie riss sich das hautenge Kleid vom Leibe, und nur mit Höschen und BH bekleidet lief sie davon, ein keuchender Ehemann hinter ihr nach. Endlich erreichten sie den Bankettsaal des ehrwürdigen Hotel Imperial. Aber was fand sie dort vor? Anstelle der Eingeladenen tummelten sich, trunken vom Alkohol, Clowns und Närrinnen, die sie tanzend in die Mitte nahmen und ihren Glückwunsch aussprachen.

Damit nahm der Traum ein jähes Ende. Katharina schreckte hoch, schaute verschreckt herum und wusste im Moment nicht, wo sie sich befand. Erst als sie Stefan zufrieden atmend neben sich vorfand, beruhigte sie sich, kuschelte sich an seine Seite und hatte im nächsten Moment alles wieder vergessen.

Wochen später

Der bevorstehende Kurzurlaub von Stefan war Gesprächsstoff Nummer eins seit geraumer Weile, denn schon bald wollten die beiden einige entspannende Tage in Miami verbringen.

Stefan erinnerte sich zu gerne an die Zeit zurück, zu der er erstmalig dieses sonnige Bundesland der Vereinigten Staaten besucht hatte.

„Ich hatte mein Musical- und Tanzstudium abgeschlossen, und weil die Aussicht auf ein erstes Engagement noch weit entfernt war, begab ich mich kurz entschlossen nach Florida. Nach der klassischen Rundreise blieb ich in Miami.

Ich wusste von einem entfernten Verwandten namens Alexander Koch, der Jahre zuvor aus Deutschland ausgewandert war und sich – unter dem Motto ‚Amerika, du hast es besser' – im Sunshine-State niederließ. Ihn suchte ich auf. Inzwischen war jener zu einem erfolgreichen Geschäftsmann geworden. Einige Gebäude im Art Deco-Viertel am Ocean Drive gehörten zu seinem Besitz. Auftauchende Gerüchte, die durch Konkurrenten und Neider entstanden waren und aussagten, dass ein Großteil seines Vermögens auf illegalen Drogenhandel, mit Umschlagplätzen in Südflorida, zurückzuführen sei, wies er vehement zurück. Jedermann sollte sich von seiner weißen Weste überzeugen können. Als distinguierter Restaurant- und Barbesitzer wurde er akzeptiert und ließ keinen Makel erkennen. Im Gegenteil, seine Lokalitäten rückten zu einem allgemein beliebten Szenetreff auf. Die Promis, und solche, die es noch werden wollten, gingen ein und aus."

„Bist du lange in Miami geblieben?", erkundigte sich Katharina.

„Es waren insgesamt acht Wochen, die ich in Florida verlebte. Alexander zeigte sich sehr großzügig und schlug mir auch vor, in seiner Dancingbar mit Soloprogrammen aufzutreten. Für mich als jungen Mann gestalteten sich diese Darstellungen als gute Einführung in das Showbiz, noch dazu, wo sie entsprechend honoriert wurden

Durch Alexander lernte ich alle nur möglichen Schauplätze rund um Miami kennen."

„Es muss eine außergewöhnliche Stadt sein."

„Exorbitant, mit einer fassettenreichen Kulisse. Sie ist ein Paradebeispiel für Glamour und Luxus, gepaart mit abgründiger Armut und Kriminalität.

Ich werde dir in der kurzen Zeit nicht alles zeigen können, aber zumindest die Highlights sollst du kennen lernen. Inzwischen hat Miami, die Stadt der Vielfalt und Kontraste, einen neuen Aufschwung bekommen. In den letzten Jahren kämpfte diese lebendige Metropole mit Imageproblemen. Nicht nur durch soziale Unruhen, auch die wachsende Kriminalität und die zerstörerischen Hurrikans trugen ihren Teil dazu bei. Es wurde viel getan, um Kultur, Sicherheit und Schönheit wiederherzustellen. Dazu kommen prachtvolle Boulevards in Luxus-Levels gehüllt und Districts für Millionäre, die die Stadt veränderten.

Wir werden im Fontainebleau-Hotel logieren. Ich kenne es von meinem ersten Besuch. Es ist ein im französischen Chateau-Stil erbautes Gebäude, sehr beeindruckend und vornehm. Übrigens war das Hotel in den Sechzigerjahren Drehort des James Bond-Films ‚Goldfinger'. Es ist ja schon einige Jahre her seit meinem letzten Aufenthalt und ich glaube, ich werde so manches Viertel gar nicht mehr wiedererkennen. Neugierig bin ich auch, ob die Geschäfte meines Verwandten nach wie vor so florieren oder der Zahn der Zeit daran nagt. ‚In Amerika ist man schnell oben, aber auch schnell wieder unten', sagt ein altes Sprichwort."

Katharina hörte ihrem Verlobten interessiert zu, ohne viel zu erwidern.

Sie wusste, dass sie seinen Redefluss nicht so leicht bremsen konnte.

Insgeheim nahm sie sich vor, einen Reiseführer zu besorgen, der die neuesten Informationen über die Stadt festhielt.

Szenenwechsel

Bif landete mit seinem Vater irgendwann in New York. Sie kamen per Schiff aus einem Land, wo immer die Sonne schien und die Menschen den ganzen Tag sangen. Der Vater hatte seine Erinnerungen an die Heimat aus dem Gedächtnis gelöscht. Für ihn war New York der Beginn eines anderen Lebens. Sie hatten nur einen billigen Pappkoffer, dessen Inhalt aus der nötigsten Kleidung bestand, und so viel Geld bei sich, um in der ersten Zeit überleben zu können. Aber die Hoffnung, dass sie beide in dem „Schmelztiegel der Nation" eine gnädige Aufnahme finden würden, gab ihnen den Mut für den Neuanfang. Sie quartierten sich in einem billigen Untermietszimmer ein, wo niemand den Ankommenden in die Augen sah und nach Papieren fragte. Einzig und allein zählten die großen Dollarscheine.

Die Situation mitzuerleben, wie sein Vater im Bett lag und so lange hustete, bis er an dem Blut, das er erbrach, erstickte, veränderte den Geisteszustand des Jungen. Bif sah auf den roten Saft, der, aus dem Mund herausgequollen, das Leben dieses Mannes beendete. Eine Welle von Hass überkam ihn beim Anblick des Leblosen. Er konnte nichts anderes empfinden, denn das Gefühl von Liebe gab es bei ihm nicht. Dieser Mensch hatte ihn unbarmherzig zurückgelassen in der großen, fremden Stadt. Nun war er auf sich alleine angewiesen. Aber er würde nicht in New York bleiben, sondern wieder dorthin zurückkehren, woher er gekommen war. Und das auf dem schnellsten Wege. Er brauchte nur das Geld für die Fahrkarte. Mehr nicht. Und dieses Geld würde er sich besorgen. Völlig teilnahmslos nahm Bif die wenigen Habseligkeiten an sich. Das wichtigste Utensil stellte das Klappmesser dar, das er von nun an mit sich führte. Es diente zum Schutz, aber auch für den Angriff. Lautlos verschwand er aus dem schäbigen Untermietszimmer und begab sich auf die Suche nach einem neuen Unterschlupf. Frierend, hungrig und hustend irrte er durch die Straßen. Er fand ein kleines Geschäft. Hinter dem Ladenpult saß ein alter dicker Chinese, der ihm Brot und Tee gab und ihm eine Bleibe versprach. Der Chinese ging mit ihm in ein Hinterhofhaus.

Sie stiegen über die Feuertreppe und gelangten in einen verdunkelten Schlafraum, über dessen Bett ein seidener Baldachin hing. Dicke Teppiche belegten den Fußboden und es roch nach Rosenöl. „Hier kannst du bleiben", sprach der Chinese und ging fort. Später kam er wieder zurück, brachte Essen und forderte den Knaben auf, an der Opiumpfeife zu ziehen. Völlig apathisch ließ der Junge die anschließende sexuelle Vergewaltigung des Dicken über sich ergehen. Er biss nur die Zähne zusammen, denn weinen konnte er nicht.

Bif wartete, bis sein Schänder, benommen vom Opium, eingeschlafen war, dann richtete er sich auf und stach ihm voller Hass mitten ins Herz. Das Einzige, das ihm eine kleine Befriedigung gab, waren die Dollarscheine, die er in der Brieftasche des Toten fand. Er nahm sie und verschwand, von niemandem gesehen, aus dieser Hölle.

Bif vegetierte im tiefen Keller eines verwahrlosten Abbruchhauses. So wie die Kategorie verlotterter Menschen, die in denselben Herbergen Unterschlupf fanden, um ihr sinnloses Dasein zu fristen. In diesem Verlies konnte er damit rechnen, dass man ihn in Ruhe ließ. Die Behörden vermieden den Besuch solcher Straßen im Getto, und seinesgleichen übersah jeden Neuzugang, solange dieser ihr Revier nicht querte. Es war ein ständiges Kommen und Gehen von Flüchtenden. Manche verschwanden bereits am folgenden Tag und kehrten nie mehr zurück. Keinen kümmerte es, ob jener von der Polizei gefasst wurde oder durch seine Krankheit verendete. Jeder war sich selbst der Nächste. Sie gehörten nicht zu den hunderttausenden von Obdachlosen, für die die Stadt das „Welfare-Paket" bereithielt. Sie waren keine Sozialempfänger, die ihren Wohlfahrtsscheck, die Lebensmittelmarken und die kostenlose Krankenversicherung erhielten.

Sie waren Diebe, Hehler, Drogendealer und Mörder. Der Abschaum der Gesellschaft, den keine Statistik erfasste.

In dem Jungen war die Bestie erwacht. Bei einem Altwarenhändler besorgte er sich neue Kleidung, leerte die Kasse aus, versperrte nach vollendeter Tat das Geschäft und ließ den durch drei Messerstiche verblutenden Besitzer einen einsamen Tod sterben.

Sein nächstes Opfer war ein Taxifahrer, den er spätabends am Straßenrand eines nicht frequentierten Häuserblocks überfiel und tötete. Nachdem er dessen ganzes Hab und Gut aus allen Säcken seiner Kleidung an sich genommen hatte, packte er den Toten und schmiss ihn wie einen Sack Abfall auf den Gehsteig.

Mit dem Taxi fuhr er die Straßen entlang. Er wusste nicht genau, wo er sich befand. Aber es spielte für ihn keine Rolle. An diesem Tag hatte er große Beute gemacht. Er würde morgen zeitig in der Früh in den Bus steigen und aus New York verschwinden.

Da stand am Straßenrand ein Mann, dunkel und schlank, und winkte so auffällig nach dem Taxi, dass Bif stehen blieb. Der Fahrgast setzte sich auf den rückwärtigen Sitz und nannte ihm die Adresse, wo er hinwollte. Bif schaute auf das blutige Messer, das vorne am Boden lag. Von einem inneren Zwang ausgehend nahm er das Mordinstrument an sich, stieg aus, öffnete die rückwärtige Autotür und stach wie wild auf den Ahnungslosen ein. In seinem Wahn vergaß er nach Geld zu suchen. Danach zog er das Messer aus dem sterbenden Körper, schlug die Autotür zu und hastete ohne Orientierung durch die dunklen Straßen.

Passanten entdeckten das im Taxi begangene Verbrechen und riefen nach der Rettung. Im Krankenhaus angekommen erlag der Mann seinen schweren Verletzungen. Nach Durchsicht der Brieftasche stellten die Behörden fest, dass es sich um den Musicalstar Stefan Thorsten handelte, der nach seiner Aufführung im Global Theatre anscheinend nach einem Taxi gerufen hatte und dabei einem Verbrechen zum Opfer gefallen war.

Katharina erhielt eine Stunde später Besuch von zwei Kriminalbeamten, die ihr das tragische Unglück übermittelten. Auf Grund ihres äußerst geschockten Zustandes musste ein Notarzt herbeigeholt werden, der sie ins nächste Krankenhaus überstellen ließ. Die fieberhafte Suche nach dem gemeinen Verbrecher, der den Taxifahrer und Stefan Thorsten auf dem Gewissen haben musste, begann. Eine Großrazzia wurde eingesetzt. Sie verlief ergebnislos. Der oder die Täter konnten nicht gefasst werden, sie waren wie vom Erdboden verschwunden.

Der hinterhältige Mord an dem Künstler Stefan Thorsten stand im Mittelpunkt der Schlagzeilen in den Zeitungsmeldungen. In diesem Zusammenhang wies man auf die Krise der Stadt und ihre soziale Diskrepanz hin, und man stellte die Frage, wie viele Verbrechen geschehen, die von der Öffentlichkeit gar nicht wahrgenommen werden.

Finale

Alle glücklichen Begebenheiten gehörten der Vergangenheit an. Die großartigen Zukunftspläne existierten nicht mehr. Untergegangen in einer Flutwelle des Entsetzens, die sämtliche Träume zunichte machte.

Katharina fasste es nicht. Blinder Hass und ohnmächtige Trauer peitschten durch ihr Gemüt. Warum ging das Schicksal so grausam mit Stefan um?

Stefan, der junge sympathische Mann, der niemandem etwas zu Leide getan hatte. Der auf der Höhe des Zenits gestanden war und sein Glück vollenden wollte, indem er sie als Ehepartnerin für ein gemeinsames frohes Leben auserwählt hatte.

Bei dem Telefonat, das Katharina mit ihrer Freundin in Foxhill führte, sagte Virginia ihr sofortiges Kommen zu, packte unverzüglich die wichtigsten Dinge in einen kleinen Koffer und setzte sich in das nächste Flugzeug nach New York.

In ihrer ruhigen, hilfsbereiten Weise half sie der von Schock und Trauer gezeichneten jungen Frau über die nächsten schweren Stunden hinweg.

Die beiden Damen saßen im Wohnzimmer des Appartements. Virginia hörte voll Teilnahme zu und antwortete dann, trotz ihrer Bestürzung, mit fester Stimme:

„Ich weiß, mein liebes Kind, dass man trotz tröstender Worte, die man bekommt, alleine mit der Trauer ist. Verlassen zu werden ist eine der großen Krisen, die man durchmacht. Ich wünsche dir die Kraft, den Schmerz jetzt zuzulassen, und gleichzeitig die Kraft, diesen Schmerz irgendwann – je früher, desto besser – wegzustoßen, um die Botschaft für ein neues Leben aufzunehmen.

Ich empfehle dir, New York so rasch als möglich den Rücken zu kehren. Du hast hier keine Zukunft mehr."

Katharina war bereit, alle Zelte abzubrechen, und hatte unverzüglich die Überstellung des Leichnams in seine Heimat beordert. Tags darauf ließ sie in der St. Patrick's-Kirche eine kleine interne Messe abhalten. Stefans ehemalige Kollegen und alle Bekannten wohnten dieser Andacht bei.

Von der New Yorker Polizei bekam sie die Zusicherung, dass die Fahndung nach dem Mörder auf Hochtouren lief, um das Verbrechen zu sühnen. Schon aus Prestigegründen, weil es sich um einen berühmten Künstler aus dem Ausland handelte, war äußerste Dringlichkeit angesagt.

Einige unentbehrliche Abschiedsbesuche musste Katarina der Ordnung halber noch absolvieren. Danach hakte sie New York ab. Das Glück und die Erlebnisse, die sie hier genossen hatte, waren schön, aber viel zu kurz und nicht relevant im Vergleich zu dem Kummer, den sie jetzt verspürte.

Katharinas nächste Station war Frankfurt. Die Beerdigung wurde kurzfristig angesetzt. Es war ein schwerer Gang, das letzte Geleit zu geben. Und es tat unendlich weh, ihren Schwiegereltern in spe sowie allen anwesenden Verwandten und Bekannten das Beileid auszusprechen, wobei sie selbst so viele tröstende Worte zu hören bekam.

Nach der Zeremonie wartete sie, bis alle trauernden Anwesenden außer Reichweite waren. Sie stand vor dem zugeschütteten Grab und sprach weinend: „Adieu, mein Lieber. Es tut mir so Leid." Sie blickte kurz nochmals auf die Schleife des Kranzes, auf der geschrieben stand:

In Liebe, deine Katharina.

Die Bilder von und mit ihm flossen wie Tränen durch den Kopf. All die Erinnerungen der kurzen schönen Zeit.

Mit gebeugtem Kopf, den Schleier des Hutes vor dem Gesicht, ging sie langsam aus dem Friedhof. Sie spazierte entlang der Allee. Sie sah nicht, dass die Kastanienbäume bereits in Blüte standen. Sie fröstelte, denn durch ihr schwarzes Kostüm ging ein leichter, kühler Frühlingswind.

Das nächstbeste Taxi hielt sie an, das sie direkt zum Flughafen führte.

*****

Katharina flog nach London. Foxhill zeigte sich als einziger Ort, von dem sie wusste, hier Geborgenheit zu finden. Und Virginia, diese wunderbare Frau, gediegen, zurückhaltend und liebevoll, war der einzige Mensch, den sie jetzt in diesem Zustand aushielt, und wo sie dankbar war, dass es sie gab. Wien, ihre Wohnung, ihre Freunde und Bekannten rückten in ferne Zukunft. Sie würde sie nicht eine Minute ertragen können.

Virginia holte Katharina am Flughafen ab. Sie sprach zunächst kein Wort, umarmte sie nur und sprach dann leise auf sie ein:

„Ich werde alles tun, damit du zur Ruhe kommst.“

Die nächsten Wochen vergingen in völliger Abgeschirmtheit.

Virginia hatte diese außerordentliche Begabung, ihrem Schützling völlige Freiheit zu gewähren und ihr gleichzeitig das Gefühl von Nestwärme zu übermitteln. Umgeben von der Liebe ihrer mütterlichen Freundin kehrte Katharinas Freude an allem Schönen wieder zurück. Sie öffnete den Panzer, den sie sich zugelegt hatte, und lernte somit, ihrem Leben wieder eine positive Richtung zu geben. Auf der Suche nach sich selbst und auf die Möglichkeiten hinarbeitend, die das Leben bietet, fing sie wieder zu schreiben an. Ihre Finger flogen über die Tasten; Wort für Wort, Seite um Seite schrieb sie an dem in New York begonnenen Roman und umrahmte die Kapitel mit den schönsten Liebesgeschichten.

Abgesehen von Angela, der Chefredakteurin der Zeitschrift „Die Frau von heute“, wusste niemand in Wien, wo Katharina sich aufhielt

Eines Tages rief Angela an.

„Hallo, mein Liebes. Ich entnahm aus deinem letzten Brief mit Freude, dass du auf dem Wege der Besserung bist. Das ist gut so, denn wir brauchen dich alle.

Vorerst muss ich dir mitteilen: Deine Wohnung habe ich inspiziert, es ist alles in Ordnung, du brauchst dir keine Gedanken zu machen. Ich habe beantragt, dass dir sämtliche Post – bis auf Widerruf – nunmehr nach England nachgesandt wird.

Dann kann ich dir berichten, dass deine Kurzgeschichten, die du mir zur Verfügung gestellt hast, bei den Leserinnen gut ankommen. Ich bin froh, dass du mir zwölf Geschichten – also für jeden Monat eine – als Sammelband vorgefertigt übergeben hast. Somit habe ich Vorrat bis zum Ende des Jahres.

Auch die Artikel, in denen du über New York berichtetest, waren sehr gelungen. Danke nochmals. Geld wurde auf dein Konto überwiesen. Vielleicht schaffst du es, in weiterer Folge über London zu schreiben? – Aber ich will dich zu nichts zwingen. Das musst du selbst entscheiden.“

Katharina gab nur eine kurze Antwort:

„Zurzeit bin ich sehr mit dem Manuskript für einen weiteren Roman beschäftigt.“

„Das ist gut so. Damit verlierst du den Anschluss nicht. Bezüglich deines ersten herausgegebenen Werkes habe ich dir tolle Informationen zu übermitteln.

Wie ich dir erzählte, wurde dieses im Mai veröffentlicht. Die Bücher sind nunmehr im Handel erhältlich. Einige Exemplare habe ich mir erbeten; sie liegen bei mir in der Redaktion. Ich bin mit dem Verlag in ständiger Verbindung, so als ob ich deine Agentin wäre. Aber man muss dahinter sein. Aus Erfahrung weiß ich, dass man den Leuten ständig auf den Wecker gehen muss. Sonst geht leider nichts weiter. Ich habe veranlasst, dass dein Roman bei verschiedenen Zeitungen zur Rezension kommt. Leider dauert auch das ewig, du kannst jedoch beruhigt sein. Meine Zeitschrift bringt für die kommende Ausgabe eine Bekanntmachung über die Neuerscheinung. Im Hinblick darauf, dass du als Autorin mit den Kurzgeschichten und den Reportagen aus New York eingeführt bist, wird die Vorstellung deines neuesten Buches ein sicheres Interesse finden.

Dein Buch ist wirklich toll geschrieben. Auch das Cover kommt gut an. Gratuliere!"

„Das freut mich, dass alles so geworden ist, wie wir es uns vorstellten. Irgendwann werde ich wohl auch ein Originalexemplar zu sehen bekommen."

„Früher, als du glaubst, meine Liebe. Ich habe vor, im Herbst zusammen mit deinem Verlag im ‚Palais Kinsky' eine Buchpräsentation zu veranstalten. Wir werden an alle möglichen Bekannten sowie wichtigen Leuten von Kultur, Presse und TV eine ausdrucksvolle Einladung senden. Und du als Autorin wirst selbstverständlich dabei sein und persönlich eine kleine Lesung für die Anwesenden machen."

„Das ist eine Superidee!", entfuhr es Katharina hocherfreut. „Hoffentlich haben wir einen großen Publikumsandrang."

„Da kannst du sicher sein. Besonders wenn auf der Einladung steht ‚mit anschließendem Büfett'. Diese drei Wörter haben ihre eigene Zugkraft. Einen geeigneten Sponsor für die Bereitstellung der Schmankerln werde ich finden

Und natürlich auch die Getränkeauswahl sollte von einem Gönner übernommen werden.

Ich mache alles, damit es dein Abend wird, verlass dich darauf."

„Du bist einmalig, Angela. Ich bin überglücklich, dass du mir so hilfreich zur Seite stehst."

„Na ja, da ist ja auch ein bisschen ein Hintergedanke dabei. Schließlich soll der Abend ein Aufhänger für die Ausgabe meiner Zeitschrift werden: Interviews und jede Menge Fotos sowie ein Leseausschnitt des Buches. Damit kann ich Seiten füllen."

„Wann soll denn die Präsentation stattfinden?"

„Nach den Sommerferien, am zwölften September. Das ist ein Donnerstag, und zwei Tage später gibt es ‚Die Frau von heute' bereits am Kiosk zu kaufen."

Katharina war vor Freude ganz gerührt. Sie bedankte sich bei Angela, dass sie ihr so unter die Arme griff, und versprach alles zu machen, damit auch die Freundin mit ihr zufrieden war.

„Du kannst mit mir rechnen, ich bin wieder voll da", überzeugte Katharina ihre Gesprächspartnerin am anderen Ende der Leitung. „Ich komme rechtzeitig zurück nach Wien."

Es war Mitte August und Zeit Abschied zu nehmen von Virginia, von Foxhill und all den lieben Menschen aus dieser Gegend, die durch ihre Anteilnahme und dezente Freundschaft geholfen hatten Katharina das Gefühl zu geben, eine zweite Heimat gefunden zu haben.

Virginia bedauerte die Abreise ihres Schützlings. Sie hatte sich so sehr an Katharina gewöhnt, dass sie eine große Leere befürchtete, sobald diese aus dem großen Haus fort sein würde.

Ein aufklärendes Gespräch fand noch am Vorabend der Abreise statt.

„Ich wäre sehr stolz, wenn du zu meiner Buchpräsentation nach Wien kommen würdest. In meiner Wohnung ist Platz genug und du könntest dir endlich selbst den Wunsch erfüllen, diese Stadt kennen zu lernen."

„Das ist wirklich eine gute Idee. Lange genug habe ich es in Foxhill ausgehalten und mir eingeredet, es wäre Zeitverschwendung, mich woanders aufzuhalten als in meinem geliebten England. Inzwischen bin ich alt geworden, aber noch nicht zu alt, um zu reisen. Im Laufe meines Lebens lernte ich die halbe Welt kennen, aber die Möglichkeit Österreich zu sehen blieb mir verwehrt." Ein sehnsüchtiger Glanz lag in Virginias Augen. „Natürlich, warum nicht? Ich werde die Koffer packen und zeitgerecht bei dir anklopfen."

„Wann immer du willst, du bist willkommen. Mein Heim soll auch deines sein. Und glaube bitte nicht, dass du so schnell wieder wegkommst! Ab September hat das Opernhaus seine Pforten geöffnet und neue Theaterproduktionen stehen auf dem Programm. Wien kann man nicht im Schnellzugtempo erobern. Außerdem, einen Kurztrip nach Salzburg und Innsbruck müssten wir ebenfalls integrieren!"

*****

Zum Wochenende vor der Buchpräsentation erwartete Katharina ihre Freundin aus England. Der Besuch sollte Freitag eintreffen, musste jedoch auf den Sonntag verschoben werden, nachdem ein Streik in London-Heathrow den ganzen Flugverkehr lahm gelegt hatte.

Katharina blieb nichts anderes übrig, als Samstag alleine in die Oper zu gehen, um der Premiere von „Der Rosenkavalier" beizuwohnen. Die zweite Karte abzugeben würde keine Schwierigkeit darstellen. Vor der Kassa standen Unzählige, die hofften, im letzten Augenblick doch noch ein Ticket zu erhalten.

Entschlossen ging sie auf den Erstbesten zu, der mit dem Rücken zu ihr in der Schlange der Wartenden vor der Abendkasse stand. Sie stellte sich neben ihn und war im Begriffe zu sagen: „Entschuldigung, möchten Sie?“ Das Wort blieb ihr im Hals stecken. Sie glaubte, einen Geist vor sich zu sehen.

Mit großem Erstaunen brachten beide gleichzeitig hervor:

„Markus!“ – „Katharina, du?“

Markus nahm sie bei der Hand, beinahe schüchtern und unbeholfen.

Katharina hatte sich von dem Schreck erholt und platzte mit ihrer Frage heraus:

„Was machst denn du in Wien, und wieso bist du hier und nicht in Sumatra oder sonst wo?“

„Weil ich mich dazu entschloss, nach all den Abenteuerjahren in die Heimat zurückzukehren. Zufällig musste ich heute Besorgungen in Wien machen. Bei der Gelegenheit dachte ich mir: ‚Vielleicht gibt es noch eine Möglichkeit, in die Oper zu gehen.‘ Es war mir danach. Was für eine Fügung des Schicksals, dich hier zu treffen! Aber wieso bist du da und nicht in New York?“

„Das ist eine etwas längere Geschichte, die traurig ist und nicht im Foyer der Oper erzählt werden kann.“

Markus nahm die Brieftasche aus seinem Anzug und überreichte Katharina den Geldbetrag, der auf der Karte stand.

„Na, dann wollen wir uns den ‚Rosenkavalier‘ ansehen und im Anschluss gestattest du mir, dich auf ein Dinner einzuladen. Dann können wir über alles sprechen, was uns am Herzen liegt.“

Katharina war innerlich viel zu aufgewühlt, um sich auf die Oper von Richard Strauss zu konzentrieren. Sie sehnte sich wahrlich nach dem Schluss der Vorstellung.

Im Restaurant Sacher bekamen sie glücklicherweise noch einen freien Platz.

Katharina brauchte nicht lange eine Aufforderung.

Ihre Erzählungen begannen von dem Zeitpunkt an, als sie einige Wochen im Wellnesshotel „Waldesruhe“ verbrachte und irrtümlicherweise das Mobiltelefon zuhause in der Wohnung liegen gelassen hatte. Freizügig erzählte sie von den verzweifelten Versuchen, ihn auch in Los Angeles anzurufen und ihrem Bestreben ihn immer wieder auf seinem Mobiltelefon zu erreichen. Kurz gefasst informierte sie Markus über den Grund der für sie unabwendbaren Reise nach England und das Kennenlernen von Virginia.

Markus verfolgte ernst die Ausführungen, wollte Katharina da und dort unterbrechen, unterließ es aber, weil er merkte, unter welcher Anspannung sie stand.

Unbeirrt fuhr Katharina fort. Die Sätze sprudelten nur so aus ihr heraus. Endlich hatte sie die Möglichkeit ihm alles zu erzählen, und sie sprach so schnell, als ob sie fürchtete, er würde die Geduld verlieren, aufstehen und das Restaurant verlassen.

Als sie auf das Thema Stefan zu sprechen kam, die Reise nach New York schilderte und die gemeinsame Absicht zu heiraten erwähnte, dass aber durch das furchtbare Verbrechen alle Träume vernichtet wurden, brach sie trotz aller Beherrschung in Tränen aus.

Rasch trank sie aus dem Glas. Nach einer kurzen Gedenkminute erzählte sie mit tränenerstickter Stimme von ihrem Erfolg beim Schreiben und ihrer ersten Buchpräsentation in der kommenden Woche. Danach lehnte sie sich erschöpft zurück, die Reaktion ihres Freundes erwartend.

Markus nahm sie bei der Hand und sagte:

„Mein Liebling, so eine fürchterliche Zeit hast du mitgemacht! Wie Leid mir das alles tut! – Aber jetzt essen wir in Ruhe fertig und dann erzähle ich dir meine Geschichte.“

Markus bemühte sich, die aufgeworfenen Fragen chronologisch zu beantworten.

„Ich schrieb dir über meine Scheidung mit Aline. Wir passten einfach nicht zusammen. Das wurde uns mehr und mehr bewusst. Wir wollten keinen Rosenkrieg entfachen. Im beiderseitigen Einverständnis erklärten wir die Trennung als vernünftigste Lösung. Alines Absicht nach Europa zu gehen musste ich akzeptieren. Ihr Freund, den sie aus der Studienzeit in Florenz kannte – er ist der berühmteste Anwalt in Venedig – stammt aus altem adeligen Geschlecht und besitzt einige Palazzi. Er machte ihr schmackhaft, in eine seiner Villen einzuziehen, eine internationale Galerie zu eröffnen und sich in der Kunstszene einen Namen zu machen; durch seinen Einfluss würde ihr Bekanntheitsgrad bald steigen. Aline war Feuer und Flamme.

Die Faszination, die alte Meisterwerke auf sie ausüben, aber auch ihr Interesse für die moderne Malerei, die Leidenschaft zu Italien und wahrscheinlich auch die Liebe zu ihrem früheren Freund ließen sie diesen Schritt wagen.

Ich begleitete sie in die Lagunenstadt, um mir an Ort und Stelle ein Bild zu machen, ob ihre Entscheidung die richtige sei. Schließlich wollte sie dort mit den Babys ein neues Leben beginnen. Wie ich inzwischen erfuhr, werden meine zwei Kinder bald einen neuen Vater haben: Aline beabsichtigt den Rechtsanwalt zu heiraten und wünscht, dass die Babys mit ihm als Bezugsperson aufwachsen."

Katharina erkannte an Markus' Gesichtsausdruck, dass er unter diesem Umstand litt, griff spontan nach seiner Hand und streichelte sie mitfühlend.

Dankbar für diese Geste lächelte er kurz und fuhr fort:

„Die telefonische Auskunft der Verkäuferin in der Galerie in Los Angeles an dich war falsch interpretiert. Deshalb musstest du annehmen, dass wir beide doch noch beisammen waren."

„Eine ähnlich falsche Mitteilung bekamst du damals bei deinem Anruf im ‚Hotel Paradiso', als man dir erklärte, ich sei bereits in New York. Es war niemandem bekannt, dass ich mich mehrere Wochen teils beruflich, teils privat in einem Hotel aufhielt und anschließend nach England reiste. Nur ganz wenige Menschen aus der Freundesclique wussten Bescheid. – Aber was war mit deinem Handy passiert? Warum konnte ich dich unter dieser mir bekannten Nummer nicht mehr erreichen?", fragte Katharina.

„Ich verlor es und musste mir ein neues beschaffen mit einer anderen Nummer. Du siehst nun, unter welchen Umständen Missverständnisse entstehen können."

„Und bist du in Sumatra gewesen?"

„Nein, gerade zur Zeit meines Aufbruches gab es fürchterliche Überschwemmungen, die schreckliche Verwüstungen anrichteten und sogar Tote forderten. Es war verheerend verfolgen zu müssen, zu welcher Gewalt die Natur fähig ist und dass der Mensch machtlos wird. Die mit viel Mühe aufgebaute Existenz vieler wurde mit einem Schlag vernichtet. Auch das Reisebüro meines Freundes ging durch die Katastrophe unter.

Ich entschloss mich kurzerhand, diese Abenteuertour aus meinem Gedächtnis zu streichen. Von Venedig fuhr ich direkt nach Österreich zu meinem Vater, mit dem festen Vorsatz, mir zuhause eine Existenz aufzubauen. Er war sehr glücklich, den verlorenen Sohn endlich wieder zuhause zu wissen. Ich kaufte mir in meinem Heimatort ein Haus und ließ es total renovieren. Den unteren Bereich gestaltete ich zu einem Antiquitätengeschäft, eine Werkstatt dahinter dient für Restaurierungsarbeiten. Damit mache ich meinen erlernten Beruf zum Hobby.

Inzwischen ist eine neue Perspektive eingetreten: Vater hatte, nachdem er als Förster in Pension gegangen war, jahrelang das Amt des Bürgermeisters geführt. Nun möchte er zurücktreten. Kronberg wird immer moderner und anspruchsvoller, und diverse Handlungen kann man nicht mehr am Wirtshaustisch mit Handschlag besiegeln. Er ist eben noch von der typisch alten Generation und will mit allzu vielen Neuerungen nichts mehr zu tun haben. Ich wurde vom Gemeinderat zum Nachfolger gewählt. Weil ich so viel Auslandserfahrung habe und mich nicht leicht übers Ohr hauen lasse, meinen die Stadtväter.

Ich bin sehr zufrieden geworden und fühle ein tiefes Wohlbehagen in mir, das ich schon lange nicht hatte. Natürlich fehlt mir eine liebende Frau an meiner Seite, aber ich habe weder Lust noch Zeit gefunden, mich nach einer solchen umzusehen. Und um ehrlich zu sein, ich verbannte den Gedanken an dich aus meinem Herzen. Ich wollte mir nicht selbst wehtun. Ich wusste, dass du für mich nicht mehr erreichbar bist, und dabei beließ ich es. Deshalb stellte ich keine weiteren Versuche an, mit dir nochmals Kontakt aufzunehmen."

Markus sah Katharina an und ihre Blicke verschlangen sich voll Zuneigung ineinander.

Katharina zerriss das zarte Band der inneren Harmonie, die beide verspürten, abrupt, indem sie sagte:

„Ich würde mich sehr freuen, wenn du zu meiner Buchpräsentation kommen könntest. Sie findet kommenden Donnerstag um 19 Uhr im ‚Palais Kinsky' statt."

Und ohne seine Antwort abzuwarten sprach sie weiter:

„Nun muss ich aber langsam ans Schlafengehen denken. Es ist spät geworden. Und du hast auch noch einen weiten Weg. Ich nehme nicht an, dass du in Wien übernachtest?"

„Das hatte ich nicht vor", antwortete Markus kurz.

Markus erbot sich, Katharina mit seinem Auto zu ihrem Haus zu bringen. Trotz der späten Stunde entschieden sie dann doch, den kurzen Weg zu Fuß zu gehen. Hand in Hand spazierten sie durch die laue Nacht.

Vor dem Haustor angelangt, sahen sie sich lange in die Augen. Vielleicht wartete der eine auf eine Frage des anderen. Aber nichts dergleichen kam. Markus verabschiedete sich äußerst korrekt mit einem Handkuss und versprach zur Buchpräsentation zu erscheinen. Er wartete noch, bis Katharina ins Haus entschwand, und ging nachdenklich des Weges.

Die nächsten Tage gestalteten sich turbulent. Virginia traf endlich aus England ein. Demzufolge war jeder Tag mit einem vollen Programm ausgestattet. Katharina konnte gar nicht genug davon bekommen, ihrer Freundin die Schönheiten der Stadt zu zeigen und sie mit Veranstaltungen zu überhäufen. Wann immer Zeit übrig war, bekochte sie Virginia mit traditionellen österreichischen Spezialitäten.

Nach der Buchpräsentation fand zu später Stunde noch ein ausführliches Gespräch der beiden Freundinnen in der Wohnung statt.

„Schade, dass Angela nach dem tollen Fest zum Ausklang nicht mehr herkommen wollte. Aber sie hat morgen einen anstrengenden Redaktionstag und da muss sie fit sein", begann Katharina. „Sie ist herzensgut, immer bereit, für mich das Beste rauszuholen. Du hast gesehen, was sie zu Wege brachte. Ihr Elan ist bemerkenswert und der Einsatz, was immer sie auch unternimmt, beispiellos."

„Du kannst dich glücklich schätzen. Deine Buchpräsentation war ein gelungener Abend. Deinem Erfolg für die Zukunft steht nichts mehr im Wege. Ich bin sehr stolz auf dich", antwortete Virginia.

„Und was sagst du zu Markus?"

„Ein repräsentativer, scharmanter Mann, der weiß, was er will. Ich konnte mich sehr gut mit ihm unterhalten. Ich glaube, er liebt dich noch immer sehr."

„Er ist ein lieber Mensch, dem ich vertraue. Und ich weiß, dass sich seine Liebe zu mir nicht geändert hat. Das Schicksal hat gewollt, dass wir einander wieder treffen, noch dazu auf eine paradoxe Weise. Er versteht, dass ich eine Zeit brauche, über alles ganz hinweg zu sein, und er weiß, dass ich im Moment nicht in der Lage bin, mich mit einer Beziehung zu beschäftigen. Er will warten, bis ich meine Gefühlswelt geordnet habe und mir im Klaren bin, wo ich hingehöre. Das finde ich wunderbar von ihm und daran siehst du, wie gut er mich kennt und wie vertraut wir einander sind. Ich zwinge mich zu nichts und ich denke jetzt auch nicht an meine Zukunft. Ich lasse alles an mich rankommen, denn ich bin mir sicher, irgendwann kommt der berühmte Kick, der mir wieder den richtigen Weg auf der Landstraße des Lebens vorzeichnet."

Der Herbst zeigte seine schönsten Farben und Katharina konnte nicht widerstehen, mit Virginia zusammen eine Österreichtour zu unternehmen.

Das Auto voll Kleidung, abgestimmt für jede Wettersituation, starteten die zwei bald darauf.

Katharina erwies sich als perfekte Reiseleiterin, und voll Stolz präsentierte sie ihr Heimatland in allen Fassetten und Besonderheiten.

Nach vielen gefahrenen Kilometern kamen sie drei Wochen später nach Wien zurück. Virginia zeigte sich äußerst beeindruckt von der herrlichen Bergwelt, den grünen Almgebieten und den vielen, harmonisch in die Landschaft geordneten Seen sowie von dem Besichtigen historischer Schauplätze in den einzelnen Bundesländern und Städten.

Am Ende ihres Aufenthaltes kam sie zum Resümee, wie wichtig für sie die Reise war. „Welch eine Bereicherung in meinem Leben habe ich durch dich, meine liebe Katharina, erhalten. Und es wäre mir wahrlich vieles entgangen, wenn ich dieses wunderschöne Land nie kennen gelernt hätte. Ich wünsche mir die Kraft und Gesundheit für die Gelegenheit, wieder nach Österreich zu kommen, um weitere Impressionen aufzuspüren."

Der Alltag kehrte für Katharina zurück. Ihren Freundeskreis vernachlässigte sie ein wenig, denn es war ihr nicht danach, großartige Partys zu besuchen und dabei Smalltalk zu führen. Stattdessen arbeitete sie zügig an dem Manuskript des neuen Buches weiter und machte gleichzeitig Promotion für ihr erstes Werk.

Nur mit Markus telefonierte sie immer wieder. Es waren herzliche, völlig neutrale Gespräche, die trotzdem vieles ausdrückten.

Markus hielt sein Versprechen und nahm von Besuchen und Liebesbeteuerungen Abstand. Er wartete auf ein Zeichen und auf den ersten Schritt von Katharina

*****

Auf dem Kalenderblatt zeigte sich der letzte Monat des Jahres.

Katharina liebte es, den Christbaum bereits in der Adventzeit zu dekorieren, damit sie das weihnachtliche Flair so lange als möglich um sich verspürte.

Kekse, von ihr gebacken, lagen in mehreren Dosen gestapelt übereinander. Es sorgte jedes Jahr für eine kleine Aufregung, die alten Rezepte ihrer Großmutter hervorzuholen, um die Köstlichkeiten zu kreieren.

Sie plante, am Heiligen Abend ein Fest zusammen mit den Menschen zu geben, die zuletzt ihren Weg gekreuzt hatten und sich als wahre Freunde erwiesen. Dazu gehörte natürlich auch Virginia, die sich nicht zweimal bitten ließ, nach Wien zu kommen, um ihren Schützling wieder zu sehen.

An einem wunderschönen Wintertag fuhr Katharina aus einer plötzlichen Eingebung heraus in ein kleines Städtchen, das sich in Niederösterreich befand und nicht weit von Wien entfernt lag. Im Ort angekommen, stellte sie das Auto ab und spazierte den Hauptplatz entlang.

Kronberg hatte einige Besonderheiten anzubieten.

Seit dem Jahre 1663 befand sich inmitten des großen Hauptplatzes an Stelle eines Gotteshauses ein zu dieser Zeit erbautes Gebäude, das damals schon als Rathaus diente. Die Bürger, stolz auf ihre geschichtsträchtige Herkunft, liebten keine baulichen Veränderungen. Somit blieb dieses Haus weiterhin Sitz des Bürgermeisters und die Hauptanlaufstelle für Gemeindeangelegenheiten.

Die einzig sichtbare Kirche, die dem Dorf zugehörte, stand weit entfernt vom zentralen Mittelpunkt auf einer Anhöhe. Als ein noch sehr junger Geistlicher vor vielen Jahren nach Kronberg zog, schaute er suchend umher und sagte ganz überrascht: „Grüß Gott, ich bin der neue Pfarrer, aber wo ist die Kirche?“ Doch mit den Jahren gewöhnte er sich daran, die Sonntagspredigten, die Maiandachten, Hochzeiten, Taufen und Begräbnisse außerhalb des Dorfes abzuhalten.

Ende des 20. Jahrhunderts ließen viele Bewohner ihre Häuser rund um das Rathaus restaurieren und die Räumlichkeiten der Zeit entsprechend erneuern, um eine angenehme Wohnatmosphäre zu erreichen.

Menschen, die dem hektischen Großstadtdschungel entflohen, wanderten ein, und im Zuge des allgemeinen Fortschrittes besiedelten größere und moderne Geschäfte Kronberg. Auch der Nachkomme des Greißlers Käferböck wollte kein Krämer bleiben. Zu seinen Lieblingsreisen gehörten die Länder Italien und Frankreich. Von dort brachte er nützliche Ideen mit. Den alten Kaufmannsladen baute er völlig um. Er ließ mit hübschen Fliesen und frischen Farben mediterranes Flair einwirken und schuf für seine

Kunden ein Delikatessengeschäft, das zu einem Gourmettempel für Auge und Gaumen wurde.

Für eine kleine Sensation sorgte die Eröffnung eines stilgerechten Kaffeehauses. Endlich hatten die Kronberger einen behaglichen Treffpunkt: nicht zuhause und doch nicht an der frischen Luft. Durch den vorzüglich servierten Kaffee mit bereitgestelltem Glas Wasser und leckeren Mehlspeisen wurde es allmählich eine beliebte Institution. Das umfangreiche Lesematerial an Zeitungen und Illustrierten, die versteckte Ecke für ein ruhiges Schachspiel, die Herausforderung zu einer spannenden Tarockpartie oder der endlose Aufenthalt im Billardraum verführten so manchen Einheimischen zu einer immer wiederkehrenden Anwesenheitspflicht im Kaffeehaus.

Katharina sah bereits von weitem, wo sie hinmusste. Das Haus mit seiner hellen Fassade, der farblich dezent abgestimmten Stuckverzierung und dem hübsch umrahmenden Zaun bot einen fröhlichen Anblick.

Sie öffnete die Tür, die durch eine Glocke ihr Eintreten ankündigte.

Ein junger Mann stand im Laden und begrüßte sie höflich.

„Guten Tag, ich möchte zu Herrn Steiner“, beantwortete sie den Gruß.

„Er ist nebenan in der Werkstätte. Ich werde ihn gerne holen.“

„Das wird nicht notwendig sein. Am besten, ich gehe gleich selbst zu ihm.“

Mit pochendem Herzen betrat sie den anschließenden Raum.

Markus saß über ein Bild gebeugt und beschäftigte sich mit Ausbesserungsarbeiten.

Er sah auf, nachdem Katharina ein leises Hallo gesagt hatte.

Sein angestrengter Blick veränderte sich augenblicklich. Sein berühmtes liebenswertes Lächeln erschien im Gesicht. Er sprang vom Sessel auf und ging auf Katharina zu.

„Das ist eine liebe Überraschung! Ich freue mich unendlich, dass du den Weg zu mir gefunden hast." Er küsste sie auf beide Wangen und umarmte sie herzlich. Diese Berührung spürte Katharina durch ihren ganzen Körper. Es tat ihr unendlich gut und deshalb schmiegte sie sich inniger an ihn, als sie eigentlich vorgehabt hatte.

„Möchtest du wissen, warum ich gekommen bin?"

Markus nickte und schaute sie liebevoll an.

„Ich gebe am 24. Dezember ein Fest im engsten Freundeskreis. Es wäre mir wichtig dich dabei zu wissen und ich wollte dir diese Einladung persönlich übermitteln. Wird es dir möglich sein zu kommen?" Sie sah ihn dabei bange an. Sie fürchtete, er könnte ablehnen und sagen, dass er schon anderwärtig vergeben sei.

„Ja, von Herzen gerne. Es ist großartig, dass du an mich gedacht hast! – Komm, wir gehen nach oben in die Wohnung, da ist es wärmer", sagte er herzlich, als er ihre kalten Hände spürte.

„Hier wurde alles erneuert und modernisiert. Jedes Kabel, jede Leitung ist nach dem neuesten Stand der Technik installiert. Die Außenansicht des Gebäudes ließ ich im alten Charakter, damit es sich an die Häuser rund um den Hauptplatz architektonisch angleicht. Ich gab nur der Fassade einen neuen Anstrich."

Katharina blickte durch das Fenster und sah die große Erdfläche.

„Im Frühjahr bestelle ich den Gärtner zum Bepflanzen, damit der Garten sich im Sommer zu einer blühenden Oase verwandelt", beeilte sich Markus zu erklären. „Ich bin froh, dass die Innenarbeiten völlig fertig gestellt sind. Es dauerte lange genug, aber die Handwerker arbeiteten fleißig und zuverlässig. Bis auf die zwei leeren Zimmer ist alles eingerichtet."

Markus sprach nicht weiter, aber Katharina war klar, dass er darauf anspielte, es könnten Kinderzimmer werden.

Sie staunte über das extravagante Interieur der Wohnung, das gediegen und trotzdem heimelig wirkte. Alles hatte er, mit Liebe zum Detail, perfekt ausgestattet. Die hübsche Küche mit der bequemen Eckbank und dem großen „Jogltisch" fiel ihr auf.

„Das ist ein wichtiger Faktor für mich. Die Küche galt immer schon als ein Ort der Geselligkeit. Deshalb habe ich auch den uralten Herd belassen, der mit Holz zu heizen ist und die gute Stube richtig warm macht. Gemütlich nehme ich am frühen Morgen mein Frühstück ein. Der Blick durchs Fenster lässt mich zum Hauptplatz sehen, wo beim täglichen Markt ein fröhliches Treiben rund um die bunten Stände herrscht. Diese Küche ist für jede Stunde geeignet, auch mal für ein kleines Nickerchen nach dem Mittagessen.

Das Schlafzimmer richtete ich romantisch aus. Es soll eine Stätte der Freude sein. Was sagst du zu den französischen Tapeten mit den passenden Vorhängen und Interieur?"

„Ein wunderschöner Raum, ich bin wirklich überwältigt, was du in kurzer Zeit geleistet hast. Ich kann mir gut vorstellen, wie glücklich und zufrieden du hier bist."

„Komm, wir setzen uns zum Kamin, hier ist es gemütlich."

Zwei entzückende Kater lagen vor dem prasselnden Feuer und ließen sich durch die Eintretenden nicht stören. Sie blickten nur kurz auf, gähnten und verfielen augenblicklich wieder in ihre dahindösende Position.

„Das sind Max und Moritz, meine Findelkinder", erklärte Markus.

Sie tranken Punsch, aßen Grammelpogatschen und redeten in einer Vertrautheit miteinander, als ob nie ein Zeitraum bestanden hätte, in dem sie getrennte Wege gegangen waren.

„Meine offizielle Ernennung zum Bürgermeister findet bald statt. Dann kommen neue Aufgaben auf mich zu. Für meinen Beruf als Kunstsachverständiger, Restaurator und Antiquitätenhändler werde ich nicht mehr voll zur Verfügung stehen können. Trotzdem möchte ich das Geschäft nicht aufgeben. Wir haben einige potente Käufer hier und die Tendenz ist steigend. Im Moment habe ich noch alles unter Kontrolle. Der junge Mann, der hier mitarbeitet, ist recht clever und hat ein gutes Sachverständnis. Ich kann mich voll auf ihn verlassen.

Möchtest du mit mir spazieren gehen? Dabei kannst du das Städtchen näher kennen lernen. Florian, mein Dackel, wird sich freuen, wenn er noch ein wenig Bewegung machen kann. Momentan liegt er unten im Geschäft und wartet sicher schon auf mich."

Natürlich war Katharina einverstanden. Sie machten eine große Runde, damit Katharina einen guten Überblick bekam.

Vor dem Posthof blieben sie stehen und Markus erklärte:

„Als markantester Punkt außerhalb des Ortes galt der Posthof mit seiner steinernen Pferdetränke, von dessen artesischem Brunnen noch immer das glasklare Wasser munter sprudelt.

Der Reiseverkehr mit Postkutschen war zur Zeit der Kaiserin regelmäßig. Hier wurden die Pferde gewechselt, und für Kurier, Postreiter und Reisende galt die Gastwirtschaft als sichere Herberge.

Die Architektur des Hauses und die Präsenz der Geschichte ist hier ein magischer Anziehungspunkt. Ein Liebhaber für alte Häuser hatte dieses Anwesen der Gemeinde abgekauft. Die Schönheit der Natur in greifbarer Nähe brachte ihn auf die Idee, den Posthof zu einem Hotelbetrieb auszubauen. Ein elegantes Restaurant und ein Festsaal kommen dazu. Das Interieur besteht aus wunderschönen alten Möbeln, dem Zeitgeist entsprechend. Glücklicherweise konnte ich einen beachtlichen Anteil des Auftrages erzielen."

Es hatte stark zu schneien begonnen und die beiden beeilten sich zurück zum Haus zu kommen.

„Ich würde mich sehr freuen, wenn du heute mein Gast bleibst. Die Rückfahrt nach Wien könnte bei diesem Wetter beschwerlich werden. Ich bereite uns ein Abendessen, und wenn du willst, zeige ich dir Filme von meinen Abenteuerreisen."

Katharina sah ihn fragend an. Dann sagte sie mit einem liebevollen Blick: „Ja, gerne."

Später am Abend gingen sie ins Bett. Katharina borgte sich eine viel zu große Pyjamajacke von Markus aus. Trotzdem sah sie äußerst sexy damit aus.

„Auf welcher Seite schläfst du?", fragte sie ihren Gastgeber. Etwas schüchtern stieg sie ins Bett, deckte sich zu und wartete. Markus kam anschließend. Er gab ihr einen Kuss und streichelte ihr behutsam über den Kopf. Danach legte er sich auf seine Seite, nahm ihre Hand und sagte: „Schlaf gut, Darling."

Sie schlief bald ein, aber Stunden später wurde sie doch wieder munter. Sie hörte den leisen Atem ihres Freundes. Er lag mit dem Rücken zu ihr.

Eine unbändige Sehnsucht erfasste Katharina. Sie kuschelte sich an Markus. Er spürte ihren Körper, drehte sich augenblicklich zu ihr und nahm sie fest an sich. Zwischen Küssen und Kosen sagte er ihr die schönsten Liebesworte. Zärtlich berührte er ihren Körper. Beide waren zu aufgeregt für ein langes Vorspiel. Katharina nahm voll Leidenschaft sein Glied und führte es mit einem Seufzer des Glücks in ihre Scheide. In dieser Nacht schworen sie, dass sie nichts mehr trennen konnte und die Liebe zueinander sie ein Leben lang begleiten sollte.

Am nächsten Morgen erwachte Katarina durch lautes Schnurren. Max, der schwarze Kater, hatte es sich auf ihrer Bettdecke gemütlich gemacht. Sie streichelte das Tier, das sich voll Wolllust an sie schmiegte. Da kam Markus, mit dem Morgenmantel bekleidet, zur Tür herein.

„Guten Morgen, mein Liebling", begrüßte er sie mit einem Kuss. Er duftete herrlich nach frischer Zahnpaste und Deodorant. Kater Max verschwand augenblicklich von Katharinas Seite.

„Das Frühstück ist fertig."

„Fein, ich mache mich frisch und komme sofort."

„Hast du Lust, vormittags meinen Vater zu besuchen? Er wird sich sehr freuen, dich kennen zu lernen. Wir können bei ihm zu Mittag essen."

Katharina nahm den Vorschlag gerne an.

Vater Steiner zeigte sich sehr angetan von seiner Schwiegertochter in spe. Scharmant und herzlich plauderte er mit ihr. Katharina bestand darauf, dass auch er am Heiligen Abend zu ihren Gästen zählte. „Damit die Familie komplett ist", ergänzte sie. Viel zu schnell vergingen die unterhaltsamen Stunden und schweren Herzens verabschiedete sich Katharina am späten Nachmittag, um nach Wien zurückzufahren. Markus versprach, bereits eine Woche später nachzukommen.

24. Dezember, 18.30 Uhr

Der letzte Gast war angekommen und gesellte sich zu der fröhlich durcheinander redenden Gruppe. Luzzy, das kleine asiatische Hausmädchen, servierte Champagner. Leise gespielte Weihnachtslieder sorgten für dezente Hintergrundmusik. Der reich beschmückte Weihnachtsbaum erstrahlte in vollem Lichterglanz. Die großen und kleinen Geschenkpakete lagen hübsch verpackt davor. Das reichhaltige Büfett mit auserwählten Köstlichkeiten wartete vornehm dekoriert, von den Eingeladenen gestürmt zu werden.

Auf einmal wurde es in der ganzen Wohnung still.

Katharina hatte um Aufmerksamkeit gebeten. Mit einem glücklichen Lächeln im Gesicht sah sie in die Runde und begann ihre Ansprache:

„Wir feiern heute das große Fest der Liebe und ich bin glücklich, diesen Abend mit euch verbringen zu können.

Ihr alle habt von dem entsetzlichen Vorfall im April dieses Jahres Kenntnis bekommen.

Das schreckliche Verbrechen, dem Stefan zum Opfer fiel, führte mich in eine große Krise. Ich glaubte, in ein tiefes Loch gefallen zu sein. Ich war ohnmächtig vor Hass und tiefem Schmerz."

Mit dem Blick auf ihre Freundin setzte Katharina fort:

„Virginia danke ich für ihre Liebe, die sie mir in der schwierigen Zeit zukommen ließ. Als ich sie anrief, zögerte sie nicht eine Minute und kam nach New York. In ihren Armen fühlte ich mich sicher. Sie half mir, das schwere Leid, das mich beinahe zerschmetterte, zu ertragen Ich konnte weinen und die unsagbare Trauer mit ihr teilen.

Die Monate, die ich bei Virginia in Foxhill weilte, vollbrachten wahre Wunder. Durch die liebevolle Freundschaft, die man mir von allen Seiten angedeihen ließ, lernte ich, an das Leben zu glauben. Der Sturm, der Verwüstung und Zerstörung in mein Herz brachte, hatte sich gelegt, und langsam keimten wieder Freude und Zuversicht auf."

Ein lächelnder Blick ging zu Angela.

„Meine liebe Freundin Angela wartete sehnsüchtig auf meine Rückkehr nach Wien. Ich muss auch ihr meinen innigsten Dank aussprechen. Sie war in all den langen Jahren ein Bestandteil in meinem Herzen und wird es immer bleiben. Ich konnte mich auf sie verlassen, und sie wiederum trachtete stets, ihre beschützende Hand über mich zu halten. Während der Monate, die ich im Ausland verbrachte, forcierte sie für mich die Publikation des ersten Buches, das ohne ihre Hilfe wahrscheinlich noch immer in der Schublade meines Schreibtisches versteckt liegen würde.

Ein erstaunlicher Zufall – oder war es ein Glücksstern am Himmel? –, der mich mit Markus zusammenführte. Zur richtigen Zeit trat er wieder in mein Leben

Es ist wohl die Macht des Schicksals, dass wir über Umwege zueinander fanden.

Liebe ist etwas Wunderbares, ein großes Geschenk, das man vom Leben bekommt. Wir lieben uns und nichts auf der Welt kann uns mehr trennen. Und um diese Liebe zu besiegeln, werden wir im nächsten Frühjahr heiraten.

Ich verlasse Wien, das heißt, ich löse diese Wohnung auf. Mein neues Domizil wird Kronberg sein, im Heimatort von Markus, wo er in Kürze zum Bürgermeister ernannt wird.

Ein Zufall will es, dass dort ein altes, geschichtsträchtiges Haus restauriert und im neuen Glanz nächstes Jahr als ‚Hotel Post' eröffnet wird. Hier bietet sich eine Chance für mich, meinem Beruf nachzugehen. Bei einem Bewerbungsgespräch Anfang Jänner wird sich herausstellen, ob das Interesse besteht, mich als Hoteldirektorin einzustellen.

Dessen ungeachtet habe ich das Manuskript für ein neues Buch, das ich vergangenes Jahr in New York zu schreiben begann, noch vor Weihnachten fertig gestellt. Ich bin sehr zufrieden mit dem Ergebnis.

Angereichert durch meine Fantasie sind die darin vorkommenden Figuren aus allen erdenklichen Situationen und Konstellationen heraus gewachsen. Sie haben Akzente gesetzt, wurden gelenkig in ihren Bewegungen und im Ausdruck und haben mit Anreiz und Spaß wunderbare Geschichten geformt, die mit einem einfachen Satz beginnen:

Und nun erzähle ich euch …

Jede Zeit hat ihr Ziel

Margit Richter

Mit viel Beobachtungsgabe und Einfühlungsvermögen, aber auch feinem Humor verfolgt die Autorin das schicksalhafte Leben von Viktoria, die Karriere in der Welt der Mode macht. Ein abwechslungsreicher Roman voll Romantik, Liebe, Schmerz und Freude.

ISBN 978-3-902057-90-7 · Format 13,5 x 21,5 cm · 237 Seiten
€ (A) 18,50 · € (D) 18,00 · sFr 32,70

novum
VERLAG

Schicksalsverknüpfungen

Margit Richter

Eine großartige Familiengeschichte über drei Generationen ist das neueste Werk der Autorin.
Sie beginnt in England im 19. Jahrhundert, wo die Vorstellung vieler Menschen von Reichtum und Macht sie nach Indien führte.
Das Rad wird weitergedreht. Glückliche und tragische Begegnungen nach dem Ersten und Zweiten Weltkrieg bestimmen die fesselnden Darstellungen in dieser Zeit. Florance, die Enkelin von Gwendolyn, lernt in ihrer Jugend Philip kennen. Durch schicksalhafte Verknüpfungen kreuzen sich ihre Wege im Laufe der Jahre immer wieder.

ISBN 978-3-902324-99-3 · Format 13,5 x 21,5 cm · 240 Seiten
€ (A) 18,50 · € (D) 18,00 · sFr 32,70

novum
VERLAG